'Nothing is sinful to us outside ourselves,
Whatever appears, whatever does not appear, we are beautiful
or sinful in ourselves only.
(O Mother – O Sisters dear!
If we are lost, no victor else has destroy'd us,
It is by ourselves we go down to eternal night.)'

— WALT WHITMAN, LEAVES OF GRASS, 1900

Voor mijn ouders – Barbara en Reg Brack

Elizabeth Flock

Mijn zusje Emma

Harlequin®

TORONTO NEW YORK LONDEN AMSTERDAM PARIJS SYDNEY HAMBURG STOCKHOLM ATHENE
TOKIO MILAAN MADRID PRAAG WARSCHAU BOEDAPEST RIO DE JANEIRO ISTANBOEL

Oorspronkelijke titel: Me & Emma
Vertaling: Mieke Trouw

Omslag: Wil Immink Design
Beeld: Elisabeth Ansley - Trevillion Images
Opmaak binnenwerk: Mat-Zet B.V., Soest
Druk: Blackprint CPI, Barcelona

Eerste druk 2014

ISBN 978 90 347 5410 3
NUR 302

Deze titel is eerder verschenen bij Mira Books, Amsterdam
Originele uitgave verschenen bij
Mira Books, Canada

Deze uitgave is uitgegeven in samenwerking met
Harlequin Books SA

www.harlequin.nl

1

De eerste keer dat Richard me een klap gaf zag ik sterretjes, net als in tekenfilms. Al was het maar een klap met de rug van zijn hand, lang niet zo erg als die keer dat ik zag dat Tommy Bucksmith van zijn vader zo'n harde mep kreeg dat zijn hoofd stuiterde toen hij op de stoep viel. Ik denk dat Richard niet wist hoe ik vroeger met papa altijd kopjeduikelde. Je weet wel, dan ga je met je gezicht naar elkaar toe staan en terwijl je elkaars handen vasthoudt ga je op je vaders benen staan, vlak boven zijn knieën, en dan zet je je af en maak je een koprol door je armen heen. Dat is superleuk. Ik wilde Richard alleen maar laten zien hoe het moest. Nou ja, vanaf dat moment wist ik dat ik beter uit zijn buurt kon blijven. Ik probeer zo veel mogelijk weg te zijn van huis.

Je kunt met geen mogelijkheid verdwalen in een plaats die Toast heet. Daar woon ik, in Toast in North Carolina. Ik weet niet hoe het in andere plaatsen is, maar hier zijn de straatnamen genoemd naar wat je er kunt vinden. Het postkantoor staat aan de Post Office Road en de winkels liggen aan de Front Street. Front betekent voorkant, en in die straat loop je dus voor de winkels langs. In de Back Street, één straat verder, loop je langs de achterkant. Dan heb je nog de New Church Street, al is de kerk aan het einde van de straat niet nieuw meer. De boerderij van Hollis Brown en zijn familie staat aan de Brown's Farm Road. Vóór Hollis woonden er andere Browns, mensen die mama niet zo aardig vond. Verder heb je nog de Hilltop Road over de heuveltop en zelfs een Riverbend Road, die met de bocht van de rivier mee loopt. Dus waar je ook naartoe loopt, de straatnaambordjes wijzen de weg.

Ik woon op de Murray Mill Road. Dat betekent 'weg van Murrays molen', dus als je niet beter wist, zou je kunnen denken dat mijn achternaam Murray is. Maar dat is niet zo, ik heet Parker – toen we hier kwamen wonen was Mr. Murray al heel lang dood. We hebben helemaal niets aan het huis van Mr. Murray veranderd. De weg ernaartoe vanaf Route 74 bestaat alleen maar uit gras dat tussen twee rechte lijnen groeit, waardoor je banden precies weten waar ze heen moeten rijden. Het eerste wat je ziet als je zestig tellen hebt gereden is de schuur van de watermolen, die boven de vijver hangt en door een paar oude stelten overeind wordt gehouden. Aan de boom bij de vijver hangt nog steeds een bord met afbladderende verf, waarop 'S ZONDAGS NIET VISSEN staat.

Vlak daarnaast zie je het oude reclamebord van Mr. Murray, dat bijna net zo groot is als de hele buitenmuur van de molen. De getekende haan op het bord kukelekuut de woorden: FEED NUTRENA... GOED, VERTROUWD EN ZUINIG. De letters zijn inmiddels moeilijk te lezen, want het hele bord is bedekt met een dun laagje rood stof van de grond rondom de molen. Maar de haan is nog steeds heel duidelijk te zien. Aan de deur van de oude molen is ooit een bord vastgespijkerd: 'WAARSCHUWING. Het is verboden om versneden of verkeerd gelabeld graan te verkopen, af te leveren, te bezitten of te koop aan te bieden. Maximumstraf $100 boete, zestig dagen gevangenisstraf of beide.' Dat heb ik in mijn schoolschrift overgeschreven.

'Hé!' Het schrift vliegt uit mijn handen en valt op de grond.

'Ik durf te wedden dat je die niet zag aankomen!' Richard begint te lachen als ik vlug overeind krabbel om het op te rapen voordat hij het kan pakken. 'Er staat vast iets belangrijks in dat je zo'n haast hebt om het op te rapen. Geef 'es hier.' Hij trekt het uit mijn handen voordat ik ook maar iets kan zeggen.

'Geef terug.'

'"Collie McGrath praat niet met me omdat ze nog steeds boos is over de kikker." Wat was er dan met die kikker?' Hij kijkt op van mijn dagboek.

'Geef terug!' Als ik het terug wil pakken, duwt hij me weg. Hij begint het dagboek vluchtig door te lezen en laat zijn vieze vinger over alle bladzijden glijden. 'Waar sta ik? Ik ben benieuwd wat je allemaal over mij hebt geschreven. Hm.' Hij bladert nog even door. 'Mama dit, mama dat. Jezus christus, heb je helemaal niets geschreven over je lieve ouwe pa?' Hij gooit het schrift weer op de grond, en ik ben kwaad dat ik niet naar mezelf heb geluisterd toen ik dacht dat ik het niet moest oprapen voor hij weg was, want op het moment dat ik me vooroverbuig trapt hij me in het zand met zijn laars. 'Zo! Nou heb je iets om over te schrijven.'

Ik woon hier met mama, mijn stiefvader Richard, en mijn zusje Emma. Emma en ik zijn net Sneeuwwitje en Rozenrood. Misschien is het daarom wel ons favoriete verhaaltje voor het slapengaan. Het gaat over twee zusjes: eentje heeft een heel witte huid en lichtblonde haren (net als mama) en de andere een bruinere huid en haren in de kleur van de stip midden in je ogen (zoals ik). De kleur van mijn haar verandert als je ergens anders gaat staan of op een ander tijdstip kijkt. Overdag lijkt mijn haar van opzij paarszwart, maar 's avonds lijkt het van achteren meer op de houtskool in de open haard. Als Emma's haar net gewassen is, heeft het de kleur van een schoon wattenbolletje: wit, wit en nog eens wit. Maar meestal is haar haar zo vuil dat het de kleur heeft van de stoffige oude brieven die mama in een schoenendoos in haar kast bewaart.

Richard is iemand die je echt nooit in verhaaltjes voor het slapengaan tegenkomt. Mama zegt dat hij en papa van elkaar verschillen als een koe van een kraai, en dat geloof ik best. Ik bedoel maar, mama zegt dat de mensen in de rij stonden om vloerbedekking van papa te kopen, dus dat moet wel betekenen dat ze hem leuk vonden. Richard is niet half zo leuk. Ik heb een keer tegen mama gezegd dat ik hem afschuwelijk vond, maar toen werd ze kwaad en stuurde ze me naar mijn kamer. Een paar dagen later, toen Richard weer op mama zat te vitten, schreeuwde ze dat niemand hem aardig vond en dat zijn eigen stiefdochter hem afschuwelijk had genoemd. Toen ze dat zei bleef ik alleen maar doodstil staan luisteren naar het tik-tik-tik van de plastic keukenklok met margrietjes, omdat ik wist dat het te laat was om nog te ontsnappen.

Mama zegt dat papa de beste vloerbedekkingverkoper van heel North Carolina was. Ik denk dat hij echt heel veel vloerbedekking heeft verkocht, want er bleef niets meer voor ons huis over. Wij hebben hard zeil. Na zijn dood kreeg ik van mama het zachte groene staaltje dat ze achter in zijn auto had gevonden toen ze de auto moest schoonmaken voor Mr. Dingle hem kwam ophalen. Het staaltje moet van papa's grote kartonnen bord gevallen zijn waarop allemaal kleuren waren geplakt zodat mensen konden kiezen welke kleur het beste bij hun leven paste. Ik bewaar het in de la van mijn witte rieten nachtkastje, in een sigarendoosje dat helemaal vol zit met kleurige stickers van ouderwetse koffers, postzegels en vliegtuigen. Als ik mijn neus heel diep in dat vierkante staaltje duw ruik ik nog steeds een beetje nieuwe vloerbedekking, de lucht die papa volgde als een schaduw.

Maar ik had het over mij en Emma. We hebben verschillende kleuren haar, maar het grootste verschil zit in onze huid. Zij lijkt op vanille, ik op chocola. Emma ziet eruit alsof iemand die haar schilderde geen zin meer had om haar in te kleuren. En ik? Tja. Als Miss Mary van White's Drugstore me ziet, houdt ze haar hoofd altijd schuin en zegt: 'Je ziet er moe uit, meidje', maar ik ben helemaal niet moe, ik heb gewoon kringen onder mijn ogen.

Ik ben acht, twee jaar ouder dan Emma, maar omdat ik klein ben denken de mensen waarschijnlijk dat we tweelingzusjes zijn die niet op elkaar lijken. Dat denken we zelf ook. Ik wou alleen dat ik meer op Emma leek. Ik begin te gillen als ik een krekel zie. Emma pakt hem gewoon op en zet hem buiten neer. Ik zeg dat ze er gewoon op moet trappen, maar ze luistert niet naar me. En ze wordt nooit gepest door de andere kinderen. Eén keer draaide Tommy Bucksmith haar arm op haar rug en hield hem heel lang vast – 'tot je zegt dat ik de beste van de hele wereld ben,' zei hij tegen haar terwijl hij grijnzend haar arm steeds verder omhoogtrok – maar Emma gaf geen kik. Emma is nergens bang voor. Behalve als Richard kwaad op mama wordt. Dan vluchten we allebei rechtstreeks naar achter-de-bank. Achter-de-bank is een soort extra kamer voor mij en Emma. Het is ons fort. Daar verstoppen we ons als we tien piepjes hebben geteld van het pedaal van de metalen vuilnisbak in de keuken. De flesjes maken zoveel lawaai dat ik wel eens bang ben dat mijn hoofd in tweeën zal splijten.

Zo rond de tiende piep begint Richard op mama af te geven. Ik weet niet waarom mama zich na de achtste keer niet uit de voeten maakt, maar dat doet ze niet. Emma en ik hebben iets bedacht wat we de vloerschuifel noemen. Als we het pedaal voor de achtste keer horen piepen, schuifelen we op ons achterwerk al heel voorzichtig van de televisie naar achter-de-bank. Als het geluid van de televisie hard staat kun je ons niet horen schuifelen, en Richard is meestal zo op mama aan het hakken dat hij niet eens in de gaten heeft dat we steeds verder naar achter-de-bank kruipen. Bij de negende piep zijn we nog maar twee barbies van de bank vandaan, en net voor de tiende piep glippen we tussen de koude geverfde muur en de hobbelige bruingeruite achterkant van de bank. Vroeger vonden we dat achter-de-bank stonk, maar nu ruiken we het niet meer. Ik heb ooit wat van mama's parfum meegenomen en dat twee keer op de achterkant van de bank gespoten. Nu ruikt het daar zoals mama 's zondags ruikt.

We wonen in een oud wit huis met afbladderende gele luiken. Het telt drie verdiepingen, als je de slaapzolder van Emma en mij meetelt. Vroeger hadden we een eigen kamer naast die van papa en mama, maar toen papa doodging en Richard bij ons kwam wonen, moesten we naar de zolder.

Maar nu komt het ergste: we moeten van Richard verhuizen. Daar wil ik niet eens aan denken. Als ik ergens niet aan wil denken, doe ik net of er een mannetje in mijn hoofd zit dat heel hard tegen het stuk van mijn hersens met die vervelende gedachte duwt. Hij schuift dat stuk dan achter alle andere dingen waar ik wél aan wil denken.

Er ligt zoveel troep in onze voortuin dat mama zegt dat het wel een achterbuurt lijkt. In sommige spullen heeft ze bloemen geplant omdat het dan lijkt of we ze expres hebben neergezet. Dit hebben we allemaal: drie autobanden (waarvan er eentje al zo lang ligt dat er gras in het gat in het midden groeit), een beeldje van een kat dat net zo grijs is als de stoep, Richards oude auto (waarvan Richard zegt dat hij die wel weer aan de praat krijgt, maar als dat lukt weet die auto vast niet wat hij moet doen, want er zitten geen banden meer op), mama's oude zinken teil waarin bloemen zijn geplant, een hangmat waarin Emma en ik vroeger graag lagen (maar die nu aan één kant helemaal versleten is omdat we hem 's winters altijd buiten lieten hangen), een stinkende baal hooi die in de regen ligt te rotten, een metalen haan die in de richting van een aankomende storm wijst en Richards oude werklaarzen. Daar heeft mama ook bloemen in gezet. Ik heb nog nooit laarzen met bloemen gezien, maar er bloeien nu toch echt margrieten in.

We hebben geen pad naar de voordeur. Ik wou dat we er wel een hadden. Sneeuwwitje en Rozenrood hadden een tuinpad waar rozen overheen groeiden. Wij hebben alleen maar gras, dat zo platgetrapt is dat het wel zand lijkt. Maar dan kom je bij de veranda, en dat vind ik het mooiste stukje van het huis. Die kraakt heel erg als je eroverheen loopt, maar het is leuk dat je vanaf de veranda over alles kunt uitkijken.

'Wat ben je aan het doen?' vraagt Emma. Ik heb geen idee waar ze vandaan komt. Ik heb haar niet eens horen aankomen.

Ik sta op de veranda naar de voortuin en al onze spullen te kijken. Soms doe ik net of ik een prinses ben en dan speel ik dat al die spullen mensen zijn, onderdanen die naar me zwaaien op het balkon van mijn kasteel.

'Wat bedoel je?'

'Naar wie zwaai je?'

'Ik zwaaide niet.'

'Welles. Je deed zeker weer of je een prinses bent.' Emma gaat in mama's oude schommelstoel zitten, waarvan de zitting bijna helemaal kapot is. Ze moet lachen, want ze weet dat ze me heeft betrapt.

'Nietes.'

'Welles. Welke kleur jurk heb je aan?' Aan haar stem hoor ik dat ze me niet meer plaagt, maar dat ze wil meespelen. Ze wil dat ik mijn droom hardop vertel, want dan kan ze meedromen. Ze kijkt nu heel ernstig.

'Roze, natuurlijk,' zeg ik. 'Er zijn allemaal glimmende kraaltjes op genaaid, en daardoor lijkt het wel of de jurk van roze diamantjes is gemaakt. En ik heb een heel grote kanten kraag, die met de hand is gemaakt en niet kriebelt. Hij is zelfs zo zacht dat hij soms in mijn nek kietelt. De mouwen zijn van fluweel, wit fluweel, en ze zijn zelfs nog zachter dan de kraag. Maar het mooist zijn mijn schoenen. Die zijn van glas, net als die van Assepoester, en er zitten diamantjes op de neus zodat ze heel mooi bij mijn jurk passen.'

Emma heeft haar ogen dicht, maar ze knikt.

'En dit zijn mijn trouwe onderdanen.' Ik wijs met mijn arm over de balustrade naar de tuin. 'Ze houden allemaal van me omdat ik een lieve prinses ben. Ik ben veel liever dan mijn gemene stiefzuster. Ik geef de mensen eten en geld, en ik praat met iedereen alsof ze mijn familie zijn. Mijn trouwe onderdanen...'

Dat laatste zeg ik tegen alle spullen in de tuin.

O ja, er staat ook nog een oud ijzeren bed. Vroeger glom het, maar nu is het helemaal verroest. Het staat vlak bij de veranda, dus daarom doe ik net of het de ronde rivier rondom mijn kasteel is. Het trapje van de veranda is mijn ophaalbrug. Ik wou dat ik de ophaalbrug voor altijd naar boven kon halen, zodat Richard niet naar binnen kon.

O jee. Daar komt Richards rammelende pick-up aanrijden. Richard zet hem op zijn vaste plaats naast het huis. Ik weet het niet zeker, maar volgens mij heeft hij vandaag niet zo'n slechte bui. Achter mijn rug kruis ik mijn vingers.

'Zo, wat gebeurt hier op deze prachtige dag?' Hij komt de veranda op, maar volgens mij hij heeft zoveel haast dat ons antwoord hem niet interesseert.

'Niets,' zeggen Emma en ik tegelijkertijd. Voor de zekerheid schuifelen we allebei een stukje achteruit. Je weet maar nooit.

Richard steekt zijn kin een stuk naar voren. 'Niets,' aapt hij ons met een kinderstemmetje na. Hij loopt langs ons heen naar binnen. 'Libby, waar zit je?' Ik hoor dat hij mama roept als de hordeur met een knal achter hem is dichtgevallen. 'Ik heb mijn loon gekregen en ik heb zin om 'm eens goed te raken!' Twee tellen later hoor ik het gesis van een flesje dat opengaat en een metalen dopje dat op het aanrecht valt. Mama mompelt iets wat ik niet kan verstaan.

'Hé, moppie, heb je zin in een koud glas prik met sinaasappel?' Papa aaide me over mijn hoofd alsof ik een hondje was. 'Lib? Ik heb mijn loon gekregen! Pak je tas, we gaan boodschappen doen.'

De dag waarop papa zijn loon kreeg, was de fijnste dag van de hele maand. Als hij het over prik met sinaasappel had, werd ik zo blij dat ik de metalen pinnetjes op mijn sandalen nauwelijks in de gaatjes van de bandjes kreeg.

'Mag ik een groot glas, papa?' riep ik vanaf de achterbank. Ik moest hard schreeuwen, want de wind waaide door de open raampjes van de auto naar binnen.

'Het allergrootste, moppie.' Hij lachte en keek in de achteruitkijkspiegel naar mij.

We stopten eerst bij de supermarkt. Mama haalde een karretje uit de lange rij bij de glazen ingang. Eerst kreeg ik kippenvel van de koude lucht, maar na twee schappen was ik er al aan gewend.

'Niet zo met je voeten zwaaien, Caroline,' zei mama een beetje boos. 'Je schopt me in mijn buik.' Ik probeerde stil te zitten terwijl mama over mijn hoofd eten in het karretje gooide.

'Mama? Mag ik de boodschappen uit de schappen halen?'

'Ja hoor.' Ze keek op haar lijst. Die was heel lang, want we waren al een poos niet meer in de supermarkt geweest. Misschien wel niet sinds de vorige keer dat papa zijn loon had gekregen.

'Een blik haverkorrels. Nee, niet die, het rode etiket. Die, ja.' Ze reed al verder voordat ik het blik in het karretje kon laten vallen. 'Bloem. Een grote zak. Ja, die bedoel ik.'

Papa kwam zo plotseling achter mama staan dat we er allebei van schrokken. 'Ik ga naar de vleesafdeling. Wat heb je nodig voor het avondeten?' vroeg hij. 'Zal ik lever bestellen?' Hij knipoogde naar mij, want hij wist dat ik lever heel vies vond.

'Nee!' jammerde ik tegen mama.

Ze keek nog steeds op haar lijst. 'Neem in elk geval gehakt mee. Vier pond.'

'Vier pond? Waarom zoveel?' vroeg hij over zijn schouder.

'Ik vries het in voor later.' Boven mijn hoofd pakte ze een doos cornflakes waar ik niet bij kon.

Zeven schappen later was de kar helemaal vol. Mama duwde ons naar de kassa. Daar stond papa al te praten met Mr. Gifford, de baas van de supermarkt. 's Avonds ging papa wel eens kaarten met Mr. Gifford.

'Tijd om de lei schoon te vegen.' Papa gaf hem een klap op zijn schouder.

'Graag,' zei Mr. Gifford. 'Ik noem geen namen, maar je moest eens weten hoeveel mensen ik moet wegsturen omdat ze me te veel geld schuldig zijn. Jij kunt hier altijd krediet krijgen, Henry. Trouwens, ik kan het geld beter nu van je aannemen dan aan de kaarttafel!' Mr. Gifford lachte en gaf papa een hand. 'Je hebt een prachtgezin, Culver.' Hij keek naar mama en mij, tikte aan een onzichtbare hoed en ging een praatje maken met Mrs. Fox, een oude mevrouw die altijd haar zondagse kleren aantrok als ze naar buiten ging.

'Kom, moppie.' Papa tilde me uit het winkelwagentje terwijl mama de boodschappen op de band zette. 'Zullen wij de boodschappen inpakken?'

Toen de boodschappen op onze kant van de band stonden en Delmer Posey alles op de kassa had aangeslagen, wrong papa zich achter mij langs om te betalen. 'Wat stond er nog open van vorige keer?' vroeg hij aan Delmer.

Toen Delmer Posey klein was zat hij bij ons op school, maar toen hij elf was kwam hij opeens niet meer. Niemand wist waarom, totdat hij in de supermarkt om werk kwam vragen. Mama zei dat Delmers familie nog armer was dan wij en altijd op zwart zaad zat. Als ik Delmer zag, keek ik altijd of er zwarte zaadjes aan zijn broek plakten.

Delmer haalde een viezig kasboek achter de kassa vandaan en ging met zijn vinger langs een lange rij namen. 'Vierendertig dollar en zevenenvijftig cent, Mr. Culver,' zei hij.

Papa floot zachtjes en pakte nog een stapel briefjes uit zijn portemonnee. 'Hier heb je vijf dollar extra voor de boeken,' zei hij met een brede lach tegen Delmer, die het niet helemaal leek te snappen. 'Schrijf die maar op als krediet. Dan kan Mrs. Culver altijd binnenlopen, want we zijn vandaag vast wel iets vergeten.'

Het duurde altijd even voordat Delmer Posey begreep wat je zei, alsof hij uit het buitenland kwam en wachtte tot iemand hem in zijn eigen taal kon vertellen wat de bedoeling was. Maar papa kon hem snel duidelijk maken wat hij bedoelde en we duwden onze winkelwagen naar een plaats bij de deur, waar al een paar andere karren onder het felrode bordje UITGANG stonden.

'Hou jij onze boodschappen in de gaten?' vroeg papa met een knipoog naar Delmer. 'Wij moeten nog even naar White's.'

Mama en papa liepen hand in hand over de stoep naar White's Drugstore. Ze vonden het nooit erg als ik al vooruitrende om iets te bestellen.

'Hallo, Miss Caroline,' riep Miss Mary toen ze aan de rinkelende deurbel hoorde dat er iemand binnenkwam.

'Hallo, Miss Mary,' zei ik. 'Mag ik een groot glas sinaasappel met prik, alstublieft?'

Miss Mary legde haar boek met de bladzijden naar beneden neer. 'Ik zou niet weten waarom niet.' Ze waggelde naar de toonbank. Miss Mary is altijd dik geweest. Dikker dan dik. Papa zei altijd dat er daardoor extra veel Miss Mary was om van te houden.

Aan de deurbel hoorde ik dat papa en mama binnenkwamen. 'Hallo, Miss Mary. Hoe gaat het?' Papa ging naast me op een kruk zitten. Mama haalde een paar dingen uit het schap met shampoo. 'Wat draag je een prachtige jurk vandaag.'

'Dank u, Mr. Culver.' Miss Mary werd er helemaal verlegen van. Ze kreeg zo'n brede glimlach op haar gezicht dat haar wangen zich bijna over haar mondhoeken vouwden. 'Is Mrs. Culver er ook?'

'O, let maar niet op mijn vrouw,' zei papa. 'Ik stel voor dat jij en ik samen weglopen. Wij met ons tweetjes.'

'Ik ben hier, Mary,' riep mama van achter het enige schap in de winkel. 'Ik pak even wat dingen die we al een poosje nodig hadden. Ik kom er zo aan.' Mama was eraan gewend dat papa Miss Mary vroeg om met hem weg te lopen. Dat deed hij elke keer als hij bij White's kwam. Volgens mij werd Miss Mary alleen maar rood omdat hij de eerste was die het vroeg. Ze is wel een miljoen jaar oud en ze woont in haar eentje met twee katers en een haan die Joe heet.

'En ik dan, papa?' vroeg ik. 'Loop je weg zonder mij?'

'Ik stop jou in mijn zak en ik neem je mee,' zei hij. Hij boog zich naar me toe en gaf me een kus op mijn hoofd, zoals altijd.

'Wilt u ook een glas sinaasappel met prik?' De glimlach stond nog steeds op Miss Mary's gezicht.

'Jazeker.'

Miss Mary sneed alle sinaasappels doormidden tot er tien helften lagen. Ik telde ze allemaal. En toen kwam het leukste: ze stopte de helften een voor een in de grote metalen pers en leunde er met haar volle gewicht op tot er geen druppeltje sap meer in de glazen pot viel. Daarna deed ze suiker in de pot, schonk daar prikwater op, schroefde een dop op de pot en schudde er zo hard mee dat het water begon te schuimen. Ze bewaarde de glazen in de koelkast, dus er zat altijd een lekker koud laagje overheen waarin ik met mijn vinger mijn naam kon schrijven. Bij White's hadden ze rietjes met een bochtje, dus ik hoefde het glas nooit op te tillen. Zo dronken papa en ik onze glazen leeg: zonder handen.

Ping. Er valt weer een metalen bierdopje op het aanrecht.

'Wat zullen we gaan doen?' vraagt Emma. Ze leunt tegen het hek van de veranda en telt de pingen van bierdopjes, net als ik. We vragen ons allebei af hoeveel biertjes Richard nodig heeft om in De Grote Vijand te veranderen.

'Ik weet het niet.'

'Zullen we naar het hek aan de achterkant lopen en kijken wie het langst zijn evenwicht kan bewaren?' vraagt ze.

Dat spelletje doen Emma en ik altijd als we ons vreselijk vervelen. Eigenlijk is het best leuk. De bovenste balken van het hek tussen ons en onze buren zijn verdwenen. Het lijkt wel of niemand zich nog druk maakt om zulke dingen. Emma en ik lopen over de onderste balken heen en weer en kijken wie het langst zijn evenwicht kan bewaren. Wie verliest moet doen wat de ander zegt.

'Ik begin. Jij telt.' Emma staat al op de eerste balk. Dat is de makkelijkste, want die is het oudst en die is in het midden gebarsten, waardoor hij breder is dan de andere. De volgende balk is veel moeilijker, want die is nieuwer.

'Begin maar,' zeg ik, en ik begin hardop te tellen. Omdat ik het niet kan uitstaan dat Emma dit spelletje kan zonder haar armen uit te strekken, tel ik extra langzaam.

'Je telt veel te langzaam!' zegt Emma. Ze kijkt heel goed waar ze haar voeten moet neerzetten.

Ik ga niet sneller tellen, want ze kan lekker toch niets doen als ze op die balk loopt. Toen mama nog verstoppertje met ons speelde, telde ze altijd: 'Een, Mississippi, twee, Mississippi, drie, Mississippi...' Dat doe ik niet, ik spel alle letters van Mississippi en daarom duurt het twee keer zo lang voordat ik bij het volgende getal ben.

Ze stapt op de volgende balk, en ik denk dat ze ervan afvalt voordat ik bij twaalf ben. Misschien ga ik deze keer eindelijk winnen.

Ja hoor, daar gaat ze. Ze heeft haar voet op de grond gezet.

'Elf!' zeg ik. Ik loop langs haar heen en spring op de onderste balk.

'Valsspeler. Je telde zo langzaam dat ik mijn haar kon voelen groeien,' moppert ze. Voordat ik kan bewijzen dat ik de Koningin van het Hek ben zegt ze: 'Laten we naar Forsyth gaan.'

Forsyth Phillips is een vriendinnetje van ons. Ze woont niet echt naast ons, maar er staat geen enkel ander huis dichterbij, dus je zou kunnen zeggen dat ze ons buurmeisje is. Forsyth is het allerbeste middel tegen verveling. Als het huis van de familie Phillips een bloem was zou het een zonnebloem zijn, heel vriendelijk en warm met altijd schone ramen en witte tafelkleden voor als het feest is.

Voordat ik over onze evenwichtsbalk naar de volgende paal ben gelopen is Emma al vooruitgerend naar Forsyth.

'Wacht op mij!' roep ik, maar ze hoort me al niet meer. Ik zal hard moeten lopen om haar in te halen.

'Kijk eens, daar hebben we Miss Parker.' Zulke dingen zegt Mrs. Phillips altijd tegen kinderen. Ze doet net of we even oud zijn als zij. 'Forsyth is boven. Ga maar naar haar kamer.' Emma is weer eerder boven dan ik, dus ik moet in mijn eentje naar haar kamer.

‘Hoi Forsyth.’ Ik ben buiten adem omdat ik met twee treden tegelijk naar boven ben gelopen.

‘Hoi Carrie,’ zegt Forsyth. Emma zit al tegenover Forsyth, die met haar zwartepietenkaarten op bed zit. Haar eenpersoonsbed heeft eigen pootjes en lijkt een beetje op een troon. Alles in Forsyths kamer past bij elkaar. De gordijnen aan weerszijden van haar raam, een zitkussen onder de vensterbank en de nette sprei op haar waardige bed zijn allemaal gemaakt van een hemelsblauwe stof met margrietjes. Ik vraag me af hoe het zou zijn om elke nacht weer met mijn hoofd op die zachte margrietjes in slaap te vallen. Als ik bij de familie Phillips woonde, had ik vast nooit nachtmerries.

‘Hebben jullie zin in verse koekjes?’ Mrs. Phillips kijkt lachend om de hoek van de deur. Ze draagt een keukenschort, maar dat is vast voor de show want we hebben er nog nooit vlekken op gezien. ‘Kom maar naar beneden als jullie ze willen proeven. Ze komen net uit de oven.’

Ik zou niet weten wanneer mama voor het laatst koekjes heeft gebakken. Mrs. Phillips bakt ze zo vaak dat Forsyth niet eens opkijkt van haar kaarten. Ze heeft niet eens haast om ze op te eten als ze op hun allerlekkerst zijn, als de chocola nog op je vingers smelt en de koekjes warm in je mond voelen. Wanneer je het koekje ophebt en de chocola van je vingers likt, is het net of je twee toetjes tegelijk hebt gekregen.

‘Wil jij ze niet proeven?’ vraag ik. Toe nou, Forsyth, zeg alsjeblieft ja.

‘Zo meteen,’ zegt ze, maar ze komt niet van haar plaats.

‘Wat ben je aan het doen?’

‘Aan het zwartepieten, suffie. Dat zie je toch?’

Ze is zeker met haar verkeerde been uit de margrietjes gestapt.

'Mogen wij meedoen?'

'Wij?'

'Emma en ik.'

'Ik heb geen zin meer om met Emma te spelen,' zegt ze zuchtend. Dat doet ze nu altijd. Ze wil nooit met mijn zusje spelen, alsof Emma de pest heeft. Emma lijkt het niet erg te vinden, maar ik vind het gemeen om het recht in haar gezicht te zeggen.

'Toe nou,' zeur ik.

'O, goed dan.' Ze schuift een stukje op om plaats voor me te maken. 'Maar dan moet je wel je schoenen uittrekken, want anders geeft mama je een flink pak slaag.'

Volgens mij heeft Mrs. Phillips nog nooit iemand een flink pak slaag gegeven.

Het is heel warm vandaag, en misschien verveelt Forsyth zich daarom wel net zo erg als wij. Als het zo heet is, heb je nergens zin in en heb je zelfs bijna geen puf om adem te halen. Aan Forsyths plafond hangt een ventilator, die de warme lucht naar buiten stuurt en heel lekker over onze armen blaast. Volgens mij hebben alle kamers in dit huis zo'n ventilator.

'Heb jij je huiswerk al af?' vraag ik, in de hoop dat ze haar kaarten weglegt en zin in koekjes krijgt.

'Ja. Dat moet ik van mama meteen maken als ik uit school kom,' zegt ze. 'Heb jij het af?'

'Ja,' lieg ik. Ik maak mijn huiswerk pas als het donker is, en dan doe ik het heel snel, alsof het vies smaakt. Emma is zo klein dat ze nog geen huiswerk heeft.

'Zullen we een paar van je moeders koekjes gaan eten?' stelt Emma voor. Ik kijk haar boos aan, want het is niet netjes om zoiets te vragen. Mama zou háár een flink pak slaag geven als ze haar bij iemand anders om lekkers hoorde zeuren.

Mama en Mrs. Phillips bellen elkaar wel eens op, maar volgens mij vinden ze elkaar niet zo aardig. Mama zegt dat Mrs. Phillips Emma en mij verpest. Ik denk dat ze bedoelt dat we te veel lekkere dingen krijgen. Als we eindelijk met tegenzin naar huis gaan, lusten we thuis ons avondeten niet meer.

Emma is mijn beste vriendin, maar daarna komt Forsyth. We zitten al bij elkaar op school sinds we ukkepukken waren. We zijn in de pauze bij elkaar en als ik in het speelkwartier geen bal tegen mijn hoofd krijg, klimmen we samen op de toestellen. Meestal is ze veel vrolijker dan vandaag.

'Wat is er?' vraag ik. Ik doe mijn best om niet op Emma te letten.

Ze haalt haar schouders op. Dat doet Emma ook altijd.

'Vertel eens.'

Ze schudt haar hoofd. Ze heeft rode krullen en een heleboel bijpassende sproetjes.

'Is er iets met je mama?'

Ze schudt haar hoofd weer.

'Met je papa?'

Ook niet.

'Met school dan,' zegt Emma.

'Sonny doet zeker weer vervelend,' zeg ik.

Sonny is de pestkop van onze school. Als er iemand van de trap valt, staat Sonny meestal bovenaan te lachen. Als er spulletjes zoek zijn, liggen ze meestal in Sonny's achtertuin. En als er op het schoolplein een fikkie wordt gestookt, is Sonny bijna altijd degene die de aansteker heeft.

Voor het eerst sinds we bij haar zijn kijkt Forsyth op van haar kaarten. Ze knikt en ik zie haar krullen heen en weer schudden als de drilpudding die mama met Kerstmis maakt.

'Wat heeft hij gedaan?'

Er lopen tranen over haar sproetige wangen. 'Hij is gewoon een gemenerik,' zegt ze. Ze klinkt alsof haar keel wordt dichtgeknepen.

'Dat weet ik ook wel. Hij is een achterneef van ons, weet je nog?'

Vorig jaar zomer heeft Sonny ons beddenlaken dubbelgeslagen en de rest van de dekens weer opgemaakt. Je kon aan de buitenkant niets zien, maar 's avonds konden we niet meer in bed komen. Hij heeft me aan een metalen ijsklontjesbakje laten likken en heeft me daarna lachend aan iedereen laten zien. Hij is echt een gemenerik.

'Toen God zei dat je hersens moest komen halen, dacht Sonny dat hij de trein moest halen,' zegt Emma terwijl ze de kaarten van Forsyths spel probeert te schudden.

'Wat heeft hij nou weer gedaan?' vraag ik aan Forsyth.

'Hij heeft bij de orkestrepetitie mijn broek omlaaggetrokken,' zegt ze huilend. 'Iedereen kon het zien.'

Dat is nog erger dan ik dacht.

'Wát?' zeg ik. Ik kijk boos naar Emma, die haar best doet om niet te lachen. Volgens mij vindt Emma Sonny stiekem wel leuk, al snap ik niet waarom.

Forsyth knikt alsof ze wil zeggen dat ik het echt goed heb gehoord. 'Ik stond op om iets te spelen.' Forsyth speelt blokfluit. 'Hij zat achter me, en toen stak hij zijn hand uit om mijn broek omlaag te trekken. Opeens lachte iedereen me uit.' Ze begint nog harder te huilen. 'En ik had niet eens een van mijn mooie onderbroeken aan.'

Kijk, dat is nog een verschil tussen Forsyth en ons. Wij hebben thuis geen mooie onderbroeken.

'Moet ik met hem praten?' vraag ik. Alsjeblieft, Forsyth, zeg alsjeblieft nee.

'Nee!' Ze krijst bijna. 'Carrie, niet doen! Zweer dat je niet met hem praat.' Ze pakt mijn arm beet alsof ik een drijvende boomstam ben en zij in de rivier bijna kopje-onder gaat.

'Oké, ik zweer het.' En dat meen ik ook echt.

'Erewoord?'

'Erewoord.'

Ik denk even na, en dan krijg ik een idee. 'Weet je wat wij moeten doen?' Ik wacht even tot ik zeker weet dat ze allebei luisteren. 'We moeten Sonny terugpakken.'

'Wat?' vraagt Emma. Zelfs zij is benieuwd wat ik ga zeggen.

'Ik meen het. We moeten hem gewoon heel hard terugpakken voor alle nare dingen die hij altijd doet,' zeg ik. Omdat Forsyth me blijft aankijken ga ik door met praten. 'Hoe zouden we hem kunnen pesten?' Ik denk na. Emma denkt na. Forsyth denkt na. 'Er moet iets te verzinnen zijn.'

'We zouden Richard op hem af moeten sturen, dát zouden we moeten doen,' mompelt Emma.

Forsyth reageert niet eens. 'We kunnen zíjn broek naar beneden trekken!' roept ze opgetogen.

Ik schud mijn hoofd. Soms vraag ik me af wat deze twee zonder mij zouden moeten, echt waar. 'Het moet iets zijn wat nog nooit iemand heeft gedaan. Iets wat hij nooit verwacht. Maar het moet wel een heel goed idee zijn.'

'Heb je iets bedacht?' vraagt Forsyth. Ze leunt naar voren alsof ze mijn antwoord wil opvangen zodra het uit mijn mond rolt.

'We kunnen zijn G.I. Joe pikken, het hoofd eraf draaien en er een rotje van Jimmy Hammersmith in stoppen!' roept Emma. 'Dan knalt die hele pop uit elkaar!'

Forsyths ogen beginnen te glimmen, maar ik twijfel. Zodra ze mijn gezicht ziet schudt ze ook haar hoofd. Eigenlijk is ze best een na-aper.

'Het moet nog iets beters zijn, maar je hebt goed meegedacht,' zeg ik. Dat zegt de meester ook als hij niet wil dat wij ons dom voelen.

'Wat dan?' vragen ze tegelijkertijd.

'De koekjes zijn klaar!' roept Mrs. Phillips van beneden.

Ik kan er niet meer tegen, dus ik sta op. Ik weet dat ze achter me aan zullen lopen, want ik ben degene met de goede ideeën.

'Dank u wel, Mrs. Phillips,' zeg ik. Ik zorg dat ik niet graai, want dat mag niet van mama.

'Neem maar lekker, meisje.' Met een glimlach schuift Mrs. Phillips nog meer koekjes op de schaal in het midden van de keukentafel. Het lijkt wel een televisiereclame. De keuken is al netjes opgeruimd, en op het aanrecht liggen de schoongemaakte maatbekers en mengkommen al te drogen in het V-vormige rek dat daar speciaal voor is gemaakt.

We wachten natuurlijk tot ze weg is voordat we verdergaan met ons plan om wraak te nemen.

'Ik weet iets!' zeg ik met mijn mond vol.

Forsyth springt bijna van haar stoel. Die hebben hier trouwens allemaal kussentjes, zodat de houten stoel niet zo hard aanvoelt onder je billen. 'Wat dan? Wat dan?'

'We zouden...' Ik praat heel langzaam om het spannend te maken, omdat het leuk is om af en toe in het middelpunt van de aandacht te staan. 'We zouden de wc-bril met vet kunnen insmeren als hij naar de wc moet. Dan glijdt hij zo met zijn billen in de pot.'

Twee paar grote ogen kijken me knipperend aan.

'Mijn mama heeft bakvet van Crisco.'

'Ik kan op de uitkijk staan en waarschuwen als hij eraan komt.'

'Ik bewaak de deur van de wc zodat we zeker weten dat hij de enige is die naar binnen gaat.'

'Ik zeg tegen iedereen dat er op de wc iets heel grappigs gaat gebeuren. Dan komen ze allemaal kijken en zien ze hem met zijn kleddernatte billen!'

We praten allemaal door elkaar heen en bam! We hebben een plan om Sonny terug te pakken.

We eten koekjes tot mijn maag bijna ploft en dan gaan we terug naar Forsyths kamer om alles uit te werken. Er mag niets fout gaan. Bij een jongen als Sonny moet je zorgen dat er niets fout kan gaan.

'Hij zit het tweede uur in klas 301,' zegt Forsyth. 'Dat weet ik zeker, want dat is tegenover mijn klas. Na het tweede uur moet hij vast naar de wc.'

'Ja, want na het eerste mogen ze iets eten en drinken, hè?' vraagt Emma. Volgens mij vindt ze het net zo'n goed idee als Forsyth. Dat is eigenlijk best gek, want zij is de enige die nog nooit door Sonny is gepest. Eerlijk gezegd denk ik dat Sonny een beetje bang voor haar is, omdat hij weet dat Emma nooit bang is.

'Ja,' zeg ik. 'Goed, Emma houdt hem in de gaten en zorgt dat hij naar de wc's naast de gymzaal gaat. Forsyth, je moet mij komen halen als Emma je het teken geeft.'

Forsyth fronst haar wenkbrauwen alsof ze het niet snapt.

'Dat is waar ook,' zeg ik. 'We moeten eerst een teken afspreken.'

'Zal ik "mijn lievelingskleur is blauw" roepen?' vraagt Forsyth.

'Dat kun je toch niet door de gang roepen,' hoont Emma. 'Dan weet hij meteen dat we iets van plan zijn.'

Forsyth knikt.

'Ik weet wel iets,' zeg ik. 'Emma moet aan haar kin krabben als ze ziet dat Sonny aan meester Stanley de sleutel van de wc vraagt. Ik stop een klontje Crisco in een zakje onder mijn bloes en ren vooruit naar de wc. Forsyth, jij moet de deur van de wc's in de gaten houden en zorgen dat er niemand is als ik naar binnen ga.'

'Wacht!' zegt Emma. 'Je kunt de wc niet in zonder sleutel.'

Dat is waar. Ik denk even na.

'Nou...' zeg ik hardop, al weet ik zelf nog niet hoe ik die zin moet afmaken. Opeens krijg ik een idee. 'Ik weet wat! Ik ga gewoon naar de wc zodra we op school komen. Dan heeft de conciërge ze net schoongemaakt, en dan staan de deuren open omdat ze moeten drogen! Dan draai ik aan dat dingetje in de deurknop waardoor hij niet in het slot kan vallen. Als jullie zeggen dat hij eraan komt kan ik gauw naar binnen glippen.'

Kijk, dat is nog eens een goed plan, al zeg ik het zelf. Kan niet mislukken. Emma en Forsyth knikken allebei, en ze kijken zo tevreden als een kat die net een vogeltje heeft gevangen.

'Oké, maar hoe zorgen we dan dat iedereen binnenkomt om hem in de pot te zien zitten?'

Ik denk weer diep na. Waarom moet ik toch alles in mijn eentje bedenken?

'Wat dachten jullie hiervan: we tellen tot tien, want dan weten we zeker dat hij erin is gevallen. Dan zeggen we tegen iedereen in de gang dat er op de jongens-wc een zak gratis snoep ligt.' Emma is zo opgewonden dat ze begint te schreeuwen. 'Iedereen houdt van snoep, vooral als je het zomaar voor niks krijgt!'

Dat is nu echt weer iets voor mijn zusje. Uiteindelijk kan ik altijd op haar rekenen.

'Goed idee,' zeg ik. Forsyth laat zich achterover op de margrietjes vallen. 'Vergeet morgen de Crisco niet,' waarschuw ik haar.

'Nee, ik zal het niet vergeten.' Met een vrolijke grijns kijkt ze naar het plafond. 'Morgen om deze tijd lacht de hele school Sonny Parker uit.'

Emma staat op en strekt haar armen boven haar hoofd. Ze heeft zo lang achterover op haar armen geleund dat ze waarschijnlijk stijf is. 'We moeten naar huis voordat Richard aan zijn vijfde begint.'

'Slaap je al?' fluistert Emma. Ze weet best dat ik nog klaarwakker ben.

'Nee.'

'Denk je dat het werkt?'

'Natuurlijk,' zeg ik, maar ik heb er nog eens diep over nagedacht en ik begin nu te twijfelen.

'Wat doen we als hij niet naar de wc hoeft?'

'Hij zal toch een keer moeten,' zeg ik. 'Als hij niet na het tweede uur gaat, verschuiven we het plan tot na het vierde.'

'Zou het lukken?'

'Het kan niet misgaan.'

'Je hebt gelijk,' zegt ze geeuwend. 'Het kan niet misgaan.'

Ik kan me niet herinneren dat ik heb geslapen, maar waarschijnlijk ben ik toch ingedommeld want opeens hoor ik mama vanaf de overloop roepen: 'Het zonnetje is al op!' Ze klinkt alsof ze een goede bui heeft, maar dat weten we pas zeker als we beneden in de keuken komen. Als de kommetjes voor de cornflakes klaarstaan wordt het een goede dag. Maar soms zegt ze: 'Je hebt toch zelf handen aan je lijf om de spullen te pakken?' Of ze komt helemaal niet naar beneden omdat ze nog slaapt. Vandaag staan de kommetjes klaar op het aanrecht. Pff, gelukkig maar. Dat is een zorg minder.

In de schoolbus gebeurt er niks bijzonders, maar Patty Lettigo kijkt heel nors naar me als we naar het dubbele bankje achter in de bus lopen. Dat doet ze altijd. Het lijkt wel of het haar werk is om nors te kijken.

Mijn buik doet een beetje raar. Op het bankje klemt Emma haar boeken dicht tegen zich aan, dus ik durf te wedden dat ze net zo zenuwachtig is als ik.

'Denk erom.' Ik fluister met mijn hand tegen haar oor voor het geval iemand ons boven het kabaal van de schoolbus uit kan horen. 'Je moet bij de kluisjes meteen de Crisco van Forsyth aannemen en het zakje aan mij geven als ik voorbijkom.'

'Jahaa, dat weet ik best,' sist ze.

'Ik zeg het alleen maar.'

'Ik snap het allang.'

Maar als we langs drie boerderijen en het tweede knipperende stoplicht zijn gereden, leunt ze naar me toe om in mijn oor te fluisteren. 'Waar spreken we ook alweer af als hij naar de wc moet?'

'Hè, Emma! Daar hebben we het nu al duizend keer over gehad. Aan het einde van de gang naar de gymzaal. Jij moet ons een teken geven.'

'O ja.' Ze knikt. 'Nu weet ik het weer.'

'Zeker weten?'

'Tien pond scheten.'

Ik moet lachen, want ik heb haar verteld dat papa dat altijd zei. Het rijmt leuk en ik moest er altijd om grinniken.

De bus stopt met piepende banden en vieze rookwolken voor het hek van de school. Emma geeft me een stomp op mijn arm en wijst naar buiten. Door het raam zie ik Sonny in het fietsenhok staan. Hij is bezig om zijn boeken van zijn fiets te halen.

'Nou, daar gaan we dan,' zeg ik tegen niemand in het bijzonder. Samen lopen we naar binnen, precies op tijd voor de eerste bel.

'Tot straks,' roept Emma. Dat is een beetje gek, want dat roept ze nooit als we op school komen. We lopen gewoon allebei een andere kant op, omdat we weten dat we elkaar straks weer zien. Ze is dus ook zenuwachtig.

In de klas is het zo verschrikkelijk saai dat ik nu degene ben die haar haren kan voelen groeien. Juf Fullman leest alle namen op, en de meeste kinderen vinden het leuk om iets anders te zeggen dan mijn saaie 'present'. Mary Sellers zegt: 'De enige echte!' Iedereen moet lachen, want zij verzint elke dag iets nieuws. Liam Naughton zegt: 'Dat ben ik!' Ook daar wordt om gelachen. Darryl Beckinsale zegt: 'Wie?' Die is niet zo leuk, maar altijd nog beter dan 'present'. Het duurt heel lang voordat juf Fullman alle namen heeft opgelezen. 'Jongens, zo is het genoeg. Zo is het echt genoeg, jongens!' zegt ze streng, maar ze moet steeds wachten tot het stil is voordat ze verder kan gaan.

Het geluid van de tweede bel klinkt bijna net zo hard als het bonken van mijn hart. Ik bedenk opeens dat het hele plan van mij afhangt. Ik kan niet meer terug. Dat kan gewoon niet. Als ik nu niet doorzet wil Forsyth waarschijnlijk nooit meer met me praten.

De tijd kruipt heel langzaam voorbij, maar gelukkig gaat alles nog volgens plan. Forsyth heeft Emma wat Crisco in een plastic zakje gegeven en Emma heeft het aan mij gegeven. Nu zit ik in de klas met een plastic zakje bakvet tussen de rits van mijn broek en mijn buik. Ik heb vanochtend met opzet een wijde bloes aangetrokken zodat je het niet ziet. Het is slim om alles vooruit te plannen.

Bzzzzz. Daar gaat de bel. Als we de klas uit lopen, bots ik tegen twee tafels aan omdat ik probeer te luisteren naar mijn hart dat als een vogel in een kooitje fladdert alsof het wil ontsnappen. O God, help me alstublieft om het plan uit te voeren.

In de gang zie ik Forsyth voor de wc's naast de gymzaal staan, maar Emma is nergens te bekennen. Ik kijk of ik haar ergens tussen de andere kinderen zie, maar ik kan haar niet ontdekken. Ik had nooit gedacht dat ik haar niet zou kunnen vinden. O God. O God. Emma, waar ben je?

Opeens zie ik haar, vlak achter Betsy Rutledge en Collie McGrath, die met Perry Gibson staan te praten, en ja... ze krabt aan haar kin! Dat betekent dat Sonny de sleutel heeft gevraagd en onderweg is naar de wc. Vlug kijk ik om naar Forsyth, die haar hoofd schudt tegen een jongen die naar de wc wil. Ze fluistert hem iets in zijn oor en dan loopt hij weg. Dat hadden we samen zo afgesproken. Tegen iedereen die hier naar binnen wil zeggen we dat deze wc kapot is. Behalve tegen Sonny, natuurlijk. We hebben het gisteren wel twintig keer geoefend voordat we naar huis gingen.

Nu moet ik opschieten, dus ik duw iedereen opzij. Ik ben zo zenuwachtig dat ik de andere kinderen nauwelijks herken. Onder mijn bloes voel ik aan het zakje Crisco. Vlak voor de deur van de wc's kijk ik vlug over mijn schouder of Sonny niet achter me staat. De kust is veilig, dus ik ren langs Forsyth, die iets tegen me zegt en met haar armen zwaait. Ik reageer niet, maar duw de deur open om ons plan uit te voeren.

O. Mijn. Hemel.

Ik hoor de deur achter me dichtvallen en ik zie niet één, niet twee, niet drie, maar minstens twintig – twintig! – jongens. Jongens uit alle klassen. Jongens die met hun rug naar de deur staan. Jongens die met hun gezicht naar de muur staan. Jongens die hun broek bijna helemaal op hun enkels hebben. Jongens die hun haren kammen. Jongens die tegen de betegelde muren leunen. Overal waar ik kijk zie ik jongens!

'Kijk nou eens, het is Carrie Getverderrie,' roept een holle stem die tussen de betegelde muren heen en weer kaatst. Het geluid vermengt zich met het gelach dat plotseling losbarst als het vuurwerk op Onafhankelijkheidsdag.

Het gaat allemaal zo snel dat ik niet eens meer weet wat ik zeg of hoe ik buiten kom. Ik weet alleen dat ik de deur uit vlieg en Sonny met een brede grijns en op zijn dooie gemak zie aankomen.

Naast de wc van de jongens is die van de meisjes, maar ik wil hier alleen nog maar zo ver mogelijk vandaan. Daarom zet ik het op een lopen. Ik ren door de gang, langs Emma, die met grote ogen naar me kijkt. Ik ren langs meester Stanley en langs een miljoen lachende kinderen die ik nooit meer wil zien. Ik ren de dubbele metalen deuren uit naar de vrijheid. Al komt de politie achter me aan, ik wil nooit meer naar die school. Achter me hoor ik de deur met een klap dichtvallen en even later zit Emma naast me op de tweede bank van de gammele tribune van het honkbalveld.

'Wat ging er mis?' vraagt ze.

'Forsyth,' zeg ik snikkend. 'Forsyth...' Ik moet zo hard huilen dat ik verder niets kan zeggen. Nu lacht de hele school mij uit.

'Wat is er met Forsyth? Wat gebeurde er?'

Opeens begrijp ik het... Wat erg! Forsyth zei iets tegen me. Ze zwaaide met haar armen alsof het ruitenwissers waren. Ze wilde me waarschuwen. Ze wilde me waarschuwen!

Ik wou dat ik me onder een steen kon verstoppen.

'Stil maar,' zegt Emma. 'Niet huilen. Het waait wel over. Echt, het komt wel goed.' Met haar hand wrijft ze cirkeltjes over mijn rug.

'Hoe dan?' vraag ik snotterend. 'Hoe moet dit nu ooit goed komen?'

Het blijft zo stil dat ik weet dat Emma me alleen maar wilde troosten.

'Als iemand je plaagt sla ik hem in elkaar.'

'Je kunt niet iedereen in elkaar slaan, en ik weet zeker dat iedereen me uitlacht.' Ik veeg mijn snotneus af aan mijn mouw.

'We verzinnen wel iets,' zegt ze, 'maar nu moeten we terug. We krijgen straf van Mr. Streng als we spijbelen. Kom.'

Als we door de dubbele deuren lopen, zijn alle gangen leeg. De les is waarschijnlijk weer begonnen. Zodra mijn ogen aan het halfdonker zijn gewend loop ik naar mijn kluisje. Emma loopt naast me. Zelfs in de galmende gang kun je haar niet horen lopen.

'Weet je wat je na de les moet doen?' Ze komt vlug voor me staan zodat ze me kan aankijken. 'Je moet net doen of je doof bent. Als iemand je plaagt of zelfs uitlacht, is dat helemaal niet erg. Je doet gewoon of je het niet hoort.'

Wat Emma niet weet is dat ik dat al mijn hele leven probeer. Het lukt nooit.

'Caroline, gisteren kende je de tafels nog helemaal uit je hoofd.' Meester Stanleys mond is een dunne streep, alsof hij helemaal geen zin meer heeft om tegen me te praten. 'Hoe kun je nu vergeten hoe je moet vermenigvuldigen?'

Moet ik daar antwoord op geven?

'Geef eens antwoord, jongedame.'

'Eh...'

'Als je je huiswerk niet hebt gemaakt, moet je dat zeggen. Je hoeft niet zo onschuldig te doen, want ik heb je best door. Jij mag straks nablijven.'

Wanneer hebben we in 's hemelsnaam leren vermenigvuldigen? Ik heb echt geen idee hoe een 'x' tussen twee getallen er een ander getal van kan maken. Meester Stanley kijkt steeds naar me alsof hij bang is dat ik wegloop. Dat zou ik best willen, maar waar moet ik naartoe? Naar huis, naar Richard? Er is iets wat meester Stanley niet helemaal snapt: ik vind het fijn op school. Mary Sellers, Tommy Bucksmith, Luanne Kibley en al die anderen kunnen in de klas nog zo poeslief zijn, maar in de pauze zeggen ze dat ze school ontzettend stom vinden. Ik vind school juist fijn, nou ja, op de andere kinderen na dan. Ik vind het fijn om de hele dag niet thuis te hoeven zijn. Het is net of ik elke dag schoolreisje heb.

'Caroline!'

Ik heb meester Stanley nog nooit zo hard horen roepen.

'Ja meester?'

'De bel is vijf minuten geleden gegaan. Moet jij niet weg?'

'Jawel meester.' Echt, ik heb de bel niet eens gehoord. Er is verder niemand meer in de klas.

Vlak voordat ik bij de deur ben, gooit hij met zijn schorre stem nog wat woorden achter me aan: 'Denk erom, vanmiddag nablijven.'

'Ja meester.'

Dan moet Emma straks dus op me wachten. Ik durf te wedden dat mama het niet eens merkt als we te laat thuiskomen. Het kan haar niets schelen. Volgens mij vindt ze het zelfs fijn als we er niet zijn. Ze moet haar stapels wegwerken, en ik denk dat dat veel beter lukt als het rustig om haar heen is. De hele dag zit ze brieven in drieën te vouwen, en daar maakt ze dan hoge stapels van tot er op alle enveloppen adresstickers zitten. Dan moet ze de brieven in de enveloppen stoppen. We mogen niet lezen wat er in de brieven staat, want mama zegt dat we het papier dan kreuken en dat ze haar baan kwijtraakt. Het kan me ook niet schelen wat erin staat. Ze zijn vast hartstikke saai, want mama kijkt bij haar werk altijd of ze zich vreselijk verveelt.

Mama is zo slim dat ze voor deze baan niet eens op gesprek hoefde te komen. Ze heeft gewoon een advertentie uit de krant geknipt waarin stond dat je thuis bergen geld kon verdienen. Aan de telefoon vonden ze haar zo aardig dat ze de baan meteen kreeg. Emma en ik snappen niet waar al die bergen geld blijven die ze mama hadden beloofd. Ik vind het iets voor kleine baby's om te denken dat er ooit een vrachtwagen bij de achterdeur stopt om zakken geld uit te laden, net zoals de broodwagen brood bij de supermarkt brengt, maar Emma wacht nog steeds op de vrachtwagen met geld.

'Je bent te laat, Caroline.' Juf Hall kijkt al net zo ontevreden als meester Stanley. 'Dat is al de derde keer deze week.' Ze zet een kruisje achter mijn naam in het boek op haar bureau.

Ik kom nooit expres te laat, maar soms maken mijn gedachten een omweg. Dat gebeurt ook als ik opeens met een ander handschrift schrijf. Ik weet best welke kant de pootjes van de letter K op moeten wijzen, maar soms staan ze hup, zomaar opeens naar de andere kant. Als dat gebeurt is het meestal met dat handschrift dat ik zelf niet herken. Dan lijkt het wel of ik nog maar net kan schrijven en bij Emma in de klas zit. De letters zijn groot en bibberig, en zoals ik al zei wijzen ze soms de verkeerde kant op. Maar meestal lukt het me wel om goed naar mijn werk te kijken. Vandaag dus niet. Mama weet niet eens dat ze op mijn rapport kan zien of ik vaak te laat kom. Als ze het wel zou zien kon het haar waarschijnlijk niets schelen.

'Wat is er aan de hand, Getverderrie? Weet je soms niet meer hoe je je veters moet strikken, kleine baby?' Mary Sellers is begonnen met die bijnaam, Carrie Getverderrie. Ze wijzen allemaal naar mijn haar maar dat snap ik niet, want het is niet half zo klitterig als dat van Emma. Toch wijzen ze ernaar.

Mijn schoenen zitten al de hele dag vervelend. Ik vind het afschuwelijk als de ene kant strakker zit dan de andere. Ik heb schoenen in twee kleuren, die eruitzien alsof mama ze had kunnen dragen toen ze acht was. Daarom heeft ze ze ook gekocht. Ze zag ze vorig jaar in de winkel en toen barstte ze bijna in tranen uit, gewoon waar Mr. Franks bij was.

Van Mr. Franks moeten we de nieuwe schoenen altijd met een metalen schoenlepel aantrekken. We mogen onze voeten er niet in wriemelen zoals we thuis doen. Denkt hij soms dat we thuis ook elke dag schoenlepels gebruiken?

De schoenen zijn bijna helemaal wit, maar over het midden loopt een zwarte band, als een soort zadeltje. De neuzen zijn rond zodat mijn voeten goed kunnen groeien. Dat moet ook, want mama zei dat ze zo duur waren dat ik voorlopig geen nieuwe krijg. Niemand op mijn school draagt witte schoenen met een zwart zadeltje. Ze zijn het zoveelste wapen dat Mary Sellers kan gebruiken in haar oorlog tegen Carrie Getverderrie. Ze zegt dat ze op dominostenen lijken. Ik zeg tegen mezelf dat het me niets uitmaakt. Dat is ook zo. Echt hoor. Het kan me niets schelen.

2

We gaan verhuizen en daarom praat ik niet met mama. Ik wil niet weg, maar ze zegt dat het niet anders kan.

Emma trekt partij voor mama. Zij vindt het hier ook niet fijn.

Gisteravond werd mama zo kwaad dat ze zei dat ze wel met Emma ging verhuizen en dat ik hier in mijn eentje kon blijven. 'Mij best,' zei ik, maar toen stuurde ze me naar mijn kamer, dus ik denk niet dat ik hier in mijn eentje mag blijven. Ik weet best dat meisjes van acht niet in hun eentje in een groot oud huis horen te wonen, maar toch... Ik wil niet weg.

Richard zegt dat we ruim baan maken voor een nieuwe baan. Dat zegt hij de laatste tijd heel vaak. Hij heeft werk gekregen aan de andere kant van de staat, dus wij moeten wel met hem mee, al hebben sommigen van ons helemaal geen zin om ruim baan te maken voor een nieuwe baan.

Mama zegt dat het een nieuwe start wordt, maar een nieuwe start is iets voor grote mensen. Groep vijf voelt helemaal niet als iets nieuws, en zelfs nu het jaar om is heb ik nog steeds niet het idee dat het gestart is.

Door dat stomme plan met die wc's word ik op school erger gepest dan ooit. Mijn juf, Miss Hall, zegt dat ik vaak voor mijn beurt praat en dat maakt het voor Patty Lettigo makkelijk om me te jennen. Tijdens het speelkwartier schreeuwt ze op het schoolplein tegen me dat ik een slome dromer ben. Daar moeten de andere kinderen om lachen, want zij denken ook dat ik een slaapkop ben. In werkelijkheid denk ik aan alle dingen die ik na school aan Emma moet vertellen, en voordat ik het in de gaten heb zeg ik ze hardop. Ik wil helemaal niet hardop praten, het gaat gewoon per ongeluk.

'En daarom zijn er staartdelingen,' zegt meester Stanley. 'We breken een groot getal in kleine stukjes en we zetten die netjes onder elkaar. Wie kan me vertellen hoe vaak negen in achttien past?'

Buiten lijken de knoppen van de bomen precies op de knopjes van de televisie. Ik vraag me af naar welk programma een boom zou willen kijken. Vast geen programma's waar een zaag in voorkomt.

'Carrie?' Opeens hoor ik de stem van meester Stanley en draai ik mijn hoofd naar het bord. Met mijn gedachten ben ik nog steeds bij de boomtelevisie. 'Weet jij het?'

'Wat, papa?'

O help, wat zeg ik nu weer? Wat heb ik nu weer gezegd? Misschien heb ik het alleen maar gedacht en heb ik het niet hardop gezegd.

'Jongens, rustig,' zegt meester Stanley tegen de anderen in de klas, die keihard lachen en naar me wijzen alsof ik net uit een ruimteschip kom. 'Jongens, toe,' zegt hij nog eens, maar het helpt helemaal niets.

Het geluid galmt zo hard in mijn oren dat het lokaal wel een grote glazen kom lijkt. De stemmen kaatsen in mijn hoofd heen en weer. Mary Sellers grinnikt met dat snuiflachje dat altijd klinkt alsof ze de hik heeft. Mijn gezicht wordt vuurrood.

'Jongens, zo is het genoeg,' zegt meester Stanley uiteindelijk.

Ik kan zijn gezicht niet zien omdat ik naar het blad van mijn bankje kijk. Met mijn vingers teken ik de letters na die iemand erin heeft gekrast. 'EMB zat hier,' staat er. Wie was EMB? Dat vraag ik me elke dag af. Het kan een jongen zijn geweest, maar ik hoop dat het een meisje was. Een meisje dat zo dapper was om de letters van haar naam in haar bankje te krassen als niemand keek. EMB. Misschien is ze wel dood en is dit het enige bewijs dat ze ooit heeft geleefd. Misschien weten haar ouders niet dat die letters hier staan en vallen ze elke avond huilend in slaap omdat ze zo graag één ding met de letters van haar naam willen hebben. De letters staan hier, precies onder mijn vingernagel, die trouwens zo vuil is dat hij wel bruin lijkt. Als ik wist wie EMB was, kon ik tegen haar ouders zeggen dat het laatste stukje van haar hier staat. Dan konden ze 's nachts weer rustig slapen.

'Caroline, kom na de les even bij me,' zegt meester Stanley zuchtend. 'Tommy, hoeveel is achttien gedeeld door negen?'

Even later is iedereen weer gewoon aan het werk, behalve ik. In het speelkwartier lachen ze me weer allemaal uit.

Emma is de enige die begrijpt dat ik soms voor mijn beurt praat, want dat doet ze zelf ook. Maar zij wordt nooit uitgelachen. De andere kinderen weten dat Emma hen dan na school in elkaar slaat. Emma is trouwens ook heel mooi, en mooie meisjes hebben niet zo vaak ruzie met andere kinderen. De jongens vinden hen aardig en de meisjes willen hun vriendin worden. Emma heeft het dus goed voor elkaar. Ik niet, maar misschien krijg ik wel een heel nieuw leven in het westen van North Carolina.

'Kun je me uitleggen wat aan de hand is, jongedame?' vraagt meester Stanley als alle andere kinderen de klas uit zijn.

'Het spijt me, meester.' Mijn wangen zijn nog steeds vuurrood en ik durf hem niet aan te kijken, ook al heeft mama ons altijd geleerd dat we mensen recht in de ogen moeten kijken.

'Luister eens, Caroline.' Zijn stem klinkt nu fijn als warme donuts. 'Jij kunt veel meer dan je denkt. Je bent een slimme meid, maar je moet wat beter je best doen.'

Beter je best doen. Beter je best doen... Als ik dat nog een keer van een meester of juf hoor ga ik gillen.

'...zorg je zelf voor de sleutel...' Hij heeft het over studeren. Blijkbaar denkt hij dat je daarmee de hele wereld aankunt. '... daarom mag je nu gaan, maar je moet goed onthouden wat ik heb gezegd. Afgesproken?'

'Ja meester,' zeg ik over mijn schouder. Ik ren de klas uit naar mijn kluisje, want ik wil niet te laat in de volgende les zijn en ik wil ook niet meer op mijn kop krijgen.

'Sst, daar komt ze,' hoor ik fluisteren als ik de klas van juf Hall in loop. Echt fijn als je ergens binnenkomt waar je helemaal niet had willen zijn.

'Ga maar gauw zitten, Carrie Parker,' zegt Luanne Kibley giechelend. 'Anders stuurt "mammie" je nog zonder eten naar bed.'

De hele klas barst weer in lachen uit. Ze hebben gewacht tot ik binnenkwam.

'Heb je fijn met "pappie" gepraat?' roept Mary Sellers boven het kabaal uit.

'Heb je hier ook nog een oom?' schreeuwt Tommy Bucksmith. 'Mr. Streng, soms?' Mr. Streng is het hoofd van de school.

Iedereen heeft een hekel aan hem, behalve Daisy. Daisy is een teckel met één oog, die op een geruit kussen in een hoek van zijn kantoor ligt.

Waar blijft juf Hall?

Buiten is de lucht helemaal zwart geworden. Het kan elk moment gaan regenen, dat weet ik zeker. Ik hoop dat het droog blijft tot we thuis zijn. Ik weet dat ik alleen maar aan dingen probeer te denken die niets met de klas te maken hebben, maar dat kun je me niet kwalijk nemen. Als ik later juf ben, zorg ik dat ik altijd op tijd kom.

'Zo, jongens,' zegt juf Hall nog voordat ze de deur heeft dichtgedaan. 'Allemaal gaan zitten en je boek openslaan op bladzijde negentien. Ik hoop dat jullie eraan hebben gedacht om de tekst thuis door te lezen...'

Ik heb niets gelezen. Ik weet niet eens meer dat ze het ons heeft gevraagd. Dat is al de zoveelste keer.

3

Ik zit in onze kamer, waar het plafond naar voren leunt alsof het ons bed tegen de wolken wil beschermen. Dit is de mooiste kamer van het huis, maar Richard vindt het de ergste. Ik snap wel waarom. Het is pas mei en het is hier al heter dan de hel, en in het enige raam zit een ventilator die alle lucht juist naar buiten lijkt te zuigen.

Toen Richard hier kwam wonen, kloste hij met de dozen uit zijn pick-up door het huis en zei hij dat we de trap op moesten gaan die je met een touwtje naar beneden moet trekken. Niemand bouwt nog een nestje voor jullie, zei hij, dus wen er maar vast aan. Sinds hij onze kamer het Nest noemt, noemen wij hem ook zo.

Ik wist niet wat Richard van plan was, maar ik ging als eerste de vlizotrap op naar zolder. Dat was wel bijzonder, want meestal is Emma de dapperste van ons tweeën. Toen we boven waren duwde hij de vlizotrap omhoog, en dat doet hij nu nog vaak.

Omdat het zomer is krijg je het van hete lucht in het Nest net zo benauwd als van de stinkende rookwolk uit Richards pick-up als hij van de parkeerplaats naast het huis wegrijdt. Aan één kant van de kamer kun je niet rechtop staan, en daar staat ons bed. De doorgestikte sprei op het bed lijkt wel een beetje op de dekens in Het kleine huis op de prairie.

Er hangen een heleboel spinnenwebben aan het plafond, die me altijd doen denken aan een van mijn lievelingsverhaaltjes. Daarin wordt de spin Charlotte vriendjes met het varken Wilbur. In het verhaal kan Charlotte letters weven, en ik vraag me af of spinnen dat echt kunnen. Omdat de spinnenwebben aan de hoge kant van de kamer zitten, ver van ons bed, mogen ze van mij blijven zitten... tot ik een spin naar beneden zie komen.

Emma vindt het hier heerlijk. Ze had er maar drie blauwe plekken voor nodig om te ontdekken dat je hier niet op het bed kunt springen. Ze vindt het leuk om de ventilator in het raam aan te zetten en er dan langzaam in te praten. Ze is niet de enige, hoor. Zelf vind ik dat ook heel leuk. Eerst durfde ze niet in de buurt te komen omdat ze bang was dat de ventilator haar haren van haar hoofd zou trekken, maar nu weet ze dat er niets kan gebeuren als ze haar haren in een paardenstaart doet. Ze zegt dingen als 'ik haat je, Richard', 'je gaat dood' en 'laat ons toch met rust' in het gat, want ze weet dat hij ons toch niet kan horen omdat de ventilator de lucht in kleine stukjes snijdt en alle woorden naar buiten blaast, ver weg van het huis. Ik denk dat het haar niet eens kan schelen als hij haar wél hoort. Soms, als hij mama er flink van langs geeft, schreeuwt Emma al in de ventilator voordat die goed en wel op gang is.

Ik hoor Richard op de overloop aankomen, dus ik weet dat het nooit lang meer kan duren voordat hij de trap weer naar boven duwt om ons op te sluiten. Mama vindt het afschuwelijk als hij dat doet, maar ik vind het niet erg meer. Als hij de trap naar boven duwt kan hij Emma en mij tenminste niet meer lastigvallen. Dat deed hij vroeger heel vaak, maar nu we ruim baan moeten maken voor een nieuwe baan denk ik dat hij andere dingen aan zijn hoofd heeft.

O jee, mama roept ons. Dat is een probleempje. Als we roepen dat we op zolder zitten ziet ze dat de trap weer omhoog is. Als ze dat ziet weet ze dat Richard weer gemeen is geweest. Dan gaat ze hem te lijf en dan gaat hij haar te lijf en dan is het hier helemaal niet meer zo knus als in Het kleine huis op de prairie, geloof me.

'Gewoon geen antwoord geven,' zegt Emma. Dat vind ik wel een goed idee.

'Maar dan zitten we de rest van de dag opgesloten,' zeg ik. Emma trekt haar schouders op en laat ze dan weer zakken. Dan weet ik dat de beslissing is gevallen, of ik het nu leuk vind of niet.

Op mijn tenen loop ik naar de stapel boeken naast de ventilator. We kunnen de ventilator niet aanzetten, want dan hoort mama dat we boven zijn en dan begint de ellende weer. Ik blader door een oud versleten boek met postzegels van over de hele wereld. Dat boek is nog van iemand die hier vroeger heeft gewoond, maar ik denk niet dat hij het mist, want hij is dood en daarom zijn we hier komen wonen. En ik vind het fijn om alle verschillende postzegels te bekijken en te dromen dat we ergens wonen waar het heel mooi is. Ik ben oud genoeg om beter te weten, maar ik denk altijd dat die landen dezelfde kleuren hebben als hun postzegels. Het klinkt gek als de meester bij aardrijkskunde zegt dat het in Finland een groot deel van het jaar donker is, want de postzegels zien er juist zo licht en vrolijk uit.

O jee… Mama staat onder het touwtje van de vlizotrap. Ze roept ons nog een keer. Ik kijk naar Emma, maar die is weer boven haar boek in slaap gevallen. Dan zal Richard haar gisteren wel weer hebben lastiggevallen. Als ze overdag zo in slaap valt weet ik precies wat er de avond ervoor is gebeurd.

Aan het gekraak van de zoldertrap hoor ik dat hij naar beneden wordt getrokken, en dan weet ik dat dit weer een rotdag voor mama wordt.

'Caroline? Zit je met Emma boven?'

Ik haast me naar de trap om Emma niet wakker te maken. 'Emma slaapt,' fluister ik. 'Wat is er?' Ik vraag het heel lief, want dan vergeet ze misschien wel dat Richard ons heeft opgesloten. Misschien blijft ze dan wel uit zijn buurt.

Aan de manier waarop ze zucht en naar de uitgeklapte trap kijkt merk ik dat ze vandaag geen puf heeft om het voor ons op te nemen. Daar ben ik blij om. Nou ja, een soort van blij.

'Je moet me in de keuken komen helpen,' zegt ze. 'Ik moet even weg en je moet alles klaarzetten voor het avondeten.'

'Waar ga je naartoe?' vraag ik. 'Mag ik mee?'

'Het gaat je niets aan waar ik naartoe moet en nee, je kunt niet mee,' zegt ze in één adem. 'Kom, aan de slag.'

Meestal heeft mama een goede bui als ze mij en Emma allebei roept, maar vandaag blijkbaar niet. Weet je waarom ze mij vaker roept dan Emma? Ze vindt mij liever. Dat weten we allebei, en mama weet het ook. Mama zegt het zelfs hardop. 'Het interesseert me niet wat Emma wil, ik neem alleen jou mee,' zegt ze als we iets leuks gaan doen. Of ze vraagt of ik iets voor haar wil doen. Dat vraagt ze nooit aan Emma, en dat vindt Emma heel erg. Dat zegt ze nooit tegen mij, maar als ik iets voor mama doe is mama extra lief voor mij. Emma wil dat mama haar ook dankbaar is, maar dat zie ik niet snel gebeuren.

Ik denk dat mama niet van Emma houdt omdat ze op papa

lijkt. Mama zegt dat je sommige dingen maar beter kunt vergeten.

Zoals de eerste keer dat Richard me naar zijn kamer riep. Je kunt van een boze stem geen lieve stem maken, maar op dat moment hoorde ik dat Richard dat probeerde. Ik dacht nog, waarom roept hij me alsof ik een jong poesje ben?

'Poes, poes, kom dan,' roept hij. 'Kom naar boven,' zegt hij, alsof het leuk is om naar zijn kamer te gaan. 'Kom dan, lieve meid,' roept hij.

'Niet naar hem toe gaan,' zegt Emma met die ogen die al veel te veel weten, ook al is ze dan twee jaar jonger dan ik.

'Ik ben zo terug,' zeg ik. Ik doe mijn best om te verbergen dat ik bang ben en denk diep na of ik die dag iets verkeerds heb gedaan. Volgens mij niet. Ik moest het ontbijt klaarmaken en ik heb zijn eieren precies zo gebakken als hij het wilde. Aan zijn stem hoor ik dat het een val is. Het is net of je een kip roept als je honger hebt. Je rent niet achter hem aan, maar je laat hem naar jou toe komen. Je roept hem met een lief stemmetje. Kom dan, kipje kipje. Kom maar.

'Ik kom eraan,' roep ik.

De trap lijkt opeens veel steiler, ook al ren ik hem de hele dag op en af. Met mijn hand hou ik me stevig aan de leuning vast.

'Waar blijf je nou, meisje,' schreeuwt hij. Met dat woord 'meisje' probeert hij lief te klinken. In gedachten zie ik een uitgestrekte hand met wat kippenvoer erin. Hij wacht tot ik het voer oppik en als ik niet kijk, grijpt hij me met zijn andere hand beet.

'Nee,' klinkt Emma's stem van onder aan de trap. 'Carrie, nee. Niet doen.' Bij het horen van haar stem moet ik bijna overgeven.

Mama is niet thuis, flitst het door mijn hoofd. Dat betekent dat ik moet doen wat Richard zegt.

Ik kijk boven rond of ik me nog ergens kan verstoppen, maar er zijn geen schuilplaatsen in ons huis. Ja, achter-de-bank is er een, maar die is te ver weg.

Ik kijk in de slaapkamer van mama en Richard en haal diep adem. Zelfs boven aan de trap ruik ik het al. Mama's parfum ruikt niet zo sterk als Richard en zijn stinkende zweetkleren.

Richard zit op de rand van het bed dat vroeger van oma was. Op het bed ligt een verschoten sprei waarop met dezelfde stof mooie bloemetjes zijn genaaid. Soms, als Richard niet thuis is en mama nog zacht is van de slaap, kruipen Emma en ik 's ochtends op bed en dan vind ik het leuk om met mijn vingers de lijntjes van die bloemen na te trekken.

'Kom eens hier,' zegt hij. Hij zit voorovergebogen en leunt met zijn ellebogen op zijn knieën. Als ik op mijn tenen binnenkom, gaat hij rechtop zitten. Ik zie dat zijn gulp openstaat. Nu moet ik echt bijna overgeven.

'Ik zei "kom hier",' zegt hij, maar ik kan me niet bewegen. Mijn benen zijn net paardenbloemwortels die je niet uit de grond krijgt.

Net als hij het nog een keer wil zeggen, staat Emma achter me. Ze duwt me de kamer uit en doet de deur voor mijn neus dicht. Zonder iets te zeggen.

Ik wacht een paar tellen en ren dan zo hard mogelijk naar achter-de-bank. Zo'n lafaard ben ik nu. Ik laat mijn zusje de kastanjes uit het vuur halen. Ik weet niet waarom Richard er niet aan heeft gedacht om zijn gulp dicht te doen voordat hij me een pak slaag geeft en daar wil ik liever niet over nadenken. Ik hoor helemaal niets boven, maar ik weet dat er iets ergs gebeurt. Emma huilt nooit als er erge dingen gebeuren. Ze huilt alleen maar als ze daarmee iets kan veranderen. Dit kan ze niet veranderen. Ik leg mijn hoofd op mijn knieën en wacht tot ze terugkomt, maar ze komt niet terug. Ik blijf een hele poos ineengedoken in achter-de-bank zitten en pluk aan de gele lijn in het ruitpatroon. Ik hoop maar dat het goed met haar gaat. Waarom komt ze nu niet naar beneden? Ik wacht nog even en wacht nog wat langer.

Dan bedenk ik ineens dat ze misschien naar onze slaapkamer is gegaan. Misschien moet ik daar gaan kijken hoe het met haar is en wat er is gebeurd. Daarom kom ik uit achter-de-bank door mijn hakken op het zeil te zetten en mijn bips een paar centimeter naar voren te trekken. Daarna zet ik mijn hakken weer neer en schuif ik weer een stukje verder.

Het duurt heel lang voordat Emma naar buiten komt en als de deur opengaat, komt ze niet naar mij toe. Ik loop wel altijd naar haar als ik er van langs heb gekregen. Ik hoor haar zachte voetstapjes naar het Nest sluipen, dus ik schiet achter de bank vandaan en ren naar boven. Richards deur is dicht dus de kust is veilig. Ik hol met twee treden tegelijk naar zolder.

Emma zit op de rand van het bed en ze ziet er helemaal niet uit alsof ze is geslagen. Het is meer alsof ze in een fikse regenbui heeft gestaan. Haar superzachte haar zit aan de achterkant in de knoop en haar pony is een beetje nat. Haar gezicht is opgeblazen alsof ze heeft gehuild, maar ik heb heel goed geluisterd en ik heb haar niet gehoord. Ik weet dus niet wat er is gebeurd.

Haar mond zit net zo stijf dicht als de klep van de vleesmolen op de rand van het aanrecht, dus ik denk niet dat ik er snel achter kom waarom Richard nu zo boos was.

Ik loop naar de ventilator en zet hem aan omdat ze daar dan misschien in gaat praten. Misschien kan ik er zo achter komen wat er is gebeurd, maar ze blijft met gebogen hoofd op het bed zitten. Na een poosje geef ik het op en pak ik mijn postzegelalbum. Ik blader langs Roemenië en ga naar mijn favoriete postzegels, die van Bermuda. Ik strijk met mijn vingers over de zegels en doe net of ik het witte zand onder de palmboom kan voelen. Als ik mocht kiezen waar ik mocht wonen zou ik daarheen willen. Bermuda is zo mooi dat er vast geen nare dingen gebeuren, en ik durf te wedden dat ze een wet hebben waardoor mensen als Richard er niet eens mogen komen. Hij zou trouwens ook verbranden in de zon, want boven op zijn hoofd wordt zijn bruine haar heel dun. De dikke aderen op zijn armen zouden knalrood worden.

Ik kijk naar het bed en zie dat Emma zich heeft opgerold als een baby die terug in haar mama's buik wil. Ze probeert zich heel klein te maken en heeft haar knieën tot aan haar borst opgetrokken.

Ik haat Richard.

Toen ik Richard voor het eerst zag, liep hij langs me heen en aaide hij me over mijn hoofd. Ik keek eigenlijk niet op, want ik had geen idee dat hij bij ons zou komen wonen. Mama had wel een paar keer een hint gegeven – 'Lief zijn voor mijn nieuwe vriend', 'Trek die mooie zomerjurk maar aan die je vorig jaar lente hebt gekregen' – maar ik had het pas door toen het al te laat was.

Emma en ik zaten op de veranda te kaarten toen hij met een blik spijkers bij ons langskwam. Mama deed heel overdreven, alsof hij de beste uitvinder van de hele wereld was. Hij zei tegen mama dat hij met die spijkers de kromme planken van de veranda wilde vastspijkeren zodat we onze blote tenen niet meer aan de uiteinden zouden stoten. Pff, dat had ik ook wel gekund. Ik snapte trouwens niet waar hij zich druk om maakte, want sinds papa dood is heeft niemand zich meer aan de uiteinden gestoten. Maar Richard knipoogde naar me en zei dat mijn kleine zusje zich nu niet meer pijn kon doen. Mama seinde met haar ogen dat we hem moesten bedanken, maar ik vond zijn knipoog net zo nep als de linkerhand van Mr. Brown, die voor White's Drugstore elke dag mondharmonica speelt.

Ik ben een keer met Richard naar White's geweest omdat mama dat vroeg. Dat was nog in het begin, toen Richard nog dingen voor mama deed. 'Caroline, ga jij maar gezellig mee om Richard gezelschap te houden,' zei mama. Ik denk dat Richard me geen leuk gezelschap vond, want toen de auto wegreed en we mama niet meer konden zien keek hij opeens heel nors en zei hij niets meer tegen me.

'Hallo lieverd,' zegt Miss Mary van achter de toonbank. Ze houdt haar hoofd een beetje schuin en mompelt iets in zichzelf, maar zo hard dat ik het duidelijk kan verstaan. 'Ik snap niet waarom ze die kinderen op school zoveel huiswerk geven. Jullie zien er altijd zo moe uit.' Dan gaat ze weer rechtop staan en kijkt over mijn hoofd naar Richard. 'Ik kom zo bij u,' zegt ze tegen hem.

'Ik kom zo bij u…' Richard zegt haar na, maar hij rekt de letter u uit om haar te vertellen dat die zin nog niet helemaal af is.

'Ik kom zo bij u, *sir*,' zegt ze, kijkend naar haar werk. Richard wil dat iedereen '*sir*' zegt, zelfs mensen die zijn oma hadden kunnen zijn.

Miss Mary heeft lange nagels, die een leuk geluid maken als ze op de rekenmachine uitrekent hoeveel je moet betalen. Soms tikt ze de bedragen in met het gummetje op het potlood achter haar linkeroor, maar deze dag is een nageldag. Ik sta te kijken terwijl ze uitrekent hoeveel Mr. Sugner moet betalen. Mr. Sugner is van de bibliotheek, maar in hetzelfde gebouw zit ook de

Toast Historical Society. Als je iets over de geschiedenis van Toast wilt weten, moet je bij Mr. Sugner zijn. Tik-tikkerdetik.

Richard trekt een gezicht alsof iemand een spoorbiels op zijn voet laat vallen. Hij kijkt nors naar Miss Mary en verplaatst zijn gewicht zuchtend van het ene been op het andere, alsof Mr. Sugner er iets aan kan doen dat mama pleisters, tandpasta en een maatbeker nodig heeft. Ik word een beetje misselijk als ik zie hoe gemeen hij naar Miss Mary kijkt. Hij trekt zijn neus op alsof ze stinkt, dus daarom ga ik maar even kijken bij het rek met stoffige ansichtkaarten. Ze kosten maar tien cent, maar niemand wil ze kopen. Het zijn geen ansichtkaarten van Toast, maar van de staat North Carolina. Er staan foto's op van een regeringsgebouw en van een plaats die Mount Airy heet.

Als ik me omdraai zie ik Richard niet meer staan. Ik kijk zelfs achter het schap met luiers en andere zachte dingen, maar ik zie hem nergens meer.

'Hij is weg,' zegt Miss Mary. Ze krabt met haar nagel zachtjes aan een bultje links op haar kin. 'Tss.' Haar mondhoeken wijzen naar beneden en ze schudt haar hoofd, alsof ze net zo'n hekel aan hem heeft als hij aan haar.

'Waar is hij?' vraag ik. Ik heb me maar heel even omgedraaid.

'Kijk maar eens bij de vuilcontainer.' Ze mompelt er nog iets achteraan, zo zachtjes dat ik niet zeker weet of ik het goed heb verstaan, maar volgens mij zegt ze: 'Daar hoort dat stuk vuilnis namelijk thuis.'

'Miss Mary?' De stem van Mr. White snijdt als de scherpe rand van een vel papier door de lucht. 'Is er een probleem?' Ik vind het altijd gek dat hij naar mij kan lachen en als de meester van school tegen Miss Mary praat.

'Miss Caroline, wil jij misschien iets lekkers?' Hij steekt de grote glazen pot naar me uit, die helemaal onder de vingerafdrukken zit omdat we altijd aanwijzen welk snoepje we willen hebben. Hij heeft hem net gevuld, dus de pot zit helemaal vol pindatoffees, chocoladetoffees, rolletjes zuurtjes en minichocoladereepjes. Hij zit zo vol dat er een pindatoffee op de grond valt wanneer hij de bovenkant vastpakt. De toffee ligt op de grond alsof hij wil zeggen: 'Kies mij, kies mij!'

'Het spijt me, Mr. White, maar ik heb geen geld bij me,' zeg ik. Het water loopt me in de mond en ik staar naar de toffee alsof ik hoop dat die vanzelf uit zijn papiertje komt en op mijn tong springt.

'Dat hoeft ook niet.' Zijn lach wordt nog vriendelijker. 'Ik trakteer. Je mag van mij iets uitzoeken.' Hij kijkt erbij naar Miss Mary, maar volgens mij heeft hij het tegen mij. Voordat hij van gedachten kan veranderen schiet mijn arm uit zichzelf naar de grond om die toffee op te rapen.

Miss Mary frommelt aan de rits van haar grijze schort, waarop de naam White's Drugstore is geborduurd. Mr. White draagt ook altijd zo'n jasschort, maar die van hem is wit.

'Begrijp ik goed dat je je begeleider bent kwijtgeraakt?' vraagt hij. Dat gebeurt me nu altijd. Mensen vragen me iets als ik mijn mond vol heb en geen antwoord kan geven. Gelukkig is hij heel beleefd en blijft hij praten tot hij ziet dat ik klaar ben met kauwen. 'Als dat zo is heb ik geluk. Ik bedacht namelijk net dat ik wel een hulpje in de achterkamer kon gebruiken, iemand die flesjes op alfabet kan zetten en zo. Zou jij me daarbij wil helpen, jongedame?'

De vraag komt precies op tijd, want ik heb met mijn tong net de laatste restjes toffee van mijn kiezen gepulkt. 'Dat wil ik wel, Mr. White, maar ik weet niet of het van mama mag.'

'Zal ik je moeder bellen om het te vragen?'

'Goed, Mr. White.' Ik weet anders toch niet wat ik moet doen, want Richard heeft me zomaar laten staan.

Mr. White loopt naar de telefoon naast de kassa van Miss Mary en draait ons nummer, zomaar uit zijn hoofd. Dat kan alleen maar in een klein plaatsje, denk ik.

'Libby, met Dan White.' Hij wacht tot mama dag heeft gezegd en schraapt zijn keel. 'Sorry dat ik je stoor, maar Miss Caroline en ik vroegen ons af of ze mij vanmiddag in de winkel mocht helpen. Het schijnt dat haar begeleider dringend, eh... elders moest zijn, dus als je haar even kunt missen zou ik dat zeer op prijs stellen.'

Hij wacht weer even. De blik op zijn gezicht verraadt niet wat mama zegt. Ik denk dat hij moe is, want hij heeft zijn ogen half dicht en hij ziet eruit of hij een proefwerk moet leren. Het lijkt wel of hij moet onthouden wat ze heeft gezegd of zoiets.

'Geen idee,' zegt hij, kijkend naar mij. 'Hij moest even wachten, dus hij komt vast terug als hij ziet dat het niet druk is.' Hij knipoogt naar me, en dan klinkt zijn stem gewoon weer even hard als anders. 'Goed. Afgesproken.' Hij schraapt nog een keer zijn keel. 'Miss Caroline helpt me tot vijf uur en daarna breng ik haar thuis. Wat?' Hij luistert even. 'Nee hoor, het is helemaal geen moeite. Ik moet nog bij de familie Godsey langs, dus ik moet toch jullie kant op.' Hij luistert weer even. 'Goed, tot straks.'

Mijn ogen moeten een paar tellen wennen aan de achterkamer, want vergeleken met buiten lijkt het daar wel nacht. Mr. White had gelijk: het is er een rommeltje. Mama zou zeggen dat het een varkensstal was. Ik kan nauwelijks van de ene kant naar de andere kant van de kamer lopen. Overal waar ik kijk staan dozen opgestapeld.

'Luister, dit had ik in gedachten,' klinkt de stem van Mr. White achter me. Hij laat zijn blik over al dat karton gaan. 'In veel van die dozen zitten nog maar één of twee flessen. Wil jij kijken welke dozen bijna leeg zijn en de flessen vervolgens op die lage plank zetten? Daarna mag je de lege dozen kapotmaken. Dan komt er vanzelf meer ruimte.'

'Waar moet ik de lege dozen laten?'

'Kom maar mee, dan zal ik je laten zien waar we de stapel voor de vuilnisman klaarleggen.'

Ik draai me om en loop achter hem aan door de winkel. We gaan door een deur naar een piepklein parkeerplaatsje achter de winkel, waar een grote vuilcontainer op een van de parkeerplaatsen staat.

'Maak naast de container maar een stapel van de platte dozen.'

'Oké.'

'Zou het lukken?' vraagt hij.

'Ja, Mr. White.'

'Goed zo.' Hij tikt zachtjes op mijn hoofd. 'De appel valt niet ver van de boom. Je bent net je mama. Als zij zich iets voorneemt laat ze zich ook niet meer van haar plannen afbrengen.' Glimlachend loopt hij terug naar de winkel.

Ik vind het leuk om de achterkamer op te ruimen. En wat ook fijn is: als Richard straks terugkomt, kan hij me geen luilak noemen.

Ik maak bijna alle dozen op ooghoogte leeg. Mr. White had gelijk, er zijn heel veel dozen waar maar een paar flessen in zitten. Die stonden gewoon te wachten tot iemand eraan dacht om ze leeg te maken. Ik heb geen idee hoelang ik aan het werk ben, maar ik weet wel dat ik vijftien dozen heb platgemaakt en dat het tijd wordt om de stapel naar de container te brengen.

Als ik voor de eerste keer met mijn armen vol de winkel door loop, staat Miss Mary op de rekenmachine in te tikken hoeveel Mr. Blackman moet betalen. Ik loop heen en weer tussen de achterkamer en de parkeerplaats, en algauw heb ik alle dozen opgeruimd.

'Lieve help!' zegt Mr. White als hij komt kijken hoe het met me gaat. O jee. Ik hoop dat ik niets verkeerds heb gedaan, maar als ik naar hem kijk, zie ik zijn open mond in een glimlach veranderen. Een échte glimlach, want zijn ogen lachen mee. 'Niet te geloven, zeg. Miss Caroline Parker, je bent aangenomen!'

Aangenomen?

'Wat bedoelt u?'

'Als je wilt mag je hier voor vast komen werken,' zegt hij. Hij kijkt naar alle ruimte die ik heb gemaakt. 'Ik zie nu pas hoe hard we jouw hulp nodig hebben. Denk je dat mama je een of twee middagen in de week kan missen?'

'M-maar ik ben pas acht,' stotter ik. Ik snap zelf niet waarom, maar mijn wangen worden rood. 'Mag ik dan al werken?'

De rode kleur verdwijnt als ik de ogen van Mr. White zie. Hij kijkt net zo naar me als papa vroeger naar me keek. Ik ben opgelucht.

'Kindje, jij hebt al zoveel meegemaakt dat je af en toe wel een verzetje kunt gebruiken,' zei hij zacht. 'Een vertrouwde veilige omgeving. Je begrijpt me wel.'

Op dat moment denk ik inderdaad dat ik weet waar hij het over heeft. Ik knik.

Hij tikt me op mijn hand, schudt zijn hoofd en loopt terug naar de winkel. 'Kleine Caroline Parker,' mompelt hij in zichzelf. 'Kleine Miss Caroline Parker.'

Wat zal Emma zeggen als ik vertel dat ik werk heb? Misschien mag zij ook wel komen helpen. Ze is wel klein en mager, maar ze is hartstikke sterk. Als we mogen samenwerken kunnen we ik-weet-niet-hoeveel dozen opruimen, en Emma kan ook wel eens een verzetje gebruiken.

Even later komt Mr. White terug. 'Ik vind dat je voor vandaag genoeg hebt gedaan,' zegt hij. Hij glimlacht weer naar me. Het is warm in de achterkamer en hij veegt zijn glimmende voorhoofd af met een zakdoek. Ik weet niet waarom iemand een vieze zakdoek bij zich wil dragen, maar Mr. White stopt de zakdoek gewoon weer in zijn zak. 'Ga je mee? Ik heb je mama beloofd dat ik je thuis zou brengen.'

'Goed, Mr. White.' Ik ga boven op de doos staan die ik net heb leeggemaakt, en onder mijn schoen wordt hij net zo plat als een pannenkoek. Ik denk dat Richard straks in zijn eentje naar huis komt. Helaas.

De auto van Mr. White heeft de hele dag in de zon gestaan, en binnenin is het nog warmer dan in de achterkamer en het Nest bij elkaar. Ik brand mijn bovenbenen aan de stoel, dus ik duw mijn billen omhoog en druk mezelf op tegen mijn schouders tot de bank een beetje is afgekoeld. Mr. White heeft het volgens mij niet in de gaten, en daar ben ik blij om.

Terwijl we van de parkeerplaats af rijden begint hij te praten. 'Toen je moeder een paar jaar ouder was dan jij was ze het mooiste meisje van de hele school,' zegt hij. 'Wist je dat ik bij haar in de klas heb gezeten?'

'Ja, Mr. White.' Ik probeer te gaan zitten, maar de bank is nog steeds heter dan een kachel. Toen ik klein was keek ik wel eens in het jaarboek van mama's school. Mama zag eruit als een filmster en Mr. White had nog heel veel haar. Hij zag er mal uit in zijn zwarte pak en hij probeerde heel gemeen naar de fotograaf te kijken. Dat vond ik juist heel grappig. Mama had een soort stralenkrans om haar hoofd waardoor ze eruitzag alsof ze uit de hemel kwam. Haar haren glansden en ze hadden een kleur tussen blond en bruin in. Ze droeg een soort bol kapsel waarmee ze er veel ouder uitzag dan ze was. Ze had een heel mooie lach en op de foto zag ik dat ze kuiltjes in haar wangen had. Dat zou je nu niet zeggen. Haar ogen zagen er groot en vrolijk uit, maar nu heeft ze allemaal lijntjes in haar gezicht.

Op de foto had ze een parelketting om waarvan ik weet dat ze die speciaal voor de foto van haar oma mocht lenen. Die parelketting is beroemd. Ik heb zoveel over de parelketting gehoord dat het bijna voelt of ik erbij was op die dag dat de foto is gemaakt. Toen de bel was gegaan liep mama met papa naar de achterkant van de school om hem te zoenen. Papa had net haar hoofd tussen zijn handen toen de directeur naar buiten kwam en hen betrapte. Papa schrok zo dat zijn hand naar beneden schoot en achter de parelketting bleef hangen. De ketting brak en de parels rolden allemaal over het asfalt in een put. Ze werden natuurlijk nooit meer teruggevonden. Toen mama met een knalrood hoofd thuiskwam kreeg ze een enorm pak slaag.

'Heeft ze verteld dat ze bij mij in de klas heeft gezeten?' vraagt Mr. White. Hij kijkt opzij en heel even kan ik me voorstellen dat hij er toen zo uitzag.

'Dat weet ik niet meer. Ik wist het gewoon, geloof ik.' Hij hoeft niet te weten dat ik het jaarboek heb gezien. Misschien schaamt hij zich trouwens wel voor die foto.

'O, alle jongens waren verliefd op haar,' zegt hij met een diepe zucht. 'Ik ook, hoor. Maar in die tijd had ik nog wilde haren, dus ik was echt niet van plan om je moeder om een afspraakje te vragen. Geen sprake van.' Hij fluit zachtjes. 'Je vader was slimmer dan ik en hij vroeg haar wél of ze zijn vriendinnetje wilde zijn. Ik moet je bekennen dat ik het hem nooit helemaal heb vergeven dat hij mijn Libby heeft ingepikt.' Hij knipoogt naar me. Daar ben ik blij om, want ik weet niet of ik ertegen zou kunnen als Mr. White iets onaardigs over papa zei.

'We waren allemaal jaloers op je vader,' vertelt hij knikkend. 'Ik dacht dat ze na hun huwelijk wel uit Toast zouden vertrekken, maar je mama wilde per se hier blijven.'

Tijdens zijn verhaal laat ik mijn billen voorzichtig op de bank zakken. Pff, wat een opluchting om weer gewoon te zitten.

'...ze hield voet bij stuk en daarom is ze nooit uit Toast weggegaan.'

Ik begrijp niet goed waarom, maar opeens verdwijnt de vrolijke lach van zijn gezicht en kijkt hij heel somber. Ik zeg niets. Ik heb de hele weg nog niets gezegd, maar nu heb ik bijna het gevoel dat ik iets moet zeggen.

'Hoe gaat het op school?' vraagt Mr. White als we Route 5 op rijden. Over twee minuten zijn we gelukkig bij mijn huis, dus dit deel van het gesprek hoeft niet lang te duren.

'Goed, Mr. White.'

'Ja? Mooi zo. Dat hoor ik graag,' zegt hij, terwijl hij met zijn grote auto het onverharde pad naar ons huis op rijdt. Zijn auto lijkt helemaal niet thuis te horen op het pad waarover Richards pick-up altijd rijdt.

'Zo jongedame.' Hij doet zijn best om vrolijk te klinken, maar de blik in zijn ogen past niet bij zijn stem.

Daarom stap ik vlug uit de auto. 'Nogmaals bedankt, Mr. White,' roep ik.

'Graag gedaan,' roept hij terug. 'Praat maar met mama en vraag of ze me belt als jullie weten wanneer je weer kunt komen helpen.

Je bent altijd welkom, Caroline. Altijd.' Hij knipoogt nog een keer naar me, en ik gooi de deur dicht en ren de veranda op om mama en Emma alles over mijn middag bij White's te vertellen.

Mr. White is net als de meeste andere mensen in Toast, North Carolina. Het is nooit bij hem opgekomen om weg te gaan. Gek hè? Ik bedoel, als je zo oud bent als ik denk je daar nog niet over na, maar waarom zou je niet weggaan als je daar oud genoeg voor bent?

'Mama?' roep ik nog voor de hordeur dichtvalt. 'Luister eens.'

Mama staat in de keuken. In haar ene hand heeft ze een sigaret en met de andere hand roert ze in een pan op het fornuis.

'Mama, ik mag voor Mr. White gaan werken! Ik heb alle dozen in de achterkamer leeggemaakt en hij zei dat het nog nooit zo netjes was geweest en hij heeft me aangenomen. Ik mag iets uit de pot op de toonbank halen wanneer ik maar wil. Mama, zeg alsjeblieft dat het mag, alsjeblieft.'

'Rustig, rustig! Jeetjemina, wat een spraakwaterval,' zegt mama. Ze doet de koelkast open en staart naar de dingen die erin liggen. 'Haal jij de pot stroop eens uit de voorraadkast.'

'Mama, mag ik daar na school gaan werken? Alsjeblieft?'

'Pak nu eerst maar die pot stroop,' snauwt ze. 'We hebben het er nog wel over.'

'O mama, toe nou. Het lijkt me zo fijn. Dan verdien ik mijn eigen geld en krijg ik altijd snoep. Mag het nou?'

Mama begint weer in de pan te roeren. Ze roert heel langzaam, want de pan is zo vol dat het bijna over de rand gaat.

Ik ga dichter bij haar staan omdat ik haar iets hoor mompelen, maar ik weet inmiddels dat ik niet te lang moet zeuren. Dan draait ze zich namelijk om en doet ze precies het tegenovergestelde van wat je hoopt.

'Hulpje in een winkel...' mompelt ze. 'Verhuizen...'

Zie je, ik hoor alleen maar flarden van zinnen, dus ik weet dat ze ergens over nadenkt.

'Mama?'

'Die ellendige klootzak.' Ze gaat sneller roeren, dus het kan nooit lang meer duren tot er iets over de rand gaat.

Het is net of ze in haar slaap een boodschappenlijstje opzegt. Ik begrijp er helemaal niets van.

'Mama? Mag het nu? Alsjeblieft?'

'Wat?' Ze draait zich opeens om alsof ze van me schrikt, alsof ik haar stoor bij het gesprek in haar hoofd. Ze heeft de lepel nog in haar hand, maar ik denk dat ze is vergeten dat ze hem niet meer boven de pan houdt. De rode saus loopt van de lepel af en druppelt als bloed op de grond. Drup. Ik zie elke dikke druppel met een mooie ronde vlek op de grond vallen. Drup.

'Mag ik bij Mr. White werken?' Drup.

Ze kijkt naar me alsof ze nu pas ziet dat mijn spijkerbroek al een maand te kort is.

'Tot we gaan verhuizen? Alsjeblieft?'

'Ach, waarom ook niet.' Ze zucht en draait zich weer naar het bubbelende bloed op het fornuis.

Ik ben zo blij dat ik even niet nadenk en mijn armen om haar heen sla. Pas als ik haar voel verstijven herinner ik me dat ze niet aangeraakt wil worden.

'Hup, ga spelen,' zegt ze met een strak gezicht tegen de pan.

Ik ren naar het Nest om Emma het nieuws te vertellen. 'Emma? Emma!' Ik hol met twee treden tegelijk de trap op. 'Waar zit je?'

'Boven!' roept ze terug.

'Emma, ik mag in White's Drugstore gaan werken en ik krijg

snoep uit de pot wanneer ik maar wil,' ratel ik omdat ik buiten adem ben van het snelle trappenlopen.

Emma zit op bed met Mutsie, haar favoriete knuffel. 'Wat?'

Als ik weer op adem ben gekomen ga ik rechtop staan. 'Mr. White heeft me een baan aangeboden toen Richard me zomaar in de winkel liet staan om weet-ik-waar-naartoe te gaan.'

Ik leg alles uit en dan komt de vraag die ik al had verwacht. 'Mag ik daar ook komen werken?'

Ik maak mezelf wijs dat ze graag bij mij is en niet in haar eentje in het Nest wil zitten, maar het gaat haar vast om de pot op de toonbank. Dat vind ik niet erg. Emma en ik zijn allebei verslaafd aan snoep.

'Ik durf te wedden dat dat van Mr. White mag,' zeg ik. Dat denk ik ook echt. 'Hij zei dat hij de hulp hard nodig had. Die achterkamer ziet er nog slordiger uit dan een bloembed in februari.'

En zo kwamen we aan ons baantje bij Mr. White. Na school gingen we bijna elke dag naar hem toe.

4

‘Hebben jullie de Doos wel eens gezien?’ Vanaf haar plaats achter de kassa kijkt Miss Mary naar Emma en mij. Ze slaat haar boek dicht en haalt haar leesbril van haar neus.

Miss Mary is al de hele week ontzettend lief voor ons, maar dat is eigenlijk niets nieuws. Ze geeft ons altijd zachte klopjes op ons hoofd alsof we hondjes zijn. Laatst haalde ze zelfs een paar knalroze haarspeldjes uit het mandje naast de kassa. Die kosten een dubbeltje per stuk, maar Miss Mary schoof er twee in Emma’s haren, een aan elke kant van haar gezicht. Nu vallen de haren niet meer voor Emma’s ogen. Miss Mary heeft zelf geen kinderen, dus ik denk dat ze in plaats daarvan ons neemt.

‘Wat is de Doos?’ vraagt Emma.

‘Och meidje, de Doos is iets wat je één keer met eigen ogen moet hebben gezien,’ zegt Miss Mary met een brede glimlach op haar rimpelige gezicht. ‘Het is iets heel engs. Je moet zelfs oud genoeg zijn om ernaar te mogen vragen.’

'Zijn wij oud genoeg?' vraag ik, maar Emma praat er dwars doorheen.

'Waar staat de Doos?' wil ze weten.

Het is al vier uur 's middags, maar er is nog niemand in de winkel geweest. Volgens mij komt dat door de hitte. Het is zo heet dat het asfalt op de weg wel lijkt te smelten.

'Ik dacht dat iedereen wist wat de Doos was,' zegt Miss Mary. Ze tikt op haar schoot en Emma kruipt er lekker op. Dat heb ik haar nog nooit bij iemand anders zien doen. 'Hij staat in de winkel van Ike, en de kinderen mogen een voor een naar binnen – als ze de kamer in durven tenminste.'

'Echt waar? Echt waar?' We willen allebei dat ze ons alles over de Doos vertelt. Ik wrijf met mijn hand over mijn arm om het kippenvel kwijt te raken.

'Hoe groot is hij?' vraagt Emma.

'Iets groter dan een schoenendoos,' zegt Miss Mary.

'Wat zit erin?' Dat is mijn stem.

'Dat weet niemand zeker.'

'Het zijn vast monsters,' zegt Emma vanaf Miss Mary's schoot. Ze leunt met haar rug tegen Miss Mary's buik en laat haar benen aan weerszijden van Miss Mary's dijen bungelen. Miss Mary heeft haar voeten naast elkaar gezet zodat Emma lekker zit.

Miss Mary schudt haar hoofd. 'Niemand weet wat erin zit, maar de kinderen zijn er al jaren bang voor,' zegt ze. 'Ik ken geen enkel kind dat langer dan een paar tellen in de kamer wilde zijn. Als het deksel opengaat durft niemand te blijven om te kijken wat erin zit.'

'We móéten de Doos zien,' zeg ik.

Emma knikt.

'Is dat wel zo'n goed idee?' vraagt Miss Mary. Ze glimlacht erbij, waardoor haar huid nog rimpeliger lijkt. 'Is dat niet veel te eng?'

'Nee!' Emma gaat rechtop zitten en kijkt over haar schouder naar Miss Mary. 'We zijn er groot genoeg voor.'

'We?' vraagt Miss Mary, alsof ze het alleen maar tegen mij had. Ze weet dat Emma daar nog koppiger van wordt en per se mee wil.

'Miss Mary, als ik ga gaat mijn zusje mee,' zeg ik. Dat is echt zo. 'Dat weet iedereen.'

'Ik ben nergens bang voor,' zegt Emma knikkend. Dat is ook zo. Miss Mary moest eens weten dat ik de bangste van ons tweeën ben. Ik bedoel, ik ben al bang voor spinnen, dus ik weet echt niet wat ik doe als ik in de kamer van de Doos ben. Toch wil ik hem zien. Ik móét hem zien.

'Waar is de winkel van Ike?' We vragen het tegelijk, maar ik knijp Emma voordat ze mij kan knijpen, dus ik heb gewonnen.

'Helemaal in Lowgap, vlak bij de Knob,' zegt Miss Mary.

Lowgap is een piepklein plaatsje aan de rand van een bos bij de Cumberland Knob. Knob is een ander woord voor bult, en mama zegt dat de berg zo heet omdat hij aan de bovenkant een beetje rond is. Ik snap daar helemaal niets van. Ik vind dat hij er precies zo uitziet als alle andere bergen. Lowgap is eng en donker omdat er zoveel bomen staan. Toen we kleiner waren reden we er met papa wel eens doorheen. Het was zo donker dat het wel leek of de zon er vergat te schijnen. Maar vandaag is het misschien wel fijn om daar te zijn. De zon schijnt in Toast twee keer zo fel omdat hij in Lowgap niet hoeft te schijnen.

'Carrie, we moeten naar Lowgap.' Emma is van Miss Mary's schoot gesprongen. Miss Mary veegt haar rok glad op de plaats waar mijn zusje heeft gezeten. 'Hoe moeten we daar komen?'

'Even denken,' zeg ik een beetje kribbig. Ik bén ook kribbig. Ik weet dat we naar Lowgap moeten, maar ik heb geen idee hoe we er moeten komen.

'Nou...' zegt Miss Mary heel langzaam, 'een vriendin van mij woont in de buurt van Lowgap. Haar huis ligt in een dorpje dat zo klein is dat het niet eens op de kaart staat. Ze vraagt al heel lang wanneer ik weer eens op bezoek kom, dus ik zou natuurlijk...'

'Mogen wij mee, Miss Mary?' We springen allebei op. 'Alstublieft! We zullen heeeel lief zijn.' Emma trekt aan haar rok en ik zwaai haar arm heen en weer. Waarom weet ik zelf niet. 'Alstublieft! We zullen zo zoet zijn als een slagroomtaart met extra suiker en kersen en nootjes bovenop!' Dat laatste roep ik omdat die nootjes echt iets voor grote mensen zijn. Ik mag tenminste nooit aan mama's blikje Mr. Peanuts komen.

Miss Mary moet lachen. De rollen van haar dikke buik gaan op en neer alsof het lippen zijn die met haar mond meelachen.

Emma zorgt ervoor dat Miss Mary de knoop doorhakt. Ze klimt bij haar op schoot en geeft haar een dikke zoen.

'Meisje toch, je kreukt mijn schort,' zegt Miss Mary met haar mond in Emma's haren. 'Ga nog maar even aan het werk, dan zal ik erover nadenken.'

Wij weten allang dat we mee mogen. Als we morgen na school in de winkel komen neemt ze ons mee naar de Doos. Morgen heeft Miss Mary vrij, dus ze zegt dat ze ons morgen komt ophalen uit de achterkamer van Mr. White. We moeten vrij vragen, maar 'verder mondje dicht' zegt ze. Daarmee bedoelt ze dat we Mr. White niet mogen vertellen waar we naartoe gaan.

'Kijk uit, daar heb je Carrie Getverderrie!' schreeuwt Tommy Bucksmith tegen de anderen. Hij staat op de grote kaart van

Amerika die op het schoolplein is geschilderd. 'Hoe gaat het met je vriendje Charley?' Ik doe net of ik hem niet heb gehoord.

Iedereen kent Charley Narley. Hij wordt door iedereen geplaagd. Zijn lichaam is heel groot, maar zijn hersens hebben vergeten mee te groeien. Mama zegt dat hij ze niet allemaal op een rijtje heeft en dat elke stad wel een Charley Narley heeft, maar dat kan ik me niet voorstellen. Hij is zo groot als een beer en we weten alleen maar dat zijn voornaam Charley is. Ooit is iemand hem Charley Narley gaan noemen, waarschijnlijk omdat het rijmt. Hij kamt zijn haar niet en gaat ook nooit naar de kapper, dus daarom zitten er klitten in zijn haren en zijn ze waarschijnlijk ook nog vies.

Op straat loopt hij als een puppy achter je aan en dan zegt hij hardop wat je aan het doen bent. Dat gaat zo: als je naar Alamo Shoes loopt om in de etalage te kijken, hoor je Charley achter je zeggen: 'Nu staat ze voor een etalage. Ze kijkt naar de witte schoenen. Nee, dat is niet waar, ze kijkt naar de roze schoenen.' Als je doorloopt hoor je: 'Nu gaat ze verder. Ze haalt iets uit haar zak. Kauwgom! Ze haalt het papiertje eraf en steekt de kauwgom in haar mond. Nu loopt ze te kauwen.' Zo gaat dat de hele tijd. Charley Narley doet geen vlieg kwaad, maar de jongens van school vinden het leuk om hem te pesten. Ze lopen op straat en wachten tot Charley achter hen komt lopen en begint te praten. Dan gaat er eentje expres vlak achter Charley lopen om hem na te doen. Dan hoor je: 'Nu kijkt Charley naar Tommy. Hij gaat langzamer lopen. Hij kijkt naar Tommy. Nu begint Charley te praten.' Dan raakt Charley in de war en wil hij achter de jongen lopen die over hem praat. Dan raakt hij helemaal de kluts kwijt en begint hij nog harder te schreeuwen. Dan rennen de jongens weg en krijgt Charley op zijn kop van de sheriff.

Een keer hadden ze zand in een panty gedaan, net zo'n panty als de mevrouwen in de kerk dragen. Ze verstopten zich in de bosjes en lieten de panty een stukje uitsteken. Toen Charley eraan kwam bewogen ze hem heen en weer alsof het een slang was. Charley begon heel hard te gillen, net als een meisje, omdat hij dacht dat het een echte slang was.

Vorige week gooiden ze allemaal dingen naar hem toe en kreeg je punten als je hem raakte: 'Tien punten als je dat colablikje tegen zijn rechterarm gooit!' Emma en ik liepen naar hem toe en probeerden Charley de andere kant op te laten lopen. Mr. White kwam achter ons aan en stuurde de jongens weg, maar nu roepen ze op school dat Charley Narley mijn vriendje is.

'O, hou toch je mond,' zeg ik zachtjes, omdat ik denk dat Darryl Beckinsale zo ver weg staat dat hij me niet kan horen.

'Wat zeg je?' O jee. 'Mag hij niets over je lieve vriendje zeggen?'

'Jawel.'

'Waarom moet hij dan zijn mond houden?'

'Jullie met je stomme grapjes,' zeg ik zonder erbij na te denken. 'Jullie weten helemaal niets!'

'O nee?' Hij rent op een drafje met me mee als ik naar de schooldeur loop. 'Ik weet alles. Vraag maar eens iets, ik wed dat ik het antwoord weet. Ha, dat kun je niet, hè? Jij kunt niet eens een vraag verzinnen.' Hij begint heel hard te lachen, met zo'n vervelende neplach. Ik weet dat het een neplach is omdat hij veel harder klinkt dan anders, en omdat hij om zich heen kijkt of een van de anderen hem hoort.

'Goed dan,' zeg ik net voordat ik naar binnen ga. Binnen is het net zo heet als buiten, maar daar verbrandt de scheiding in mijn haar niet door de zon. 'Weet jij wat de Doos is?'

Even lijkt hij niet te weten wat hij moet zeggen, maar dan roept hij: 'De Doos bestaat helemaal niet, sukkel.'

'Wel waar.'

'Heb jij hem gezien?'

'Nog niet.' Ik lach naar hem, want ik weet dat ik hem over vijf uur en twintig minuten zal zien.

'Je kletst,' zegt hij. Hij draait zich om en rent terug naar zijn vriendjes, die op het plein heel opschepperig een brug bouwen met een spel kaarten.

'Mr. White?' Ik heb klamme handen, en dat komt niet door de hitte.

'Zeg het eens, Caroline.' Hij legt de klemmap met bestelformulieren weg. 'Wat kan ik voor je doen?'

'Eh...' Ik schraap mijn keel. Misschien komen de woorden dan makkelijker naar buiten. 'Ik vroeg me af of...'

'Ja?' zegt hij.

'Of we misschien...' Ik schraap mijn keel nog een keer. 'Mogen Emma en ik vanmiddag vrij hebben? We hebben gisteren superhard gewerkt en alle flessen netjes voor op de schappen gezet zoals u had gevraagd. We zijn al bij de M, ook al zei u dat de G ver genoeg was, dus als we vanmiddag weg mogen–'

'Ja hoor,' zegt hij nog voor ik klaar ben met praten. Hij pakt het klembord weer op alsof er verder niets meer te zeggen is.

Ik vind het vervelend om hem weer te storen en te vragen of hij er met niemand over wil praten, en ik schaam me om aan een grote meneer te vragen of hij een geheimpje wil bewaren, maar er zit niets anders op. 'Eh...'

'Ja Caroline?' Over de rand van het leesbrilletje op het puntje van zijn neus kijkt hij me fronsend aan.

‘Kunt u zorgen dat het een geheimpje blijft dat we vanmiddag weggaan?’

Waarom vraag ik dat nou? Natuurlijk kan hij een geheim bewaren. Hij is toch geen kleine baby meer? Wat ben ik toch een sufferd.

Ik zie dat hij erover nadenkt en ik word knalrood omdat ik zeker weet dat hij boos is dat ik daarnet klonk alsof hij een kleine baby is, maar dan zegt hij: ‘Ik denk dat dat wel lukt.’

Pff. ‘Dank u wel, Mr. White.’

Ik ben al bijna de deur uit als hij me nog een keer roept. ‘Caroline...’

Als ik me omdraai staat er een glimlach op zijn gezicht, net als op de foto in het jaarboek. ‘Ja, Mr. White?’

‘Voorzichtig zijn,’ zegt hij. ‘Er bestaat op de hele wereld niets engers dan de Doos.’

Hij weet ervan! Heeft hij ons gisteren gehoord? Terwijl ik diep over die vraag nadenk, loop ik struikelend achteruit de deur uit.

Dan zie ik de rammelende roestige oude auto die Miss Mary altijd leent om naar de stad te gaan. Ze houdt de ramen potdicht, want anders vliegt het kleine beetje koude lucht dat uit het enige werkende ventilatiegat komt door het raam naar buiten. Ik wil voorin zitten, dus ik doe mijn best om voor Emma uit te rennen. Algauw denk ik helemaal niet meer aan Mr. White en hoe hij weet dat we naar de Doos gaan.

‘Emma, ik ben ouder, ik mag voorin!’ We hebben de klink allebei vast en we proberen elkaar weg te duwen. Als we met mama meegaan zit ik altijd voorin, omdat mama altijd lelijk tegen Emma doet. Maar dit is heel andere koek. Emma krijgt altijd al veel aandacht van Miss Mary, dus daarom wil ik voorin zitten. Ik ben trouwens ook degene die aan Mr. White vrij heeft gevraagd.

'Em-ma!' Ik wring mijn schouder tussen haar hoofd en de autodeur, maar ze is heel sterk omdat ze na school zoveel kinderen in elkaar slaat. Ze is niet van plan om de deur zomaar los te laten.

Miss Mary tilt haar achterwerk van de stoel, komt een stukje overeind en hangt half uit haar kant van de auto. 'Hup, instappen voordat ik van gedachten verander!' roept ze.

Emma en ik gaan vlug achter in de auto zitten. Eerst krijg ik kippenvel van de koude lucht, maar het went snel.

'Zo. Klaar voor de Doos?' vraagt Miss Mary als ze van de parkeerplaats af rijdt. Ze stuurt de auto naar de grote weg waarover we Toast verlaten.

'Zit er iets doods in of iets levends?' vraagt Emma.

'Hou op met al die vragen. Dit is geen quizprogramma.' In de gebarsten achteruitkijkspiegel zie ik de bovenste helft van Miss Mary's gezicht. Ze kijkt naar ons, en aan de rimpeltjes rond haar ogen kan ik zien dat ze lacht. Ik heb wel eens gehoord dat oude mensen een rimpel krijgen als ze honderdduizend keer hebben gefronst. Als dat ook voor lachen geldt heeft Miss Mary waarschijnlijk haar hele leven gelachen. Ze heeft een heleboel lijntjes rond haar ogen.

'U hoeft alleen maar te zeggen of het dood of levend is,' zegt Emma.

'Ik heb geen idee,' zegt Miss Mary. Ze staat bij het gele knipperlicht voor de grote weg. Dat staat er om je te waarschuwen voor de grote vrachtwagens die keihard door Toast scheuren, op weg naar grotere en mooiere plaatsen. Vandaag komt er geen vrachtwagen aan, dus Miss Mary rijdt langzaam de grote weg naar Lowgap op.

'Het is vast een afgehakt hoofd,' zegt Emma.

‘Het is vast een varkenstong,’ zeg ik. ‘Weet je dat papa die vroeger at?’

‘Het is vast bloed,’ zegt Emma. Ze doet net of ze niet hoort dat ik iets over papa vertel. Nou ja, dan heeft ze pech.

‘Bloed is helemaal niet eng,’ zeg ik. ‘Iedereen heeft wel eens bloed gezien. Voor een doos vol bloed zou niemand de kamer uit rennen.’

‘Dan zijn het monsters.’ Emma slaat haar armen over elkaar en strekt haar nek uit om naar de weg te kijken. Ik heb geen idee waarom ze dat doet, want er valt helemaal niets te zien.

‘Wat moeten we doen als Ike ons de Doos niet wil laten zien?’ Daar heb ik me al de hele middag zorgen over gemaakt. ‘Misschien zegt hij wel dat we nog niet oud genoeg zijn.’

‘Hij laat je wel binnen,’ zegt Miss Mary.

‘Hoe groot is de Doos ook alweer?’ vraagt Emma.

‘Dat heeft ze toch al gezegd.’ Ik rol met mijn ogen en zucht, ook al mag dat van mama niet. ‘Ongeveer zo groot als een schoenendoos. Jeetje.’

‘Als jullie zo kibbelen, duurt de rit alleen maar langer,’ zegt Miss Mary.

Dat kan nooit, want door het kibbelen komt Lowgap echt niet verder weg te liggen. Toch zeg ik dat niet tegen Miss Mary. We boffen dat haar vriendin in de buurt van Lowgap woont.

Als we in Lowgap komen, gaat Miss Mary langzamer rijden. LOWGAP – STAD IN OPKOMST! staat er op een bordje voordat de rij met winkels begint. Volgens mij is Lowgap helemaal niet in opkomst, want er zijn niet veel winkels open. Sommige etalages zijn zo stoffig dat ze eruitzien of ze al wel duizend jaar niet meer zijn gebruikt.

Miss Mary staat stil voor een glazen raam met een bordje

DOT'S KOUNTRY KAFAYE. 'Jullie hebben vast net zoveel trek als ik,' zegt ze terwijl ze in haar handtas rommelt. Ze pakt haar lippenstift en wringt zich in een bochtje om in de achteruitkijkspiegel te kunnen kijken als ze een nieuw laagje op haar lippen smeert. Ze heeft niet van die streepjes om haar mond, zoals mama, dus de lippenstift blijft netjes zitten. 's Zondags ziet mama's mond eruit alsof hij bloedt. Miss Mary doet het dopje op de lippenstift, gooit hem in haar tas en draait zich om. 'Je kunt maar beter wat in je maag hebben voordat de Doos je zo zenuwachtig maakt dat je geen hap meer door je keel kunt krijgen,' zegt ze.

Ik had best trek, maar nu Miss Mary over de Doos begint lust ik opeens niets meer. Gisteravond kon ik ook bijna niets eten, en mama had nog wel tarwebroodjes met jus gemaakt – mijn lievelingseten.

Dot's Kountry Kafaye ziet er net zo uit als Mickey's Country Kitchen in Toast. Er is een soort toonbank met hoge krukken waarop je kunt zien hoe ze je eten klaarmaken. Als je liever verrast wilt worden kun je aan een tafeltje gaan zitten. Ik zit het liefst op de krukken, dus ik ben blij dat we daar naartoe lopen. De krukken bij Dot's kunnen helemaal ronddraaien! Die van Mickey's draaien maar een half rondje.

Miss Mary zegt dat we één ding mogen kiezen en moeten delen, omdat zij betaalt en wij niet. We bestellen een hotdog.

'Met mosterd, uitjes en chilisaus?' vraagt de serveerster.

'Graag *ma'am*,' zeg ik.

De bel boven de glazen deur rinkelt als Miss Mary nog even naar buiten loopt.

'Gaan jullie hierna naar Ike?' vraagt de serveerster aan mij en Emma. Ze prikt onze bestelling op een ijzeren boompje op een eiland tussen de keuken en het restaurant.

'Ja *ma'am*,' zeggen we tegelijkertijd.

'Dat dacht ik al.' Ze knikt en kijkt al net zo ernstig als Mr. White. 'Veel succes.' De manier waarop ze het zegt bezorgt me een raar gevoel in mijn buik. Ik ben bang dat ik geen hap van mijn hotdog lust.

'Weet je wat?' zegt de serveerster. Ze doet duidelijk haar best om vrolijk te klinken. 'Ik trakteer op cola en pinda's, speciaal voor kinderen die de Doos nog nooit hebben gezien.'

Emma en ik gaan rechtop zitten en draaien op onze kruk. Cola en pinda's! Dat is het lekkerste wat er is.

'Ik mag de eerste erin gooien,' klinkt Emma's stem heel hard.

'We kunnen iene-miene-mutte doen,' zeg ik. Ik verlies.

De eerste pinda in de cola maakt altijd de meeste bubbels, dus nu ook weer. Het lijkt wel een scheikunde-experiment. Het schuim komt helemaal omhoog naar de rand en zakt dan weer net zo snel in. De andere pinda's ploppen er gewoon in, maar ze maken de cola wel lekkerder.

'Alsjeblieft.' De serveerster zet het bord met de hotdog voor ons neer. Ze heeft er ook nog een augurk bij gedaan.

Ik eet mijn deel op, maar dan doet mijn maag een beetje raar. Ik ben bang dat ik moet overgeven, dus ik vraag of ik naar de wc mag voordat we weggaan.

'Tuurlijk lieverd,' zegt de serveerster. 'Ik zal de deur voor je openmaken.' Van achter de kassa pakt ze een houten hamer met een kettinkje en een sleutel eraan. Ze kijkt naar mij en knikt dat ik mee mag lopen. Als we langs de keuken lopen, maakt de geur van al dat eten me nog misselijker. O jee. Ze maakt de deur nog net op tijd voor me open. Ik ren naar de wc en spuug mijn cola en hotdog uit. Achter me hoor ik de deur met een klik dichtgaan. Nog voordat ik een stukje wc-papier kan pakken om mijn mond af te vegen, hoor ik een klop op de deur. 'Gaat het, lieverd?' vraagt Miss Mary.

Ik kan geen antwoord geven omdat ik nog steeds naar adem hap.

Ze wacht niet eens op mijn antwoord, maar komt binnen en aait me over mijn rug. Daarna strijkt ze met haar koele handen over mijn voorhoofd en veegt ze mijn haren uit mijn gezicht. Dat is zo prettig dat ik nog even gebukt blijf staan, ook al hoef ik niet meer over te geven.

'Ik had niet over de Doos moeten beginnen,' zegt ze. Haar stem is zacht, alsof ze het tegen een babyvogeltje heeft. 'Maak je maar geen zorgen. We kunnen gewoon naar huis gaan. We stoppen even bij het huis van mijn vriendin om dag te zeggen, en dan gaan we gewoon–'

'Nee! Alstublieft niet.' Ik draai me haastig om.

Ze veegt mijn kin af met een papieren zakdoekje uit haar tas. Net als zij ruikt het zakdoekje naar bloemen en schoonmaakmiddel.

'Het gaat al veel beter. Echt waar. Toe, mag ik alstublieft naar de Doos? Ik moet hem zien.'

'Maar je bent misselijk van de zenuwen, kindje.'

'Nee. Echt niet. Ik voel me goed, heus. Mag het?' Ik hou mijn adem in tot ze uiteindelijk fronsend zegt: 'Oké. Maar toch vind ik het niet zo'n goed idee meer. We gaan er heel even langs en je mag heel even kijken.'

Zonder erbij na te denken sla ik mijn armen om haar heen. Dat deed ik ook altijd bij papa als hij thuiskwam van een reis. 'Dank u wel,' zeg ik met mijn neus tegen haar buik. Haar kleren ruiken lekker. Haar hand ligt losjes op mijn hoofd, en op dat moment heb ik het gevoel dat er nooit meer iets verkeerd kan gaan. Zolang ik Miss Mary kan vasthouden, komt alles goed.

De winkel van Ike is vlak bij Dot's Kountry Kafaye, maar het gebouw ligt iets verder van de straat af. Ik denk dat ze dat hebben gedaan om een veranda aan de voorkant te kunnen bouwen. Er staan schommelstoelen en een gewone stoel zonder zitgedeelte. Alleen als je heel dik bent kun je daarop zitten zonder erdoorheen te zakken.

In een van de schommelstoelen zit een oude meneer, die recht voor zich uit kijkt alsof hij op de bus zit te wachten. Maar als we naar hem toe lopen draait hij zijn hoofd. Misschien zat hij wel te slapen met zijn ogen open.

Binnen staat een kleine ventilator die heen en weer draait, maar hij blijft niet lang genoeg op één plaats staan om je af te koelen. Naast de kassa staan glazen potten met zuurstokken in een heleboel kleuren. Er staat een hele pot met rode (die vind ik het lekkerst) en een pot met paarse (die vindt Emma het lekkerst). Misschien zijn er wel tien verschillende kleuren. Achter de zuurstokken staan flessen, net als bij Mr. White, maar de rest van de winkel lijkt meer op de Feed-n-Plow in Toast. Daar kun je tonnen met graan, harken en zakken meel kopen, die altijd een beetje op de vloer lekken waardoor het lijkt of Klaas Vaak wat slaapzand heeft gemorst. Ik weet niet wat er achter in de winkel is, want daar is het donker. Het is er vast koeler dan hier, waar de zon dwars door de hordeur op onze armen brandt.

Emma pakt mijn hand en ik doe net of ik het niet merk, want Emma is heel stoer en ik weet zeker dat ze me loslaat als ik naar haar bange gezicht kijk.

'Goedemiddag, wat kan ik voor jullie doen?' vraagt de meneer achter de toonbank. Hij lijkt wel een tweelingbroer van de oude meneer in de schommelstoel, alleen heeft hij de banden van zijn tuinbroek allebei vastgemaakt en ziet zijn overhemd er schoner uit. Zijn haar is ook netter gekamd en minder grijs.

Miss Mary stond te kijken bij een tafel met kookboeken en ze schrikt van zijn stem. Ik zie dat ze een boek las dat De hemel voor zoetekauwen heet.

'Wij komen voor de Doos,' zegt ze, kijkend naar mij en Emma. Ze zegt de laatste woorden heel zachtjes, alsof het ons geheim is.

De meneer knikt ernstig. Dat doet de dominee 's zondags ook als de mensen in de kerk opstaan om hardop te zeggen dat ze zondaars zijn. Volgens mij knikt hij omdat hij allang wist dat ze zondaars zijn.

'Juist,' zegt de meneer achter de toonbank. 'Hoe oud ben jij, jongedame?' vraagt hij aan mij. Misschien denkt hij dat Emma blijft wachten als ik naar binnen ga.

'Ik ben acht en mijn zusje is zes, maar zij is heel dapper en zij wil de Doos ook graag zien,' zeg ik.

De meneer kijkt naar Miss Mary, die fluisterend iets tegen hem zegt. Ik denk dat ze het opneemt voor Emma, die veel jonger lijkt dan zes. Terwijl Miss Mary fluistert, kijkt de meneer naar mij en dan fluistert hij iets terug. Ik denk dat ze het met elkaar eens zijn geworden.

Hij denkt even na en krabt dan aan zijn kin. 'Goed, dus jullie willen samen naar binnen?' vraagt hij.

'Ja *sir*,' zeggen we tegelijkertijd. We zijn zo bang dat we vergeten elkaar in de arm te knijpen.

'Nou, vooruit dan maar. Ik loop wel even naar achteren om te zeggen dat jullie eraan komen,' zegt hij. Hij veegt zijn handen af aan het schort om zijn buik. Hij loopt langs een koelkast waar waarschijnlijk vlees in zit, want er zitten rode strepen op zijn schort. Of zouden die strepen bloed uit de Doos zijn?

'Ik ben zo bang,' fluister ik tegen Emma. Ze grijpt mijn hand nog wat steviger beet. 'Ik weet niet of ik wel naar de achterkamer kan lopen.'

Miss Mary buigt zich voorover om ons recht in de ogen te kijken. 'Jullie hoeven niet naar binnen als jullie niet willen.'

Ik schud mijn hoofd en kijk over haar gebogen hoofd naar de meneer, die terugkomt. Waarschijnlijk omdat hij geen zin heeft om helemaal terug te lopen naar voren, wenkt hij ons naar achteren.

'Goed dan.' Miss Mary gaat rechtop staan en tikt ons zachtjes op het hoofd. 'Succes. Ik blijf hier op jullie wachten, oké?'

Ik weet niet meer hoe ik mijn ene voet voor de andere weet te zetten, maar opeens loop ik naar een houten deur. De deur zit in het midden van de achterwand, die helemaal vol hangt met planken. Ik denk dat we met ministapjes lopen, want de deur lijkt maar niet groter te worden.

Ik doe een schietgebedje dat ik sterk genoeg ben om naar de Doos te gaan.

Emma knijpt in mijn hand en ik weet niet goed of ik het ben die zweet of zij.

De meneer lacht niet meer. Hij houdt de houten deur voor ons open met een ernstig gezicht, alsof we iets verkeerds hebben gedaan. Dat is ook niet zo gek, want wij schuifelen naar hem toe alsof we stout zijn geweest.

Bij de deur vraagt hij: 'Weten jullie zeker dat jullie de Doos willen zien?'

Ik merk nu pas dat ik een kurkdroge tong heb omdat ik met open mond heb gelopen. Daarom knik ik alleen maar, en vanuit mijn ooghoek zie ik Emma hetzelfde doen.

Ik kijk van zijn gezicht naar de verduisterde kamer, waar drie mensen rond een tafel staan. Er ligt een rood-wit geblokt kleed op dat heel erg lijkt op het kleed waarmee papa, mama en ik vroeger gingen picknicken. Mijn ogen zijn nog niet aan het donker gewend, maar volgens mij is een van die mensen de oude meneer van de veranda. Er hangt rook in de kamer en ik zie achterin een kaarttafel staan met een asbak erop. Tegen de zijkant van de asbak staat een sigaret. Een van de andere mannen draagt een bril, maar ik zie dat daar maar één glas in zit.

En daar staat hij. De Doos. Midden op het geblokte kleed. Hij is meer rechthoekig dan vierkant en hij is donkergrijs, met een deksel dat perfect op de onderkant past.

Niemand zegt iets tegen ons. Ze blijven bij de tafel wachten totdat een van ons het deksel optilt.

Nog een paar minipasjes en dan zijn we bij de tafel. Ik weet dat het mijn taak is om het deksel eraf te halen. Als ik niet al bij Dot's had overgegeven zou het waarschijnlijk hier zijn gebeurd, dus misschien was dat maar goed ook. Ik laat Emma's hand los en veeg het zweet af aan mijn spijkerbroek. Ik adem diep in en blaas weer uit en steek dan mijn hand uit naar de Doos. Mijn vingers zijn nog maar een dollar van het deksel verwijderd.

Een van de mannen zegt: 'Toe maar.'

Ik schrik en mijn hart gaat nog sneller slaan.

En dan doe ik het. Ik... pak de rand... van het deksel vast... en til het... heel voorzichtig... een piepklein stukje op. Ik denk dat er nauwelijks een dubbeltje tussen zou passen.

En dan krijg ik een elektrische schok, zo hard en onverwacht dat ik gil. Ik laat het deksel vallen en stuif de kamer uit. Ik wacht niet eens meer op Emma. Ik duw de meneer bij de deur opzij en ontsnap aan het gelach dat vanuit die rokerige kamer door de hele winkel weergalmt. Ik bots recht tegen Miss Mary's buik op en klem me vast alsof ik een stukje mos op een boom ben.

Twee tellen later staat Emma naast me, die zich ook aan Miss Mary vasthoudt.

Ik voel dat Miss Mary ons meetrekt naar de hordeur en ik hoor haar boven ons hoofd zeggen: 'Hartelijk bedankt, *sir*.' Ik snap er niets van, maar ze klinkt alsof ze moet lachen. 'De Doos heeft zijn reputatie waargemaakt,' zegt ze vanaf de veranda tegen de meneer van de kassa, die de deur van haar auto voor haar openmaakt. Ik hou me nog steeds aan haar middel vast, maar ik kan het zien omdat zijn stoffige werkschoenen naast de schoenen van Miss Mary staan, die wel twee maten te klein lijken voor haar dikke voeten. Ik kan het ook horen omdat ze niet hoeft te roepen naar de meneer, wat ze wel had gemoeten als hij nog binnen had gestaan. Doet ze nu haar best om niet te lachen?

'Wel thuis,' zegt hij terwijl hij de deur dichtdoet.

Emma en ik zijn al op de achterbank gaan zitten en houden elkaar stevig vast, alsof we nog steeds Miss Mary omklemmen.

Achteraf weet ik nog steeds niet wat er in die griezelige doos zat. Ik weet alleen dat ik nog nooit van mijn leven zoiets engs heb gezien.

5

We gaan bijna verhuizen en ik kan je zeggen dat mama gelijk heeft: ik loop te brommen als een boze oude beer.

Emma heeft bijna al onze spullen ingepakt omdat ik niets met de verhuizing te maken wil hebben. Dat vindt Emma niet erg. Voor een klein meisje is ze altijd heel netjes. Ze bewaart al haar prentenboeken en stickers in een keurig stapeltje naast het bed en vandaag hoeft ze haar stapeltje alleen maar in de doos te zetten die mama ons heeft gegeven.

Ik ben veel slordiger. Mijn spullen zijn net koeien die overal in de wei staan en geen zin hebben om allemaal naar dezelfde plek te lopen.

Net als Emma denkt dat ze alle spullen heeft verzameld, ziet ze weer iets op de trap liggen of ontdekt ze iets onder mijn kussen.

Het postzegelalbum gaat als laatste de doos in, want daar zit ik nu nog in te kijken. Om niet aan de verhuizing te denken probeer ik de volgorde van de landen uit mijn hoofd te leren.

De laatste dagen zegt mama dat de verhuizing een dwaze onderneming is. Ik weet niet wat ze daarmee bedoelt. Een dwaze onderneming... Als ze dat tegen Richard zegt klinkt ze alsof ze mijn kant kiest, maar als ik haar vraag wat het betekent zegt ze dat ik me nergens mee moet bemoeien. Ze heeft de laatste tijd nauwelijks aandacht voor mij en Emma. Ze is druk bezig met alle dingen die je voor een verhuizing van vier mensen moet regelen.

Ze zei dat we na de verhuizing niet naar een nieuwe school gaan. Daar snap ik helemaal niets van. Natuurlijk vind ik het fijn dat Sonny me straks niet meer kan pesten en dat Mary Sellers me niet meer kan uitlachen, maar waar moeten we dan alles leren? Ik ging goed vooruit met lezen en Emma begint al met optellen en aftrekken, maar als ze straks niet meer naar school gaat durf ik te wedden dat ze alles vergeet en dat ik voortaan voor haar moet tellen. Mama zegt dat ik niet zo moet zeuren, maar ik ben al acht. Kinderen van acht jaar horen naar school te gaan. Dat is ons werk! Ik was trouwens van plan om daarginds heel veel vriendjes te maken. In dat dorp weet niemand dat ik hier werd gepest, dus ik had al geoefend dat ik tegen de nieuwe kinderen zou zeggen dat iedereen mij het leukste meisje van de klas vond. Als ze dat hoorden zouden ze allemaal mijn vriendje willen zijn.

Emma lijkt het helemaal niet erg te vinden dat ze straks niet meer naar school gaat. Maar ja, ik had je al verteld dat Emma cool is, en coole mensen kan het niks schelen wat andere mensen over hen zeggen. Daarom zijn ze cool.

‘Carrie, Emma,’ roept mama bij de trap. ‘Kom eens naar beneden, we moeten een paar boodschappen doen.’

‘Oké,’ roep ik voor ons allebei.

De laatste tijd is Emma heel stil. Ik denk dat het te maken heeft met Richard en met de keren dat hij de slaapkamerdeur dichtdoet als hij en Emma binnen zijn. Het is net of ze samen een geheimpje hebben waar ik niets van mag weten. Hij lijkt het een heel leuk geheimpje te vinden, maar Emma ziet eruit alsof ze helemaal geen geheimpjes met hem wil delen. Toch is ze heel gehoorzaam en houdt ze haar mond. Zelfs tegen mij wil ze niets zeggen, en ze is mijn allerallerbeste vriendin.

Emma heeft altijd goed geheimpjes kunnen bewaren. Ze vertelt nooit dingen door. Dat is ook weer een reden waarom ze zoveel vriendinnetjes heeft.

'Waar blijven jullie nou?' Mama's stem begint ongeduldig te klinken.

'We komen al, we komen al,' zegt Emma. We komen van de zoldertrap af en lopen dan over de echte trap naar de keuken, waar mama bijna altijd zit.

'Doe je teenslippers aan, want we moeten nog wat dozen halen,' zegt ze.

Ik weet niet meer hoe mama vroeger was, voordat Richard haar in duizend stukjes brak. Ik weet nog wel dat ik bij de Cash-n-Carry eens een slof sigaretten voor haar moest halen en dat Mr. Appleton toen zelf zei dat ik haar de groeten moest doen. Dat zeggen de mensen in Toast wel vaker, maar hij zei het met een brede lach, alsof het een grapje van hun tweetjes was dat mama wel zou snappen als ze de groeten kreeg. Om die reden heb ik er nog wel eens aan teruggedacht.

In de auto ga ik meteen op de achterbank zitten, al heeft mama gezegd dat ik groot genoeg ben om naast haar te zitten. Maar ik wil niet dat Emma zich buitengesloten voelt, dus daarom ga ik bij haar zitten.

‘Het is dinsdag, dus ik denk dat Harold’s net een nieuwe leverantie heeft uitgepakt,’ zegt mama.

Harold’s is de kantoorboekhandel. ’s Maandags krijgen ze daar altijd dozen met nieuw papier binnen, en omdat die dozen schoon zijn en niet vies ruiken gaan we daar het eerst naartoe.

‘Bingo,’ zegt mama terwijl ze de auto naast een stapel platte lege dozen bij de vuilcontainer achter de winkel zet. Ik ben ook blij. ‘Hup, inladen,’ zegt ze.

We maken de klep van de stationcar open en stoppen de achterbak vol met dozen, die altijd zwaarder zijn dan ze eruitzien als je komt aanrijden. Ik tel dertien kleine dozen, en daar word ik een beetje verdrietig van. Mama zegt dat dertien papa’s lievelingsgetal was. Zijn geluksgetal. Papa liep nooit onder ladders door en gooide zout over zijn schouder als het zoutvaatje omviel, dus je zou denken dat hij niet van het getal dertien hield. Maar mama zegt dat hij een vat vol tegenstrij-dinges was iets wat het tegenovergestelde betekent dus dat zal dan wel weer kloppen.

Als we klaar zijn, zegt ze: ‘Kom.’ We stappen weer in de auto en rijden door naar de supermarkt. Volgens mij is dat de allerergste plaats om dozen te halen. Wie stopt zijn lievelingsspullen nu in kleffe, zacht geworden dozen die naar groente stinken? Toen ik dat een keer tegen mama zei, noemde ze me een verwaand wicht en gaf ze ons expres de doos waar AUBERGINES op stond. Daarom hou ik nu mijn mond en ben ik net zo stil als Emma. Aan Emma’s ogen zie ik dat zij ook hoopt dat mama ons een doos van Harold’s geeft om de rest van onze spullen in te stoppen.

Mama parkeert de auto bij de supermarkt en gaat naar binnen. ‘Ik ben zo terug.’

Emma en ik stappen ook uit en kijken naar de troep bij de vuilcontainer. Ze hebben geen goede dozen vandaag. Veel dozen zijn aan de bovenkant gescheurd of de bodems zijn kapot. Bij andere dozen komen de flappen niet helemaal tegen elkaar aan, waardoor je spullen er gewoon weer uit vallen als je ze erin stopt.

'Ik heb een hekel aan dozen van de supermarkt,' zegt Emma.

Ik ben een beetje verbaasd, want dat is het eerste wat ze vandaag tegen me heeft gezegd.

'Ik ook,' zeg ik.

'Ik wou dat we weg konden lopen,' zegt ze.

Ik zit net op mijn hurken bij een druivendoos en val bijna om als ik dat hoor.

'Nou, dan lopen we toch weg?' zeg ik. Ik ben blij dat Emma weer met me praat. Eindelijk hebben wij samen weer een geheimpje, net als vroeger!

'Dan vinden ze ons toch weer,' zegt ze zuchtend. 'Hij zou ons vinden, en dan wordt alles thuis nog veel erger.'

'Dan gaan we toch ergens heen waar ze ons niet kunnen vinden?' Ik praat vlug, zodat we plannen kunnen maken voordat mama uit de supermarkt komt. 'We kunnen overal naartoe!' zeg ik. 'Ze zouden niet eens weten waar ze ons moesten zoeken.'

Maar Emma schudt haar hoofd.

Haar haren zitten tegenwoordig elke dag in de knoop. Mama zegt dat ze muizennesten in haar haren heeft, maar Emma wil niet dat mama haar haar uitkamt. Ze wil ook niet dat mama het knipt, dus ik denk dat die knopen nog wel even blijven zitten.

'Jawel, ik weet zeker dat ze ons vinden,' zegt ze. 'Grote mensen zouden ons verklikken en dan zouden ze ons komen halen.'

Op dat moment, nog voordat ik Emma kan uitleggen dat het plan best kan slagen, zie ik mama uit de achterdeur van de supermarkt komen, de deur waar de vrachtwagens altijd spullen komen afleveren. Ze kijkt recht voor zich uit en ze lijkt ons niet eens te zien. 'Stap in,' zegt ze, ook al hebben we nog niet één vieze doos in de auto geladen. Haar stem klinkt hard en laag, bijna als die van een man. Ze start de auto en laat de motor heel hard brullen.

Emma en ik kijken elkaar aan en stappen haastig in voordat ze kwaad op ons wordt.

Mama heeft de autoradio niet aangezet en dat is een slecht teken. Als mama in de auto zit heeft ze altijd de radio aan. Zelfs als we heel ver van een stad af zijn en alleen maar krakende buitenlanders horen, dan nog wil ze luisteren.

'Waar moeten we nu verdorie van eten?' mompelt ze boos in zichzelf. 'Die man wrijft als schuurpapier over mijn laatste restje zenuwen.'

We komen aan bij het huis en als ze hard op de rem trapt, zweven de stofwolken van de banden naar voren alsof ze denken dat de auto ze nog wel zal inhalen.

Tegen de tijd dat wij zijn uitgestapt om de dozen uit de auto te halen, is mama al naar binnen gerend. Ze smijt de hordeur achter zich dicht en schreeuwt: 'Richard? Richard! Waar zit je, klootzak?'

Emma en ik halen alle dozen uit de auto en Emma maakt een keurige stapel bij de keukendeur, maar we gaan niet naar binnen. We kijken wel uit.

Emma draait zich om en loopt in de richting van de wei. Ik ren achter haar aan. 'Wacht op mij,' roep ik. Als Emma wil kan ze veel harder lopen dan ik, en vandaag wil ze niet dat ik haar inhaal.

Ik ben buiten adem tegen de tijd dat ik bij haar kom. We staan aan de rand van de wei, waar het doddengras langs onze benen schuurt en waar we moeten uitkijken dat er geen teken op ons springen. Daarom lopen we snel door tot we bij het lage gras in het midden zijn.

'We moeten het gewoon doen,' zeg ik. 'We lopen gewoon weg. Voordat we gaan verhuizen. Er zijn wel een miljoen plaatsen waar we ons kunnen verstoppen en dan moeten ze weg zonder ons. Richard begint maandag aan zijn nieuwe baan, dus dan moeten ze wel ophouden met zoeken.'

Emma kijkt me even aan en trekt dan weer met haar vuile vingers aan het gras. Aan haar gezicht zie ik dat ze luistert.

'Ik meen het. Het is een goed idee, dat weet je best,' zeg ik. 'Als we vrijdag weggaan hebben ze het zaterdag pas in de gaten. Dan gaan ze ons zondag zoeken en dan moeten ze weg. Richard wil ons niet eens mee hebben, en mama neemt zich vast voor om later in de week terug te komen om verder te zoeken. Tegen die tijd zijn wij allang weg.'

Emma staart naar de boom aan de andere kant van de wei. Het is een boom waarin we vaak klimmen. We kennen alle takken en knoesten en we weten precies waar we onze voeten moeten neerzetten. We kunnen het zelfs met teenslippers aan.

'Het lukt nooit,' zegt ze.

'Waarom niet?' vraag ik.

'Daarom niet,' zegt ze.

'Waarom daarom niet?'

'Je denkt niet goed na. Soms lijk je nog lang geen acht.'

Dat maakt me heel kwaad. 'Waarom zeg je dat?'

'Omdat het nooit lukt. Ouders worden heel kwaad als kinderen weglopen. Hij vermoordt ons.' Ze kijkt me aan. 'Hij vermóórdt ons.' Ze kijkt zo ernstig als een dominee, zou mama zeggen.

Maar ik snap er niets van. Zij begon toch over weglopen? Ik moet en zal haar overhalen om weg te lopen, en het eerste wat ik doe als we op onszelf wonen is haar haren kammen. Haar haar is heel mooi als het schoon en zacht is als de blaadjes van een geel viooltje. Vroeger vond ze het fijn als ik het kamde, dus ik weet zeker dat ze het ooit weer fijn gaat vinden.

Terwijl ik naar haar kijk staat ze op om terug naar huis te lopen.

'Niet naar binnen gaan,' zeg ik, maar als ze doorloopt sta ik op om achter haar aan te rennen. Voor de zoveelste keer.

Bij de keukendeur staan we stil om te luisteren, en als we binnen niets horen trekken we de deur zo langzaam open dat hij niet kraakt. We glippen door een kiertje naar binnen en doen met opzet onze teenslippers uit om geen lawaai te maken. Op onze blote voeten sluipen we over de keukenvloer alsof die van gebroken glas is gemaakt. Ik strek mijn armen uit om mijn evenwicht te bewaren, maar Emma kan dat zonder haar armen uit te steken.

Boven horen we mama en Richard tegen elkaar schreeuwen. Er klinkt een bonk. Het geluid van mama die op de grond valt. Het lijkt wel een eeuwigheid te duren voordat we hun slaapkamerdeur voorbij zijn, maar eindelijk bereiken we het Nest.

'Wat doe je?' vraag ik.

'Wat denk je zelf?' vraagt Emma, alsof dat gesprek in de wei er helemaal niet is geweest. Ze haalt een aantal spullen uit de doos die ze gisteravond heeft ingepakt. De keurige stapeltjes legt ze op de doorgestikte deken op ons bed en ik denk dat mijn wens uitkomt.

Daarom loop ik naar mijn kleren en haal er de dingen uit die ik graag draag. Ik kies geen spullen van de White Elephant, de winkel waar mama vaak kleren voor me koopt. Iedereen noemt dat de ziekenhuiswinkel omdat al het geld dat ze verdienen naar het ziekenhuis gaat. Alsof het ziekenhuis een goed doel is in plaats van een vervelend gebouw waar ze je alleen maar spuiten geven! De kleren van de White Elephant stinken al voordat we thuis zijn, en als ik tegen mama zeg dat ik geen kleren uit de stinkende ziekenhuiswinkel wil zegt mama weer dat ik een verwaand wicht ben en dan moet ik die kleren juist aan. Nu laat ik ze dus allemaal in de doos zitten. Ik vouw alleen de dingen op die oma vanuit Asheville heeft opgestuurd, en ik leg ze naast Emma's spullen op het bed.

We zeggen geen woord tegen elkaar. We zijn alleen maar bezig met kiezen, opvouwen en uitzoeken, en algauw liggen er zoveel kleren dat we minstens een hele week vooruit kunnen.

'Ik ga de grote plunjezak halen,' zegt Emma, alsof dat nu de volgende logische stap is. Misschien is dat ook wel zo, want nu weet ik bijna zeker dat we toch weglopen.

Nog net op tijd denk ik aan het postzegelalbum, dat vlak bij de ventilator ligt. Ik ga het halen en leg het op de stapel. Ik kan nog steeds niet geloven dat we echt weggaan. Ik dacht wel dat ik Emma kon overhalen, maar ik had nooit verwacht dat het zo makkelijk zou gaan.

Emma komt terug en binnen de kortste keren zijn we bezig om al onze spullen in de grote plunjezak te stoppen. Als mama hem inpakt is hij altijd veel voller, maar wij zijn ook niet zo sterk als zij. Als we willen weglopen van dit leven waar we in zitten moet de tas natuurlijk niet zo zwaar zijn dat we hem niet kunnen dragen.

'Zo,' zegt Emma. Ze klinkt net zo tevreden als mama als ze op betaaldag naar de bank is geweest en de veiligheidsriem van de auto dichtklikt. Mama is het vrolijkst als ze op betaaldag naar de bank gaat om Richards cheque te innen.

'Wanneer gaan we weg?' vraag ik aan mijn kleine zusje. Volgens mij heeft zij er allang over nagedacht, dus het slaat nergens op als ik de baas ga spelen.

'Vanavond,' fluistert ze. 'Als ze slapen.'

Ik weet dat ik nu eigenlijk blij zou moeten zijn, maar opeens voel ik me net zo akelig als toen Tommy Bucksmith expres een kickball tegen me aan schopte. Ik krijg niet genoeg lucht binnen. Emma ziet er juist veel beter uit dan de afgelopen weken. Omdat ik het voor haar niet wil verpesten besluit ik dapper te zijn. Ze hoeft niet te weten hoe ik me werkelijk voel.

'Wat moet mama nu zonder ons?' vraag ik.

'Wat moet mama nu mét ons,' zegt Emma. En na die opmerking weten we het honderd procent zeker. We lopen vanavond weg, en niemand houdt ons tegen.

6

‘Sst,’ zeg ik tegen Emma, want ze maakt veel te veel lawaai voor een meisje dat eigenlijk hoort te slapen. Het is twee uur ’s nachts en we hadden al weg moeten zijn, maar we zijn om twaalf uur in slaap gevallen en we zijn pas vijf minuten geleden wakker geworden.

Emma springt met één been in haar spijkerbroek door de kamer. Ze doet haar best om niet te vallen en maakt daardoor juist steeds meer lawaai. Aankleden in het donker is veel moeilijker dan we dachten. Het is maar goed dat we alles zo goed hadden gepland en onze kleren hadden klaargelegd.

‘Sst,’ zeg ik nog een keer.

Als we allebei zijn aangekleed lopen we op onze tenen naar de grote plunjezak, die in een grote bult onder de doorgestikte deken ligt. We weten best dat mama niet meer naar boven komt – dat doet ze al niet meer sinds ik kleiner was dan Emma – maar voor de zekerheid hebben we de deken toch maar over de plunjezak gelegd. We hebben de zak achter de verhuisdozen in de hoek van de kamer verstopt.

'Pak jij het uiteinde met het handvat maar,' fluister ik tegen Emma.

Emma loopt naar het uiteinde met de bruine lus, die van hetzelfde materiaal is gemaakt als mijn gympen. Ze pakt de lus beet en gaat op haar hurken zitten, klaar om de zak op te tillen op de manier die ik haar heb uitgelegd voordat we naar bed gingen.

Het vervelende is dat de zak veel zwaarder lijkt dan een paar uur geleden. Vraag me niet hoe dat komt, maar het zit me wel dwars. We praten niet hardop omdat mama vaak heel licht slaapt, maar ik denk: alsjeblieft, God, zorg dat we de zak niet laten vallen, want dan zullen we ervan lusten.

Ik kijk naar Emma. Het is best donker in de kamer, maar er valt een lichtstraaltje van de maan op haar gezicht en ik zie dat ze op mijn teken wacht. Ik had gezegd dat ik zou knikken als ik mijn uiteinde stevig beethad. Ik knik en we lopen achteruit naar de zoldertrap.

Opeens ben ik bang dat de trap veel te steil is. Op deze manier lukt het ons nooit om die zak beneden te krijgen. Om het nog erger te maken krijg ik natte handen van de zenuwen en voel ik de zak uit mijn vingers glijden. Daarom buig ik mijn knieën in de hoop dat Emma ziet dat ik de zak neerzet.

Pff, gelukkig heeft ze het in de gaten. We zetten de zak zachtjes neer en kijken ernaar alsof we hem daarmee een beetje lichter kunnen maken. Dat gaat natuurlijk niet vanzelf, dus daarom maak ik mijn kant open en begin ik er allemaal spullen uit te halen. In het donker kan ik niet goed zien wat ik pak, maar na twee handen vol kleren probeer ik hem op te tillen, en dan lijkt het wel of iemand met een toverstafje heeft gezwaaid om onze wens te laten uitkomen. Ik bind mijn kant weer dicht en knik over de grote zak heen naar Emma. We gaan het nog een keer proberen.

Treetje voor treetje gaan we de trap van het Nest af. Het lukt ons om zonder lawaai op de overloop te komen, maar nu zitten we in de gevarenzone: we staan voor de slaapkamer van mama en Richard. Ik spits mijn oren. Volgens mij hoor ik Richard snurken, dus ik knik weer naar Emma. Hier kan ze me zien, want het raam op de overloop is groot en laat veel meer maanlicht naar binnen.

Nu komt het moeilijkste deel, want de houten trap is heel oud en kraakt op de gekste momenten – natuurlijk meestal als je het niet wilt. En ja hoor, al bij de eerste stap hoor ik die akelige krrrrraaaaaak. Het klinkt bijna net zo hard als de scheepstoeter die Richard ooit voor de lol bij mijn oor liet afgaan omdat hij het leuk vond om me aan het schrikken te maken.

Emma staat stil en we luisteren allebei of het gesnurk ophoudt. De deur blijft dicht, en al kan ik Richard niet horen, toch denk ik dat hij nog steeds in diepe slaap is. De vuilnisbak is vanavond zeven keer opengegaan, dus dat hebben we mee.

Bij de volgende drie treden gaat alles goed, maar op de vijfde horen we het weer. Krrrraaaaaak. Deze kraak is gelukkig wat zachter en klinkt als de koe die ik ooit heb gezien die op haar zij lag en probeerde haar kalfje naar buiten te duwen. We staan weer stil en in gedachten bid ik: alstublieft, God, laat ze niet wakker worden.

Nu knikt Emma naar mij, en omdat zij hoger staat dan ik en waarschijnlijk kan zien dat de slaapkamerdeur nog dicht is loop ik verder. De laatste drie treden maken gelukkig geen lawaai en dan staan we opeens beneden.

Nu zijn we er bijna, maar we hebben nog een probleempje. De voordeur is lastig omdat de hordeur heel hard dichtvalt als je niet uitkijkt. Vannacht kijken we extra goed uit, dus ik denk dat het voor de bakker komt, zoals mama altijd zegt. Ik draai aan de knop van de houten deur en trek hem zachtjes open. Nu staat alleen de roestige metalen hordeur nog tussen ons en onze vrijheid. Ik schuif het hendeltje omhoog en duw hem in slow motion open. Nee, het is nog langzamer dan slow motion. Ik duw hem zo langzaam open dat je niet eens kunt zien dat hij beweegt. Zo voorzichtig ben ik en ja hoor, het lukt. De deur gaat zonder kraken open! Pff.

Nu moet Emma zorgen dat hij net zo langzaam dichtgaat. Ze kan mijn gedachten lezen en ze doet precies wat ik deed toen we naar buiten gingen. Echt, dat is niet makkelijk als je een grote plunjezak in je handen hebt, en ik weet nu al zeker dat ik later nooit een plunjezak neem. Die zijn veel te lastig om vast te houden.

Emma laat het hendeltje zakken en we kijken vanaf de veranda naar het zandpad waarop Richards pick-up 's nachts slaapt. In de verte zien we niets anders dan de rest van ons leven.

In Bermuda wordt het 's nachts vast niet zo donker. Ik heb al mijn energie nodig om met mijn ogen te knijpen en te kijken waar we naartoe gaan, dus ik vergeet gewoon dat ik een paar minuten geleden nog zo moe was. Ik heb ook geen honger. Dat is maar goed ook, want we hebben alleen maar een halve pot pindakaas van Jif bij ons die ik op het laatste moment heb meegegrist.

De hele wereld lijkt wel te slapen. Zelfs de blaadjes van de struiken krullen niet naar elkaar toe, zoals overdag, dus ik denk dat ze hun energie bewaren tot morgen.

Morgen. Wat moeten we dan doen? Ik heb het niet tegen Emma gezegd, maar eigenlijk maak ik me een beetje zorgen over waar we ons moeten verstoppen als de zon opkomt. We schieten niet zo hard op als ik had gedacht, dus ik denk niet dat we op tijd bij de bushalte zijn om de bus van vijf voor zes naar Raleigh te pakken. Ik moet overgaan op plan B. Het probleem is dat ik geen plan B heb bedacht, dus ik denk heel diep na om er een te verzinnen. Hm.

'Denk je dat ze ons vinden?' vraagt Emma.

'Nee,' zeg ik, al weet ik dat helemaal niet zeker.

'Mooi zo.' Ze loopt door.

'Hé Em,' zeg ik.

'Ja?'

'Waarom ben je van gedachten veranderd?'

Dat wil ik haar al sinds gisteren vragen, sinds we uit de wei kwamen en Emma naar boven liep om onze spullen in te pakken. Toen durfde ik niet hardop over weglopen te praten, want ik wist natuurlijk niet of Richard onder aan de trap stond.

'Weet ik niet,' zegt ze, maar ik geloof haar niet.

We lopen nog een stuk verder.

Als we een hele poos zwijgend door het donker hebben gelopen begint de plunjezak toch wel erg zwaar te worden.

'Als we bij die schuur zijn zetten we de zak even neer,' zeg ik.

De schuur in de verte ziet er in het donker groter uit dan overdag. Het schuine dak snijdt door de donkere hemel en lijkt op een heksenhuis in een van onze prentenboeken.

Vlak voor de deuren met de gekruiste withouten latten laten we de zak vallen. Hij ploft op de grond alsof er een dood mens in zit. Zo zwaar leek hij echt, alsof er een dood mens in zit.

'Hij is zo zwaar,' klaagt Emma, wrijvend over haar arm.

Dan krijg ik een idee. 'Em, wat vind je ervan als we de zak niet meenemen?' stel ik voor. Het is gewoon maar een ideetje, meer niet. We hebben alle schone kleren in de zak nodig, dus ik denk niet dat ze ja zegt. Verder hebben we maar veertien dollar en achtendertig cent, dus we kunnen geen nieuwe kleren kopen, zelfs niet als we naar de White Elephant gaan. Wat we natuurlijk nooit zouden doen. Echt niet.

'We kunnen toch niet zonder kleren weg?' zegt Emma. Ze heeft gelijk.

'Maar die zak houdt ons alleen maar op,' zeg ik. Mama vindt me koppig en eigenwijs als ik zoiets zeg. Hoe noemt ze me dan ook weer? O jee, ik begin nu al te vergeten wat mama altijd zegt.

'Dat is waar,' zegt ze. Ze houdt haar hoofd een beetje schuin, en daaraan zie ik dat ze nadenkt over wat we nu het beste kunnen doen.

'Ik weet iets! We pakken alleen de kleren die we echt nodig hebben en trekken die over onze kleren aan,' zeg ik. 'Dan hoeven we niets te dragen.'

'Ja!' zegt ze.

We trekken een heleboel kleren aan, tot ik het zo heet heb dat ik begin te zweten en Emma er dik uitziet.

Maar geloof me, het is de beste beslissing die we ooit hebben genomen. Het is geweldig dat we nu alleen maar de pot pindakaas en mijn postzegelalbum hoeven te dragen. Ik weet zeker dat er niet veel mensen in die schuur komen, dus ze vinden onze grote plunjezak vast niet. Nou ja, de eerste dagen niet, maar dan zijn wij allang weg.

Ik wou dat ik een elastiekje voor een paardenstaart had meegenomen, want ik heb last van mijn lange haar. Het voelt erg warm in mijn nek, dus ik probeer iets te verzinnen waarmee ik een staartje kan maken.

Bingo. In de verte zie ik opeens de lange armen van een treurwilg waarvan de dunne takjes over de grond spelen alsof het een piano is. Ik weet dat ik een van die dunne takjes kan gebruiken.

'Wacht even,' zeg ik tegen Emma. Ik buig een twijgje heen en weer, want die tak leeft nog en hij breekt natuurlijk niet zomaar doormidden. En dat is maar goed ook, want dan kan ik hem ook goed buigen om mijn haren vast te maken. Het lukt, en even later heb ik een paardenstaart. Ik heb het meteen niet meer zo warm.

'Ben jij bang?' vraagt Emma. Voordat ik iets kan zeggen voel ik haar handje in de mijne schuiven.

'Nee,' lieg ik. Ik knijp zachtjes in haar hand om te zeggen dat het helemaal niet erg is dat ik nu eens de dapperste van ons tweeën ben. Maar ja, binnenin voel ik me helemaal niet dapper, zeker niet nu het donker is en we kilometers van het Nest vandaan zijn. O God, waar moeten we nu toch naartoe?

Terwijl ik wacht tot God ons vertelt wat we nu moeten doen, lopen we maar verder. En verder. En verder...

Ik weet dat Emma doodmoe is, want ze heeft mijn hand allang losgelaten en ze sjokt achter me aan. In de verte zie ik de boerderij van de familie Godsey. Het is nog ongeveer drie keer zo ver als ik kan gooien. Ik besluit dat we ons daar maar moeten verstoppen.

Toen we nog veel kleiner waren moesten we met mama een keer mee naar Mrs. Godsey omdat mama ontzettend kwaad op haar was en met haar wilde praten. Wij moesten buiten spelen terwijl zij binnen van alles bespraken. We konden niet horen waar het over ging, maar mama had zo streng gezegd dat we haar niet mochten storen dat het wel iets heel geheims over geld zal zijn geweest. Praten over geld is hartstikke saai, trouwens, dus ik had ook helemaal geen zin om het gesprek af te luisteren. Ik was blij dat Emma een gat onder de veranda had ontdekt waar we nét doorheen konden kruipen.

Ik hoop dat ze nog geen tijd hebben gehad om dat gat dicht te maken, want dan kunnen we ons onder de veranda verstoppen als het licht wordt. Als de kust veilig is kunnen we misschien zelfs een paar uurtjes slapen.

'Hé Em,' zeg ik. 'Mama heeft toch nog steeds een hekel aan de familie Godsey, hè?'

'Weet ik niet,' zegt Emma. 'Ik denk het wel.'

'Mooi zo,' zeg ik. Als dat zo is heeft mama waarschijnlijk geen zin om ons daar te komen zoeken. Dan hebben we de hele dag de tijd om een plannetje te bedenken voor waar we morgenavond naartoe zullen gaan.

We zijn nu vlak bij de voorkant van het huis. Dat is maar goed ook, want volgens mij wordt de zon zo wakker. Verder denk ik dat de zoons van de familie Godsey vandaag op het land moeten werken, dus dan zullen ze zo wel uit bed komen. Ze hebben bijna altijd zwarte plakkerige handen van de tabak die ze verbouwen. Daardoor zien ze eruit alsof ze zich nooit wassen.

We staan stil en bestuderen de zijkant van de veranda om te kijken of we het gat kunnen vinden.

'Hebben ze die hond nog?' fluister ik tegen Emma.

'Hoe moet ik dat nu weten?' fluistert ze nijdig terug.

'Ik vraag het gewoon. Als ze die hond nog hebben moeten we klaarstaan om ervandoor te gaan, want als hij begint te blaffen maakt hij de hele familie Godsey wakker.'

Ik merk dat Emma kribbig is doordat ze vannacht niet heeft geslapen. Ik ben ouder dan zij, dus ik word niet kribbig als ik een keertje te weinig heb geslapen.

We zien nergens een hond. Hoe heette dat beest ook weer? Ik ben het vergeten. Het was een stomme naam, echt een naam die een jongen voor een hond verzint. Spot of Buddy of zoiets.

Ik loop naar de linkerkant van de veranda, die er nog net zo gammel uitziet als vorige keer. Ja hoor, het gat zit er nog. Het ziet er alleen een stuk kleiner uit dan toen we er de vorige keer doorheen kropen.

'Wat is er met dat gat gebeurd?' vraagt Emma zachtjes.

'Niks. Dat gat is nog precies hetzelfde, maar wij zijn groter geworden,' leg ik uit. 'Ik denk dat we er nog steeds doorheen kunnen. Kijk maar, ik ga wel als eerste.'

Ik ben echt heel trots dat ik als eerste naar binnen durf, want er zitten misschien wel een miljoen soorten spinnen en rupsen onder de veranda, en dan bedoel ik niet van die zachte wollige rupsen die er zo leuk uitzien. Ik heb het over die vieze schubbige rupsen die heel hard en met honderd pootjes tegelijk op je afrennen. Toch moet ik als eerste naar binnen omdat Emma een beetje raar doet. Zo zie ik haar niet vaak, dus ik kan maar beter door de zure appel heen bijten, zoals Richard altijd zegt als we iets vervelends moeten doen.

Ik zit op mijn knieën voor de gekruiste latjes van het houtwerk. Er zitten grote ruitvormige gaten in en de wind kan er gewoon doorheen waaien. Volgens mij kan de zon elk moment opkomen, dus daarom steek ik mijn hoofd door het gat en ja hoor, mijn schouders blijven hangen aan de scherpe kanten van de afgebroken latjes. Ik wou dat ik lelijke woorden gebruikte, want ik heb zin om er nu een te zeggen. Maar het is maar goed dat ik nooit lelijke woorden zeg, want als ik het V-woord gebruikte zouden ze me vast horen. En als ze me zouden horen zouden ze ons vinden, en als ze ons zouden vinden moesten we terug naar huis, en als we terug naar huis moesten zou Richard ons vermoorden.

Ik leun naar één kant en probeer me los te trekken, maar het lijkt wel of de veranda me expres niet naar binnen laat.

‘Laat mij eens,’ fluistert Emma. Ik trek mijn hoofd terug en ga opzij zodat zij het kan proberen.

Wat is dat? O jee. Volgens mij is het de hond.

‘Schiet op,’ zeg ik. ‘Gauw! Ga het gat in!’

Emma heeft het ook gehoord en duwt haar tweede schouder langs de kapotte latjes alsof we alleen maar door een paar vingers worden tegengehouden.

Dan horen we het geluid recht boven ons hoofd. De nagels van de hond tikken op de veranda.

‘Vlug!’ zeg ik.

Ze trekt haar benen door het gat en dan ben ik aan de beurt. Ik sta er zelf van te kijken hoe vlug je kunt wegduiken als je bang bent dat je wordt betrapt. Eerst steek ik mijn arm en schouder naar binnen, alsof ik iets van een plank wil pakken, en dan steek ik mijn hoofd door het gat. Het kan maar net, en ik voel de kapotte latjes over mijn wang schaven, maar dan schiet mijn andere schouder ook ineens naar binnen. Dat is maar goed ook, want de hond staat nu op de veranda heel hard te blaffen en we horen dat iemand zich naar de deur haast om hem naar buiten te laten.

Onder de veranda zoek ik naar stenen, hoe groter hoe beter. Ik stapel ze op bij het gat zodat de hond ons niet kan verklikken als hij naar buiten komt.

Emma trekt haar trui uit en probeert die opgerold in het gat te stoppen, maar dat vind ik echt een stom idee. ‘Niet doen,’ zeg ik. Ik trek hem uit het gat en gooi hem achter ons neer. ‘Stenen,’ fluister ik vlug, maar het is al te laat.

We verstijven als we de klink van de deur omlaag horen gaan. Als een pijl uit een boog rent de hond de deur uit en de trap af. Hij gaat tekeer alsof hij een spook heeft gezien, en dat is eigenlijk wel grappig, want ik snap dat hij dat denkt. Ik durf te wedden dat hij door het raam naar buiten keek en dat wij in het halfdonker op spoken leken.

Als we zijn krabbelende poten op de trap horen duiken Emma en ik in het verste hoekje van onder-de-veranda. Zo noem ik het hier, onder-de-veranda. Het is net zoiets als achter-de-bank. Ik wil de nieuwe naam graag aan Emma vertellen. Ik hoop alleen dat ik het niet verpruts door hem hardop te denken, net als op school, want dan zijn we er gloeiend bij.

We blijven doodstil zitten, alsof we vergeten zijn hoe we moeten ademhalen. Hoe groot was die hond ook weer? Ik weet het niet meer, maar het gat is een stuk kleiner geworden nu we een paar stenen hebben opgestapeld. Hij blaft als een grote hond, en ik hoop dat hij dat ook is want dan past hij niet door het gat. Zo te horen, rent hij om de trap heen, dus ik hou Emma net zo stevig vast als zij mij. Ik denk dat we eruitzien als twee zeesterren die elkaar onder water met hun armen vasthouden. Ik voel haar trillen.

Als het geblaf ophoudt brengt Emma haar gezicht naar mijn oor. 'Ik ga nooit meer naar huis,' fluistert ze. 'Nooit.' Ze kijkt me aan alsof ze me een heel harde schop zou geven als ik nu zei dat ze met me mee naar huis moest. Niet dat ik dat wil, hoor. O nee. Maar stel dat ik naar huis zou willen… Ik durf te wedden dat Emma niet mee zou gaan, zelfs niet met mij.

Eigenlijk is dat best gek. In de meeste gezinnen lopen kleine kinderen achter hun oudere broertjes en zusjes aan, maar bij ons is het andersom. Emma neemt altijd de leiding.

Behalve nu, onder deze veranda. Nu zijn we allebei even bang dat we betrapt worden. Ik heb geen idee wat Mrs. Godsey doet als de hond ons uitgraaft.

Trouwens, ik hoor de hond niet meer blaffen. Misschien zoekt hij ons ergens anders, of anders is hij gewoon een luie waakhond.

'Volgens mij is hij weg,' fluister ik voor de zekerheid vlak bij Emma's oor.

Nog geen minuut later horen we de klink weer omlaaggaan en horen we dat er iets van metaal op de houten planken boven ons hoofd wordt gezet. Als ik niet had geweten dat de familie Godsey een hond had zou ik denken dat iemand iets had laten vallen, maar mijn neus vertelt me iets anders: ze hebben een bak met hondenvoer neergezet. Gek genoeg komt Buddy of Spot of hoe-hij-ook-heet daar niet op af, en daar maak ik me zorgen over. Waar is dat beest?

'Caroline?' fluistert Emma.

Ik krijg kippenvel van haar stem. Ze noemt me nooit Caroline. Het is altijd Carrie.

Heel langzaam draai ik me om, bijna zo langzaam dat je het niet ziet. Ik voel dat Emma naar een bepaalde plaats staart en ik kijk ook in die richting. Dan zie ik waarom de hond niet naar zijn bak is gerend. Aan de andere kant van het hek met de ruitjes ligt Buddy Spot, die zich door zijn poten heeft laten zakken alsof hij elk moment kan opspringen om achter een konijn aan te gaan. Hij staart ons aan alsof hij recht in de loop van een geweer kijkt. O God. Alsjeblieft, God.

Emma en ik houden tegelijkertijd onze adem in. Het is alsof we allebei weten dat we diep in de problemen zitten als we ons bewegen. Dan zijn we er gloeiend bij. Het is nog zo vroeg in de ochtend dat de dag nog niet heeft besloten wat voor weer het wordt – zon of mist, vrolijk of verdrietig – maar het lijkt wel of er rook uit Buddy Spots neus komt, net als in de tekenfilms die op zaterdagochtend altijd op tv komen. We staren terug alsof het om een wedstrijdje gaat.

O nee, volgens mij moet ik niezen. O God, laat me alstublieft niet niezen. Als dat gebeurt kunnen we het wel vergeten. Weet je wat, ik doe mijn ogen dicht. Dat is een goed idee! Ik knijp ze stijf dicht, kijk, zo... en misschien hoef ik dan niet zo hard te niezen. Ik knijp, knijp en ja... het werkt! De nies gaat weg. Pff.

Maar dan kijken we alle drie tegelijkertijd omhoog omdat er iemand bonk-bonk-bonk in de richting van de veranda loopt. Buddy Spot kijkt naar ons en dan weer naar de veranda alsof hij zich afvraagt of hij ons zal verklikken. O God. Hij wil blaffen, ik weet het zeker. Emma knijpt haar vuile nagels nog harder in mijn schouder en ik ben misselijk.

Bonk. O nee. Bonk. Toe, Buddy Spot, ga alsjeblieft weg, denk ik bij mezelf. Brave Buddy Spot. Bonk. Zoete hond.

Hij staat op, schudt het zand uit zijn vacht en draaft naar de onderste tree van de trap, waar hij wordt geaaid door een hand waar niemand aan vast lijkt te zitten omdat je door de trap niet kunt zien wie er zo'n vier kattenstaarten van ons af staat. Er bestaat op de hele wereld geen lievere hond dan Buddy Spot. Hij is zelfs nog liever dan Lassie. Ik hoop echt dat ik hem straks kan aaien om hem te bedanken dat hij ons niet heeft verklikt.

Als ik Buddy Spot zie kwispelen en achter de hand aan zie lopen verlang ik opeens naar mama. Wat zou ze doen als ze merkt dat we weg zijn? Zou Emma het echt menen dat ze nooit meer terug wil? Ik bedoel, nooit is wel heel erg lang... Stel dat ze later groot is en zelf een baby heeft en die aan mama wil laten zien. Gaat ze dan ook niet terug? Of stel dat ze gearresteerd wordt, en dat de politie haar alleen maar vrij wil laten als ze terug naar haar mama gaat. Gaat ze dan ook niet terug? Of stel dat ze een heel ernstig ongeluk krijgt en dat ze haar armen niet meer kan bewegen en dat er iemand de hele dag voor haar moet zorgen en haar zachte babyhapjes moet voeren. Dan is mama toch de enige die zoiets wil doen? Nou ja, ik wil het ook wel doen, maar stel dat ik dood ben. Gaat ze dan ook niet terug?

De harde grond doet pijn aan mijn billen en ruikt heel vies. Verder rammel ik van de honger. Emma kan heel lang zonder eten, maar ik niet. Ik krijg pijn in mijn buik. Ik mis mama heel erg. Ik snap wel dat Emma haar niet mist, want mama is nooit zo lief tegen haar. Toch wou ik dat ik nu bij mama was.

Het is nu helemaal licht geworden. Dat voelt een beetje raar, want Emma en ik hebben de hele nacht niet geslapen en voor ons lijkt het net het einde van een dag in plaats van het begin.

Richard zal wel uit bed zijn om ruim baan te maken voor zijn nieuwe baan. Emma en ik gaan niet mee. Je zou kunnen zeggen dat onze verhuizing van de baan is.

Emma laat mijn schouders los. Als ik omlaag kijk zie ik vier halve maantjes in mijn vel staan. Zo bang was mijn zusje nu. Ze ziet me kijken en kijkt dan vlug de andere kant op, alsof ze me eigenlijk helemaal niet nodig had. We weten allebei wel beter.

'Wat doen we nu?' fluister ik. Ik heb er genoeg van om de baas te zijn.

Emma haalt haar schouders op en blijft door het houten wandje met de ruitjes naar buiten turen, alsof daar het antwoord is. 'O jee...' zegt ze heel zachtjes.

Ik volg haar blik en dan zie ik iets aan de andere kant van de ruitjes liggen op een plaats waar we net niet bij kunnen. De pot pindakaas! Ik denk dat ik hem heb laten vallen toen we de hond hoorden aankomen en haastig in het gat zijn gekropen.

'We moeten hem gaan halen,' zegt Emma.

Ik staar naar de pindakaas alsof ik een goocheltruc bedenk om hem naar ons toe te halen.

'Als iemand hem ziet zijn we erbij.'

Voordat ik iets kan zeggen of doen zie ik Emma naar het gat kruipen en ons stenen muurtje afbreken.

'Stel dat de hond terugkomt,' fluister ik.

'Volgens mij komt die hond vandaag niet meer terug,' fluistert ze terug, terwijl ze haar schouders door het gat steekt en haar arm naar de pindakaas uitstrekt.

'Schiet op,' zeg ik.

'Hebbes,' zegt ze als ze weer bij mij zit. Ze draait voorzichtig het deksel van de pot en houdt hem voor mijn gezicht zodat ik mijn vinger erin kan steken.

Echt, op dat moment vind ik pindakaas het allerlekkerste wat ik ooit heb gegeten.

Terwijl ik de pindakaas van mijn gehemelte probeer te likken zie ik Emma op haar vingers tellen.

'Volgens mij zijn we al vijf uur weg,' zegt ze. 'Het is vast zeven uur in de ochtend, denk jij niet?'

Ik knik, want zelf dacht ik ook dat het zeven uur was.

'Ik val bijna om van de honger,' zegt ze.

Ik ben bezig aan mijn derde vinger pindakaas, dus ik kan mijn mond niet eens open krijgen om iets te zeggen. Ik steek de pot naar haar uit, maar ze schudt haar hoofd. 'Waarom niet?' vraag ik nauwelijks verstaanbaar. Ik begrijp het echt niet. Als mama boterhammen met pindakaas en marshmallowpasta voor ons maakt halen we ze uit elkaar en dan eet ik de helft met pindakaas op en Emma die met de pasta, maar ik had nooit gedacht dat ze liever zou verhongeren dan dat ze pindakaas at.

Dan doet Emma iets wat ik nooit had verwacht. Nog in geen

miljoen jaar! Ze kruipt weer naar de stapel stenen, breekt het muurtje af, duwt haar schouders door het gat en klimt er zelf achteraan. Even later zie ik haar de verandatrap op klimmen alsof dit ons huis is! Met mijn mond vol pindakaas en de pot in mijn hand zit ik naar haar te kijken. Ik ben zo bang dat ik niet eens durf te ademen! Ze gaat heel zachtjes te werk, maar toch hoor ik haar op haar tenen naar boven sluipen.

Het allerschokkendste is wat ze van plan is. Maar nog voordat ik naar het gat kan kruipen om haar van een van de Godseys te redden, is ze alweer terug bij het wandje met de ruitjes. Ik kan mijn ogen niet geloven. In haar hand heeft ze de metalen bak met hondenvoer! Ze zet de bak voorzichtig in onze schuilplaats, kruipt weer door het gat en begint de stenen op te stapelen.

'Wat krijgen we nou?' vraag ik. Ik kan weer verstaanbaar praten, want de pindakaas is in mijn mond gesmolten omdat hij moe werd van het wachten tot ik er eindelijk op zou gaan kauwen en hem zou doorslikken.

'Dat zie je toch,' zegt ze, net als een paar uur geleden, toen ze in het Nest haar doos uitpakte. Ze maakt een kommetje van haar hand en schept wat hondenbrokken uit de bak. Ze ruikt er niet eens aan voordat ze het voer in haar mond stopt! Ze eet het op alsof ze op een warme dag in augustus een ijsje heeft gekregen.

Ik zit verbaasd naar haar te kijken en vraag me af hoe ik in vredesnaam familie kan zijn van een meisje dat hondenvoer eet.

Dan horen we boven ons de deur opengaan. Twee teenslippers klepperen over de veranda.

We verstijven.

Emma houdt op met kauwen en ik hou mijn adem in.

Stap een – klip. Stap twee – klap. Stap drie – klip. Ik ben bang dat ik in mijn broek plas. Stap vier – klap. O God. Stap vijf – klip De teenslippers staan op de grond.

Het is Mrs. Godsey. Help! Haar tenen wijzen in de richting van de weg alsof ze ergens naartoe moet, en in mijn hoofd doe ik een schietgebedje dat dat ook echt zo is. Een akelig gevoel in mijn buik vertelt me iets heel anders. O God.

'Waar is die verdraaide bak gebleven?' vraagt ze aan niemand in het bijzonder. Dan draaien haar voeten opzij. Ze staat zo dicht bij ons dat ik de afbladderende roze nagellak op haar tenen kan zien. Haar voeten draaien naar de andere kant van de trap. O God, we zijn de pineut. Ik weet het zeker.

Ze komt steeds dichterbij. Klip. Klap. Klip. Klap.

'Wat krijgen we...' mompelt ze in zichzelf. Ze bukt zich en gaat op haar hurken zitten, een paar meter van ons vandaan. Ze raapt iets op. Haar ochtendjas lijkt op die van mama, alleen is die van mama versleten. Deze ziet er splinternieuw uit. Er staan allemaal bloemen op die je in het echt nooit tegenkomt. Ze zijn felpaars en geel en rood en ze glimmen, net als de glinsterende rode schoenen van Dorothy in De tovenaar van Oz.

Ik weet dat Mrs. Godsey haar haren altijd laat wassen en föhnen in Luanne's Beauty Parlor. Dat is niet echt een kapsalon, het is meer een bijkeuken waarin een kapperswastafel en een droogkap staan. Mama zegt dat Mrs. Godsey zo ijdel is dat ze jaloers is op haar eigen spiegelbeeld. Ze heeft altijd lippenstift op maar nu niet, waarschijnlijk omdat het nog zo vroeg is. Dat maakt niet uit, want ze ziet er van zichzelf al mooi uit.

Waar zit ze nu toch naar te kijken? Waarom gaat ze niet weg?

O. Mijn. God. Ze heeft mijn postzegelalbum gevonden!

Op het moment dat ik dat zie draait Mrs. Godsey haar hoofd

opzij om in het gat te kijken. 'Wat krijgen we nu?' Ze zegt het nu hardop zodat we het goed kunnen horen. 'Wie is daar?' Ze houdt haar ochtendjas bovenaan dicht, maar dat hoeft helemaal niet want volgens mij had ze de rits al helemaal dichtgedaan.

Emma probeert in me weg te kruipen en ik denk: dit is geen tv, dit is écht!

'Wie is daar? Billy, ben jij dat? Kom naar buiten, en vlug een beetje!'

Emma drukt zich nog dichter tegen me aan en ik hoor wat ze daarnet tegen me zei: 'Ik ga nooit meer terug.'

'Hoor je me, Billy? Kom onmiddellijk uit dat gat.' Mrs. Godsey is weer gaan staan, waardoor we alleen haar voeten en een stukje van haar benen kunnen zien. Maar ze staat er nog, en zo te horen is ze niet van plan om weg te gaan. 'Ik tel tot drie en als je er dan nog niet bent, geef ik je een pak slaag dat je een week lang zal heugen. Eén.' Met haar rechtervoet, nee, met haar linkervoet tikt ze ongeduldig op het zand. Zelfs met teenslippers is het een heel volwassen geluid. 'Twee.'

Ik kruip heel voorzichtig in de richting van het gat, maar Emma houdt mijn enkel vast, dus ik kan niet weg.

'Drie!' Bij die derde tel gaat ze weer op haar hurken zitten om de opgestapelde stenen weg te duwen. Voordat ik achteruit kan kruipen steekt ze haar arm in het gat en pakt ze me bij mijn arm. 'Hier komen, jij!'

Emma laat mijn enkel los en ik voel dat ik door vijf vingers naar het gat word getrokken. Ze weet dat ze me los moet laten om me naar buiten te krijgen, want anders pas ik niet door het gat. Ik haal diep adem om moed te verzamelen en kruip naar buiten.

Ik kan haar gezicht niet zien als ik me door het gat worstel, maar ik denk dat ze heel verbaasd is. Als je denkt dat er een Billy onder je veranda vandaan komt sta je vast gek te kijken als je een Caroline ziet.

'Mijn hemel,' zegt ze hardop.

Als ik vanaf de grond omhoogkijk zie ik dat ze haar ochtendjas bovenaan nog steviger dichthoudt.

'Wat heeft dit in godsnaam te betekenen? Ben jij niet het kind van Libby Culver?' Ze heeft haar neus opgetrokken, alsof ik stink. Ze buigt zich voorover en kijkt weer onder de veranda. 'Zit daar nog iemand?'

Dat is een lastige vraag. Moet ik zeggen dat mijn zusje er ook zit? Als ik dat doe sjort ze Emma ook uit het gat. Of moet ik liegen dat ik alleen ben en Emma in haar eentje weg laten gaan? Jemig. Wat moet ik nu doen?

'Geef antwoord, kind!'

'Eh...' Voordat ik iets kan zeggen zie ik dat Mrs. Godsey weer in het gat tuurt. Ze wacht niet eens meer op mijn antwoord. Arme Emma.

'Ik ben in mijn eentje,' zeg ik vlug, maar het is al te laat. Emma is al naar voren gekropen om te kijken wat er gebeurt.

Ik heb het ijskoud. Mrs. Godsey zegt niet veel, maar ze is nooit erg aardig. Nu is ze ook nog eens kwaad, dus dat is niet zo'n leuke combinatie.

'Ik weet niet of ik je een draai om je oren moet geven of dat ik dat aan je moeder moet overlaten,' zegt ze.

Ik durf niet naar Emma te kijken, want ik weet dat zij wil wegrennen en ik weet niet of ik dat nu kan. Ik ben moe en ik ben een beetje misselijk van de pindakaas.

'Loop maar naar binnen, dan bel ik je moeder,' zegt Mrs. Godsey.

'Dat hoeft niet, Mrs. Godsey. We gaan nu naar huis,' zegt Emma met een stem die ik niet herken.

'O ja?' zegt Mrs. Godsey. Ze praat met een heel hoog stemmetje alsof ze Emma nadoet.

'Ja, Mrs. Godsey, we gaan nu meteen terug naar huis,' zegt Emma. 'We deden verstoppertje.'

'Verstoppertje?'

Dat gelooft ze nooit.

'Ja, Mrs. Godfrey,' zegt het piepstemmetje. 'Maar nu zijn we klaar dus nu gaan we naar huis. We wilden u niet aan het schrikken maken.'

'Waar is de bak van mijn hond toch?' Mrs. Godsey buigt haar dikke lijf om onder de trap te kijken.

'Dat weet ik niet,' jokt Emma, en dan zet ze het op een lopen. Als Mrs. Godfrey haar nastaart ga ik er ook vandoor, en dan zijn we opeens weer vrij.

Ik dacht dat ik geen puf meer had om te rennen, maar ik vergeet dat ik moe ben en we rennen tot we de boerderij van de familie Godsey niet meer kunnen zien.

Uiteindelijk staat Emma stil, maar ze hijgt zo hard dat ze klinkt alsof ze nog steeds rent.

'Mijn God, ik was bang dat we er gloeiend bij waren,' zeg ik, happend naar adem.

'Ik. Ook.' Emma heeft het zo benauwd dat de woorden klinken als twee aparte zinnen.

'Waar gaan we nu naartoe? Je weet dat ze mama en Richard belt,' zeg ik.

Emma ademt weer iets rustiger en kijkt naar het bos in de verte. Ze zegt niets, maar ze wijst, dus we lopen in de richting van de bomen. Dit is geen bos waar babyhertjes aan het mos knabbelen of waar konijntjes met hun poten stampen als ze met een stinkdier praten. Nee, dit is een bos waar het donker is als de zon schijnt en waar het midden in de zomer nog steeds een beetje kil is. Dit bos pakt je bij je schouders, draait je rond, duwt je in de verkeerde richting en begint heel hard te lachen als je verdwaalt. Mama zegt altijd dat we uit de buurt van dit bos moeten blijven, en dat hebben we in onze oren geknoopt. Er zijn ook helemaal geen fijne klimbomen, want hier groeien alleen maar steile stammen met een heleboel naalden eraan.

'Ik zei al dat ik niet terugga,' zegt Emma.

'Jahaa. Dat hoef je niet te zeggen, hoor. Ik ga ook niet terug,' zeg ik.

'Je wilt best naar huis, dat zie ik aan je gezicht.'

Omdat ik niet weet wat ik daarop moet zeggen zeg ik niets. Het blijft stil tot we aan de rand van het bos zijn.

'Denk je dat alles goed komt?' vraagt ze, kijkend naar het duister dat voor ons ligt.

'Tuurlijk,' lieg ik. Ze weet dat ik lieg, dus ik had net zo goed mijn mond kunnen houden.

'Kom mee dan.'

Het eerste wat je in zo'n donker bos voelt is dat de grond heel zacht is. Er liggen zoveel naalden dat het lijkt of je op een kussen loopt.

'Zou de grond op de maan ook zo zacht zijn?' vraagt Emma.

'Ik denk het wel.'

'Zeg eens eerlijk, denk je dat ze ons vinden?'

Ik heb echt geen idee, dus ik zeg niets.

'Carrie?'

'Ja?'

'Denk je dat ze ons vinden?'

'Ik weet het echt niet.'

'Waar dacht je net aan?' vraagt ze. Op de verende ondergrond gaat ze langzamer lopen om me beter te kunnen horen.

'Aan Richards geweren, als je het per se wilt weten. Als hij ons gaat zoeken neemt hij vast het jachtgeweer uit de garage mee.'

Nu is Emma stil.

'Je vroeg toch wat ik dacht?'

'Ja, dat weet ik,' mompelt ze. Ze begint weer een slecht humeur te krijgen. 'Richard en zijn verdomde geweren.'

'Wat? Dat je dat woord durft te zeggen!' Emma gebruikt nooit scheldwoorden. Ze klikte zelfs bij mama als ik 'verdraaid' zei omdat ze dacht dat dat ook een lelijk woord was.

'Het kan me niets schelen. Denk je echt dat hij dat jachtgeweer meeneemt?'

'Ik denk het wel, want mama heeft het zo druk met zoeken dat ze het waarschijnlijk niet eens ziet,' zeg ik. 'Hij houdt van dat geweer, dat weet ik zeker.'

Emma loopt over een omgevallen boomstam over het pad. Nou ja, pad... Eigenlijk is het gewoon ruimte tussen de bomen. Ik denk dat die boom er al heel lang ligt, want er groeit mos overheen. Daardoor lijkt het wel of de grond hem weer wil opslokken.

'Ik snap niet waarom hij dat geweer elke keer schoonmaakt als het toch alleen maar in de kast staat,' zegt Emma. Ze springt van de stam en loopt weer met verende passen over de dikke laag naalden.

Ik haal mijn schouders op, want ik weet ook niet waarom hij het zo vaak schoonmaakt.

'Waarom is mama eigenlijk met hem getrouwd?' vraagt Emma. Ze gaat op haar hurken zitten en pulkt aan een paddenstoel die op een met mos bedekte steen groeit. Het is een vraag die ze alleen maar stelt om de lucht met woorden te vullen, want ze weet best dat ik ook geen idee heb wat mama ooit leuk heeft gevonden aan die man.

'Zal ik jou eens iets zeggen?' Mama ging gewoon voor de televisie staan zodat ik de zondagochtendtekenfilms niet meer kon zien. 'Jij bent nog te lui om op je hoofd te krabben als je jeuk hebt.'

Brigadier Dog! Mijn favoriete tekenfilm!

'Caroline! Schiet op. Ga je klaarmaken om naar de kerk te gaan, want anders timmert je vader je helemaal in elkaar.'

Papa zag er helemaal niet boos uit. Hij kwam met een glimlach naar mama de trap af en maakte met een zakdoek zijn bril schoon.

'Als je nog een zitplaats wilt moet je je dochter maar eens ferm toespreken,' zei mama. Ze liep naar de keuken om aan een knopje in de koelkast te draaien.

'Caroline Clementine, luister naar mama en zet de tv uit.' Hij kwam naar me toe en keek alsof hij eigenlijk moest lachen. 'Anders moet je Bobby Bolker helpen om de kaarsen bij het altaar aan te steken.'

Ik doe alles liever dan dat. Bobby Bolker is nog viezer dan een gebakken buidelrat. Er zit witte rommel in zijn oren en hij heeft heel vet haar, dat hij plat naar beneden heeft gekamd. Zijn vettige huid ziet er heel vuil uit, alsof hij in de zandbak heeft gezeten toen hij drie was en daarna nooit meer in bad is geweest.

'Ik kom al, ik kom al,' zei ik tegen papa, die al naar de keuken was gelopen om een kusje van mama los te peuteren. Mama sloeg hem weg alsof hij een hongerige mug was.

Ik doe mijn best om zo veel mogelijk dingen over papa te onthouden. Als hij bij mama was had hij bijvoorbeeld altijd een lach op zijn gezicht. En als mama zei dat hij mij over de knie moest leggen deed hij altijd maar alsof hij me een pak op mijn billen gaf, maar in plaats daarvan sloeg hij met zijn vlakke hand op het bed en dan deed ik net of ik heel hard moest huilen. Dan gaf hij me een knipoog en liet hij me in mijn kamer achter om na te denken over de vraag waarom ik een pak op mijn broek had verdiend. We hebben het nooit aan mama verteld. Het was ons geheimpje.

Papa rook altijd lekker. En mama zei dat hij me vaak meenam als er ergens nieuwe vloerbedekking werd gelegd, want ik vond het leuk om in de kamers koppeltje te duikelen als ze klaar waren, voordat alle meubels weer op hun plaats werden gezet. Ik geloof dat ik me dat nog kan herinneren, maar eigenlijk weet ik het niet helemaal zeker. Maar ik vind nieuwe vloerbedekking nog steeds heel lekker ruiken.

Toen papa doodging bleef mama heel lang in haar slaapkamer. Ik moest een stoel uit de woonkamer halen om eten uit de keukenkastjes te pakken, want mama had geen puf om voor ons te koken. De deur bleef potdicht, net als de mond van de oude Mrs. Streng toen ze zag dat ik van papa een kwartje kreeg om in de winkel snoep uit de glazen potten uit te zoeken. Er stond ook helemaal geen lekker eten in de keukenkastjes. Er waren wel cornflakes, maar we hadden geen melk om ze lekker zacht te maken. Er stonden blikken witte bonen in tomatensaus, maar die moesten we koud eten. Er stond ook een zak suiker, dus ik deed elke keer maar een schepje suiker op de droge cornflakes. Toen de cornflakes op waren at ik suiker uit de zak omdat er verder niets meer in huis was. Dat kon me niet schelen. Vroeger vond ik suiker lekker, maar nu lust ik het niet meer.

Mama's slaapkamer rook naar vieze sokken.

'Mama?' Ik bleef tegen haar praten. Ik dacht: ze zegt niets terug, maar ik weet zeker dat ze me kan horen. 'Mama, ik ben het, Carrie.'

Onder de dekens zag haar lichaam er heel klein uit. Alleen het topje van haar hoofd stak boven het laken uit.

'Ik wil alleen maar even hoi zeggen en je de kikker laten zien die Emma en ik hebben gevangen.' Ik had Buttercup niet mee naar de slaapkamer genomen, want ik wist niet of mama dat wel goed zou vinden. Als ze zou zeggen dat ze haar wilde zien zou ik naar onze slaapkamer rennen om haar te halen.

Het zag ernaar uit dat ik niet naar boven hoefde te lopen, want er kwam helemaal geen geluid uit het bed. Het was donker en de rolgordijntjes waren naar beneden. Normaal gesproken doe ik het nooit, maar ik trok aan het touwtje van de rolgordijnen om het wat lichter in dat donkere hol te maken. Toen de zon als een felle zaklamp naar binnen scheen zag ik opeens allemaal stofjes door de lucht dwarrelen. Het leek wel of ze nog niet zeker wisten waar ze wilden landen. Misschien hield mama de rolgordijnen wel dicht omdat ze dan de stofjes niet kon zien.

Opeens kreeg ik een idee. Ik kon de kamer stoffen! Dan kon ze de gordijnen openhouden.

'Ik ben zo terug, mama,' zei ik, al wist ik heus wel dat ze in de tussentijd niet zou weglopen.

Ik ben dol op de plumeau. De veertjes zijn zo zacht en pluizig dat het net is of je een vogeltje als huisdier hebt.

Ik rende naar beneden, haalde hem uit de keukenkast en holde terug naar mama's slaapkamer voordat ze de gordijnen weer dicht kon doen. 'Ik ben er weer,' zei ik, de deur zachtjes achter me dichtduwend.

Mama was nog niet één keer beneden bij ons komen kijken, maar ik dacht dat ze het vervelend vond als ik herrie maakte. Ik was bang dat lawaai haar weer deed denken aan de manier waarop papa was doodgegaan. Daarom deed ik alle deuren extra voorzichtig dicht. Ik duwde de klink omlaag en liet hem pas los als de deur weer helemaal netjes in de lijst zat.

Het probleem was dat ik met de plumeau alleen maar méér stofjes door de lucht liet dwarrelen en dat het benauwd werd in mama's kamer.

'Mam, zal ik het raam even openzetten?' Ik klonk net als zij als ik ziek was en gingerale en geprakte banaan tegen de buikpijn kreeg. 'Ik zet het een klein stukje open, dan kan er wat frisse lentewind naar binnen waaien,' zei ik. 'Je zou eens moeten zien hoe mooi het buiten is.'

Door de wind werd het algauw minder stoffig en binnen een mum van tijd had ik het bureau en de hutkoffer aan het voeteneinde van het bed van haar en papa schoongemaakt.

Het nachtkastje stond vlak bij haar hoofd, en ook al lag ze diep onder de dekens, ik wilde niet dat ze boos zou worden als ik haar uit haar slaap haalde. Even leek het me een goed idee om het nachtkastje over te slaan, maar dat kastje was het eerste wat ze zag als ze haar ogen opendeed, dus eigenlijk moest het wel schoon zijn. Op mijn tenen liep ik ernaartoe. Voordat ik begon, leunde ik voorzichtig over haar heen om te kijken of ze sliep. Bingo. Daarna haalde ik alle potjes met pillen van het nachtkastje en zette ze op de grond. Ik haalde ook een half glas water weg en een foto van papa en mij die was gemaakt toen ik nog kleiner was dan Emma. Daarna liet ik de plumeau de rest van het werk doen. Hij veegde alle rondjes weg waar de pillen ik-weet-niet-hoelang hadden gestaan, en algauw zag je de kleur van het hout weer en leek het wel of het nachtkastje net uit de winkel kwam. Ik was heel blij, want mama was niet wakker geworden. Ik dacht: wat zal ze blij zijn als ze straks haar schone slaapkamer ziet. Toen ik alle spulletjes had teruggezet, ruimde ik de lege blikjes cola light bij het bed op. In de meeste zat nog een restje bruine smurrie met sigarettenpeuken erin, dus ik lette heel goed op dat ik niets knoeide. En zo, nu was de hele slaapkamer weer netjes!

Ik sloop de slaapkamer uit en liet het raam en het rolgordijn open. Dat leek me lekker voor mama, want dan rook het in haar kamer tenminste niet naar de wc's op school.

Ik deed zo mijn best om niet te knoeien dat ik twee keer naar boven moest lopen om alle lege blikjes op te ruimen.

Toen dominee Cleary kort daarna langskwam werden zijn ogen heel groot, en hij keek verdrietig naar mij en aaide me over mijn hoofd. Daarna deed hij mama's slaapkamerdeur open. Ik keek om me heen en ik snapte niet waarom hij zo verdrietig keek. Zou hij boos zijn dat de keuken zo vies en rommelig was? Het was er nog viezer dan in mama's slaapkamer. Vroeger waren de keuken en de slaapkamer altijd netjes geweest, dus misschien had ik niet goed voor mama gezorgd. Ik schaamde me en ik probeerde een beetje op te ruimen, maar er lag gewoon te veel rommel. Op het aanrecht stonden allemaal schalen met eten die de buren hadden gebracht toen papa doodging. Nu zaten er allemaal vliegen en beestjes op, die ik er niet af durfde te halen. Ik durfde er ook niet met Emma over te praten, want ik probeerde extra lief voor haar te zijn omdat zij erbij was geweest toen papa doodging.

Ze wil het er niet over hebben, maar ik hoorde mama en Mrs. Godsey praten op de dag dat papa werd begraven. Mama zei dat het heel erg was geweest. Die mannen wilden geld hebben, zei ze.

Mrs. Godsey zei toen dat papa nog zou leven als die mannen hadden geweten dat we zo arm als kerkratten waren. Ze zei dat hij uiteindelijk dus toch van armoede was gestorven, en ik denk dat die mannen kwaad en chagrijnig werden toen ze nergens in huis geld konden vinden. Daarom hebben ze hem doodgeschoten. Gewoon waar Emma bij was. Ze zullen wel hebben gedacht dat ze te jong was om hen te verklikken, en dat was ook zo. Toen papa was doodgeschoten was het net of ze haar tong had verloren. Daarvóór zei ze al niet veel, maar ze kende toch wel een paar woordjes en ze zei zelfs 'ma'. Daarna heeft ze heel lang haar mond gehouden.

Toen het gebeurde speelde ik met Forsyth buiten. We speelden paard en ruiter, en we mochten om de beurt de teugels vasthouden. Forsyth hinnikte en ik kamde haar haren alsof het manen waren. Soms hield ik mijn hand omhoog om haar een onzichtbaar suikerklontje te geven. Forsyth hoorde het geweer afgaan en vroeg of ik wist wat dat was. En ik, sufferd die ik was, zei: 'Ja hoor, dat is gewoon een knalpijp van een auto', want ik wilde buiten blijven spelen. Maar de stem van Forsyths mama kwam naar ons toe om Forsyth naar huis te halen.

Toen ik haar op de begrafenis tussen haar ouders in zag zitten, keek ze over mijn hoofd naar de lucht alsof ze de vogels belangrijker vond dan mij. Dat vond ik heel erg, en ik dacht dat Forsyth Phillips en ik nooit meer vriendinnetjes zouden zijn. Mama zei dat Forsyth van haar moeder niet meer bij ons mocht spelen, maar we bleven toch vriendinnetjes omdat ik wel bij haar thuis mocht spelen.

De hele woonkamer zat onder het bloed. Ik heb het niet gezien, maar het is maar goed dat we geen vloerbedekking hebben want die zouden we nooit meer schoon hebben gekregen. Vóór en na de begrafenis kwamen er heel veel mensen langs, die schoonmaakten, eten meebrachten en allemaal heel verdrietig naar mij keken. Daar werd ik verlegen van, dus daarom rende ik maar naar boven om Emma te troosten. Door het trapgat kon ik de mensen wel horen praten. Ze noemden me zachtjes 'arme Caroline' en zeiden dat ik me 'onder de omstandigheden kranig hield'. Niemand zei iets over Emma. Ik denk dat ze dat niet durfden, want dan zou mama alleen maar harder gaan huilen. Eerlijk gezegd maakte ik me meer zorgen om Emma. En om mama.

De eerste dagen huilde mama zoveel dat ik de muur waar haar bed stond voelde schudden. Ik sliep wel in een andere kamer, maar mijn bed stond tegen dezelfde muur. 's Avonds lag ik naar het plafond te kijken en naar mama's gehuil te luisteren. Elke avond weer. Met Kerstmis duurt het 's ochtends altijd een paar tellen voordat je je herinnert dat er iets leuks gaat gebeuren, maar nu was het precies omgekeerd. Ik hoorde haar woelen als ze wakker werd en zich probeerde te herinneren wat er aan de hand was, en ik voelde de muur weer schudden zodra ze zich weer herinnerde waarom het zo'n afschuwelijke dag zou worden. Dat gebeurde elke ochtend. Elke dag weer.

Emma werd nooit wakker van mama's schuddende muur, zoals ik. Als zij eindelijk wakker werd knipperde ze met haar ogen en keek ze naar het plafond. Dan ging ik altijd dicht tegen haar aan liggen. Als ze met me wilde praten kon ze dan fluisteren zodat mama het niet zou horen en zich weer zou herinneren hoe papa was doodgegaan. Maar ik merkte dat ik haar helemaal niet dicht tegen me aan hoefde te trekken, want het duurde heel lang voordat Emma weer iets wilde zeggen.

Ik denk dat mama zich in leven hield door 's avonds te eten als wij in bed lagen. Soms konden wij dat 's ochtends zien aan een verpakking of een stuk bruin papier waar vlees in had gezeten. En aan de blikjes cola light. Er waren altijd lege blikjes cola light. Papa en mama kochten er meestal heel veel bij de goedkope supermarkt omdat we dan altijd genoeg in huis hadden. Nu kwam dat wel mooi uit, want mama deed helemaal geen boodschappen meer.

Maar ik heb haar niet één keer uit haar kamer zien komen. Niet één keer. Ze kwam zelfs niet eens uit bed om ons naar school te sturen. Toen besloot ik maar niet meer naar school te gaan, want Emma was nog zo klein dat ik haar niet zonder water en eten kon achterlaten.

In het begin was dat hartstikke leuk. Dan keek ik op de keukenklok met de margrietjes en dan wist ik waar ze op school nu mee bezig waren. Ik vond het leuk dat ik geen huiswerk hoefde te maken en het bord niet hoefde uit te vegen. Ik vond het alleen jammer dat ik geen aardrijkskunde meer had.

De meeste kinderen vinden het speelkwartier het leukst, maar ik heb een hekel aan het speelkwartier. Ik word altijd geraakt door ballen van andere kinderen. Het lijkt wel of ik een magneet ben die ballen naar zich toe trekt. Dat weet iedereen. Ze mikken niet eens meer op me. Ze gaan gewoon door met hun spelletje – baltikkertje, softbal of trefbal – en als ik naar buiten kom duurt het nooit lang voordat ik de bal tegen mijn hoofd of mijn rug krijg. Ik doe altijd net of ik het net zo grappig vind als zij, maar dat werkt niet. Ik doe net of ik de bal zie aankomen en hem expres probeer te raken, maar dat werkt ook niet. Daarom doe ik nu helemaal niets meer. Ik spring gewoon een halve meter in de lucht als de bal in mijn buurt komt. Ik vond het dus helemaal niet erg om geen speelkwartier meer te hebben.

Toen mama niet meer uit haar slaapkamer kwam lagen er stapels vuile was op de plaatsen waar Emma en ik onze kleren uittrokken. Ik vond de stapel onder aan de trap wel leuk, want daar kon ik vanaf de derde tree op springen en dan voelde hij zo zacht als een kussen.

Emma probeerde het ook een keer en toen viel ze op haar bips, maar er lagen zoveel kleren dat ze zich niet bezeerde. Toch kon ze er niet om lachen. Toen ze vergat hoe ze moest praten, vergat ze ook dat ze haar mond kon gebruiken om te lachen.

Toen we op een dag beneden kwamen zat mama aan de keukentafel. Net als vroeger. Ik rook de sigarettenrook al toen ik op de trap liep. Ik durfde niet te hopen dat zij het was, maar voor de zekerheid liep ik toch maar harder naar beneden. 'Mama?'

Ze keek niet echt op, maar ze ging wel een beetje rechter op haar stoel zitten en ze tilde haar hoofd een stuk op, dus daaraan zag ik dat ze wakker was.

Ik gaf haar een knuffel. Ze liet haar armen naar beneden hangen, maar ze was wel blij dat ik er was. Dacht ik.

Mama's ogen waren net gaten in halloweenpompoenen. Ze waren helemaal donker, leeg en een beetje griezelig. Ik vond het eng, maar dat liet ik niet merken.

'Zal ik eten voor je maken?' vroeg ik, maar toen bedacht ik dat ze vast geen zin had in de dingen die we in huis hadden.

Haar pompoenenogen keken me aan en keken daarna de hele keuken rond, alsof ze hem voor de eerste keer zag.

'Hoe had je dat willen doen?' Dat waren de eerste woorden die ze in ik-weet-niet-hoelang tegen me zei. Ze praatte heel langzaam, alsof ze nog maar net had geleerd om te praten.

'Ik kan wel iets maken, kijk maar,' zei ik. Misschien vond ze mijn ontbijt wel lekker. Het was heel makkelijk. Ik pakte de mok met het plaatje van Sacagawea erop, die papa en mama uit het westen hadden meegenomen toen ze nog heel jong waren. Ik deed hem vol met bloem en gooide de bloem in een kom die ik een paar dagen geleden al had moeten afwassen. Daarna hield ik de kom onder de kraan, telde tot vijf en roerde tot ik beslag had. De koekenpan had ik de vorige dag op het fornuis laten staan, dus ik hoefde er alleen maar een beetje beslag in te gieten en te wachten tot het een cirkel werd die onze magen voorlopig zou vullen. Het pannenkoekenmes gleed er niet goed onder omdat dat ook vuil was, maar ja, niemand is volmaakt.

Terwijl de pannenkoek gaar werd keek ik over mijn schouder naar mama, om zeker te weten dat ze nog steeds echt op de stoel zat. Daar had ik meteen weer spijt van, want ik vind het heel akelig om haar te zien huilen. Dat is zelfs nog akeliger dan haar hóren huilen.

Ik huil nooit om papa. Ik denk dat mama genoeg heeft gehuild voor ons drietjes.

'Oké, ik heb een plannetje,' zeg ik tegen Emma. Ik neem toch maar weer de leiding, omdat het bijna avond is en we ergens moeten slapen. 'We moeten ergens een grot of een schuur zoeken zodat we ons kunnen verstoppen en even kunnen slapen.'

'Het is nog lang niet donker!'

'Dat weet ik, maar als we overdag blijven rondlopen ziet iemand ons,' leg ik uit. Ik ben er trots op dat ik dat zelf heb bedacht. Nu ik aan al die dingen over papa dacht weet ik zeker dat ik niet meer terug wil naar Richard. 'We kunnen beter in het donker lopen.'

Emma haalt haar schouders weer op en loopt achter me aan. Ze is echt heel blij dat de boerderij van de familie Godsey ver achter ons ligt, en dat kan ik me goed voorstellen.

'Vertel me nog eens over papa,' zegt ze. Ze pulkt de bast van een dennentak om er een zweepje van te maken.

'Ben je doof? We moeten op zoek naar een schuilplaats. Dit is menens, Em,' zeg ik. 'Jij doet net of dit een picknickdag is.' Mijn hart doet pijn, wat ik altijd heb als ik me iets van papa kan herinneren.

Papa had de picknickdag bedacht. Mama wilde het ook een keer met Richard proberen, maar daar heb ik een stokje voor gestoken. Picknickdag was net zo fijn als de dagen dat de juf zegt dat we buiten onder de plataan les hebben omdat het de eerste warme zonnige dag na de koude winter is. Picnickdag was net zo fijn als de schil van een appel er in één lange krul helemaal af krijgen.

Op de dag vóór picknickdag bakte mama kippenpootjes en pakte ze de grote rieten mand in. Net als in een sprookje namen we een rood met wit geblokt tafelkleed mee, dat mama netjes opvouwde en onder in de mand legde. In de koelkast stond dan al een schaal met papa's aardappelsalade koud te worden, een knapperige salade met zoete rode stukjes paprika, en ik oefende mijn nephoestje zodat ze op school zouden zien dat 'ik niet helemaal lekker was'. Dat had ik zelf verzonnen. Papa en mama zeiden dat ik dat maar beter niet kon doen, maar het hoorde gewoon bij de voorbereidingen voor picknickdag.

Want die ene dag per jaar hoefde ik lekker niet naar school en mocht ik met papa en mama mee naar de Pine Barrens aan de oceaan. Dan lagen we de hele dag languit mama's kip en papa's aardappelsalade te eten.

Toen mama met Richard trouwde dacht ze dat hij papa's plaats op picknickdag wel kon innemen. Ze begon kippenpootjes te braden en maakte zelfs rauwkostsalade klaar (die we dan in plaats van papa's aardappelsalade konden eten), maar toen ze de grote rieten mand uit de kelder haalde, waar het zelfs op een warme zomerdag koel blijft, werd ik ontzettend kwaad. Daarna heeft ze het nooit meer over picknickdag gehad. Picknickdag is tegelijk met papa doodgegaan.

'Hierheen!' roept Emma. Ze is doorgelopen en staat nu voorovergebogen ergens naar te kijken. Ze wenkt met haar arm, alsof ik net als Helen Keller doof ben en haar stem niet kan horen.

'Wat is er?' Ik loop langzamer dan zij, dus het duurt even voordat ik bij haar ben.

'Dit is een perfecte schuilplaats,' zegt ze. 'We kunnen naast elkaar gaan liggen en dennennaalden over ons heen leggen. Dan zien ze ons nooit.'

'Ik weet het niet, Em.' Ik vind het vervelend om haar plannetje af te kraken, maar ik had iets heel anders in gedachten. 'Laten we nog even verder zoeken. Ik durf te wedden dat we straks wel een grot zien.'

'Toe nou.' Ze zucht en ze heft haar ogen ten hemel, maar ze loopt achter me aan dus het had veel erger kunnen zijn.

'Ik rammel van de honger,' zeg ik hardop.

'Ik ook.'

'Waarom heb je die hondenbak leeggegeten? Dat was smerig.'

Emma haalt haar schouders op. 'Als je honger hebt moet je eten,' zegt ze.

'Normale mensen zouden pindakaas eten,' zeg ik. Maar opeens weet ik het weer: de laatste keer dat ik die pot heb gezien was onder de veranda van de familie Godsey net voordat we werden betrapt.

'Ik heb zo'n honger dat ik mijn eigen arm zou kunnen opeten,' zegt Emma. Dat is een spelletje dat we altijd spelen.

‘Ik heb zo’n honger dat ik met blote voeten over plakkerige hars zou kunnen lopen en daarna mijn tenen zou kunnen afbijten,’ zeg ik.

‘Ik heb zo’n honger dat ik hondenpoep zou kunnen eten,’ zegt Emma. Ze weet dat ze heeft gewonnen. Er bestaat niets viezers dan hondenpoep eten. Vandaag is het spelletje snel afgelopen, zo’n honger hebben we allebei.

‘Zoek maar een paar van die paddenstoelen waar je bij die boomstronk aan pulkte,’ zeg ik.

We turen allebei naar de grond alsof het een soort wedstrijd is. Een hele tijd zeggen we niets tegen elkaar. Telkens als we tussen de dennennaalden iets wits zien oplichten gaan we op onze hurken zitten en nemen we om beurten een hap. Wilde paddenstoelen zijn niet eens zo vies als je erge honger hebt.

‘Dit helpt niet tegen de honger.’ Emma zegt wat ik denk.

‘Ik weet het.’

‘Wat was dat?’ Emma staat stil en kijkt vlug over haar schouder.

O, God.

‘Wat hoor je?’ Ik kijk ook snel om.

‘Sst! Luister,’ sist ze.

We blijven allebei staan alsof we betoverd zijn en ons niet meer kunnen bewegen. Ik ben zelfs te bang om mijn arm naar beneden te doen, ook al maakt dat geen geluid.

‘Hoor je dat?’ fluistert Emma.

‘Nee,’ fluister ik terug. ‘Wat is er? Wathoorjedan?’ Ik zeg het alsof het één woord is.

‘Er komt iemand aan.’ Nu fluistert ze niet meer. In plaats daarvan pakt ze mijn hand en zet ze het op een lopen. ‘Vlug!’

Op dat moment vergeet ik weer dat ik honger heb. Ik vergeet

dat ik moe ben. Ik ren of mijn leven ervan afhangt.

'Daar!' zegt Emma hijgend. Ze heeft mijn hand losgelaten en wijst naar een oude knoestige boom, die net zomin in dit naaldbos thuishoort als wij. Het is een perfecte klimboom.

We duiken op de stam alsof we zuignapjes aan onze handen en voeten hebben. We hebben geen tijd meer om na te denken, we proberen alleen maar zo hoog mogelijk in de boom te komen. Dat is helemaal niet moeilijk, want als we ons op een tak hijsen is de volgende al zo dichtbij dat het wel lijkt of hij zich naar ons toe buigt om ons op te tillen. Ik heb al groene harsvlekken van de boom op mijn handpalmen – ik heb geen idee hoeveel terpentine ik nodig heb om die er allemaal af te krijgen!

Emma klimt sneller dan ik, maar ik moet even uitblazen. Ik sla mijn armen om een tak die bijna net zo dik is als ik en laat mijn benen aan weerszijden bungelen.

'Kom eens naar beneden, aapje.' Papa kijkt tegen de zon in en houdt zijn hand boven zijn ogen.

'Papa, kijk eens hoe hoog ik zit!'

'Ik zie het, aapje. Ik vind het heel knap, maar je kunt nu beter naar beneden komen voordat je moeder een hartverzakking krijgt,' zegt hij.

'Caroline, kom onmiddellijk naar beneden of ik geef je een draai om je oren,' roept mama vanaf de veranda achter het huis, waar ze bezig is om hete jam in schone potten te schenken.

'Kom op, aapje.' Papa kijkt lachend omhoog. 'Kom maar bij je vader.'

'Pst,' sist Emma. 'Kun je iets zien?'

'Wacht even.' Ik schuif op mijn bips dichter naar de stam van de boom. Mijn T-shirt blijft achter de bast haken en wordt naar achteren getrokken, maar daar is nu niets aan te doen. Ik tuur tussen de takken door. Ik weet het niet helemaal zeker, maar volgens mij is er niemand beneden. Dat zeg ik ook tegen Emma.

'Weet je het zeker?' hoor ik haar boven mijn hoofd vragen.

'Bijna.' En dan blijf ik een poosje wachten. Zij ook, denk ik, want het blijft hier net zo stil als 's maandags in de kerk. Dan hoor ik Emma ritselen en puffen en dan weet ik dat ze naar mijn tak toe komt.

'Hoi,' zegt ze vanaf een tak waar ik met mijn arm bij kan. Ze zit zo dichtbij dat ik haar uit de boom kan duwen als ik wil. 'Ik weet zeker dat ik iets hoorde. Echt waar.'

Haar haar zit nog erger in de knoop dan anders, en ik denk dat het door de hars van de boom komt. Nu moet ze het vast afknippen.

Als ik naar haar kijk weet ik niet goed wat ik moet zeggen. 'Wat het ook was, nu is het weg,' is alles wat ik zeg. Ik leun met mijn wang weer tegen de bobbelige stam van de boom. Als ik een spiegel had, kon ik zien of de stam een afdruk op mijn gezicht maakt.

'Ik heb echt iets gehoord, Carrie,' zegt ze weer. 'Ik zweer het je.'

'Oké, ik geloof je wel, maar nu zijn we weer met ons tweetjes. De kust is veilig, dus ik stel voor dat we weer verder lopen. Ga jij maar eerst naar beneden,' zeg ik tegen haar tak.

'Nee, ga jij maar eerst.'

'Jeetje, Em, waarom moet ik altijd alles het eerst doen? Je kunt toch ook wel eens een keer naar mij luisteren en doen wat ik zeg?' Maar ik laat me al op de volgende tak zakken. Ik ben zo moe dat ik bang ben dat ik mezelf niet kan vasthouden als ik val. We moeten vlug naar beneden, want anders valt een van ons vast uit de boom. 'Ik ga eerst, maar je moet wel opschieten. Je mag niet wachten tot ik helemaal beneden ben – schiet op, Em.'

Het laatste stukje vind ik altijd heel vervelend. Dan moet je van de onderste tak springen en dan ben ik altijd bang dat ik mijn been breek of zo. Vandaag ben ik zo moe dat ik niet spring, maar me het laatste stukje gewoon laat vallen. Het is niet eens zo erg als ik had gedacht.

'Em, je kunt je het laatste stukje gewoon laten vallen. Dat is hartstikke leuk. De dennennaalden zijn net een kussen, dus het doet geen pijn.'

Plof. Emma laat zich ook vallen, en dan kunnen we weer verder.

Tijdens het lopen denk ik na over de dennennaalden. Het zou leuk zijn als je thuis ook zo'n zacht tapijt kon hebben. Overal, als vloerbedekking. Voor mensen die niet in de buurt van het bos wonen, maar dat wel zouden willen.

'Ik wíst het wel!' klinkt opeens een harde stem achter ons.

Emma en ik gillen van schrik en draaien ons om.

Achter ons staat George, de jongste zoon van de familie Godsey. Hij staat heel stom te grijnzen, alsof hij net een prijs heeft gewonnen.

Emma is al net zo opgelucht als ik. George is een klier, maar hij is nooit echt gemeen.

'Ga naar huis, George,' zegt ze onvriendelijk, en ze geeft hem een duw tegen zijn borst. Ik schiet bijna in de lach, want de hars aan haar handen blijft aan zijn T-shirt plakken en ze trekt hem naar zich toe als een elastiekje.

'Ik hoef niet naar jou te luisteren,' zegt George. Echt, hij klinkt net alsof hij drie is! 'Dit is trouwens mijn bos, dus ik doe lekker wat ik zelf wil.'

'George Godsey, je bent een kleuter,' zeg ik.

Emma en ik draaien ons om en lopen weg, maar we weten allebei dat George ons niet zomaar met rust zal laten. Thuis wordt hij gepest door zijn grote broers, en zijn ouders kijken niet naar hem om. Zijn vriendjes merken vaak niet eens dat hij er is, dus twee meisjes in 'zijn bos' zijn een buitenkansje voor George Godsey.

'Wat valt hier trouwens te zien?'

George heeft de vervelende gewoonte om in bijna elke zin 'trouwens' te zeggen. Ik word er knettergek van.

'Niets!' zeggen Emma en ik tegelijkertijd.

'Waarom ben je trouwens helemaal hier bij mijn huis?'

'Dat gaat je niets aan,' zegt Emma.

'Wel waar.'

'Niet waar.'

'Sst! We moeten hier zachtjes praten.' Ik zeg het voornamelijk tegen Emma, maar George moet ook zachter praten.

'Waarom mag ik dat niet weten?' fluistert George.

Misschien gaat hij wel naar huis als we net doen of we hem niet horen. Ik zie aan Emma's gezicht dat ze dat ook denkt.

'Geef nou antwoord,' zeurt George. 'Wat is er aan de hand? Als ik het mag weten zal ik een geheimpje verklappen.'

We zeggen niets en we lopen gewoon door.

'Het is een heel spannend geheim, hoor. Echt waar. Toe nou. Zeg nou wat er aan de hand is, want anders blijf ik gewoon doorzeuren tot je het vertelt. Je kunt het dus net zo goed meteen vertellen. Zegopzegopzegopzegop...'

'Nou, goed dan!' Emma draait zich om en legt met een klap haar hand op zijn mond om te zorgen dat hij stil is. Voordat ze verdergaat knipoogt ze naar mij. Dat kan ze alleen nog niet goed, want dat heeft ze nog maar net geleerd.

George ziet haar halve gezicht vertrekken en bromt tegen haar hand. 'Dat zag ik,' mompelt hij tussen haar vingers door.

Ze haalt voorzichtig haar hand weg en buigt zich zo ver naar voren dat ze zijn gezicht bijna raakt. 'Hou je mond, George Godsey,' zegt ze zacht en heel langzaam. 'Als je echt wilt weten wat er aan de hand is, moet je zweren dat je tegen niemand in het hele universum zegt dat je ons hier hebt gezien.'

George knikt vlug en zijn ogen puilen bijna uit zijn hoofd, net als in een tekenfilm.

'Begrepen? Tegen niemand.'

Ik ken Emma goed genoeg om te weten dat ze hem nooit zou vertellen wat we hier doen, maar in mijn hart ben ik net zo benieuwd als George naar het smoesje dat ze heeft verzonnen.

'Zweer je het?'

'Ik zweer het.' George steekt zijn rechterhand op, alsof hij het daarmee officieel maakt of zo.

'Oké.' Emma kijkt met een vriendelijke grotemensenblik naar mij, alsof ze George het gevoel wil geven dat hij iets héél belangrijks te horen krijgt. 'Ga zitten.'

George is zo nieuwsgierig dat hij zelfs uit de hoogste boom zou springen als Emma dat nu vroeg. Hij ploft op de grond en slaat zijn witte benen als een indiaan over elkaar. Ondertussen blijft hij naar Emma kijken.

'We hebben ontdekt dat de mensen die papa hebben vermoord hier in het bos wonen, en we zijn naar ze op zoek.' Ze zegt het zonder ook maar één keer naar mij te kijken. Hoe verzint ze het?

Ik zie aan George' gezicht dat dit geheim spannender is dan hij ooit had durven dromen. Hij ziet eruit alsof hij is vergeten hoe hij moet ademen.

Na een minuut krijgt hij een paar woorden over zijn lippen. 'I-in dit bos?' stottert hij. 'W-weet je het zeker?' Hij krabbelt overeind en ik zie dat we van George Godsey geen last meer zullen hebben.

'Ja.' Emma knikt alsof ze in de kerk zit, heel ernstig, alsof dit een begrafenis is. 'Ze zitten hier ergens in de buurt. We moeten ze alleen nog even zoeken.'

George neemt niet eens afscheid. We kijken zijn dunne witte benen na tot ze uit het zicht zijn gehold.

'Opgeruimd staat netjes,' zegt Emma tegen mij.

Nu kunnen wij weer verder.

'Hoe kwam je op dat verhaal over papa?' fluister ik. Ook al is George dan weg, je kunt nooit voorzichtig genoeg zijn, zeg ik altijd. We hebben het eigenlijk nooit over papa's dood gehad – ik dacht altijd dat Emma er nooit meer aan dacht omdat ze zo klein was toen het gebeurde.

'Ik weet het niet,' zegt ze.

'Zijn moordenaars wonen in dit bos en wij sporen ze op?'

'Nou...'

'Wat?'

'Misschien wonen ze hier wel, je weet maar nooit. Ze zijn toch nooit gepakt?' Het is meer een antwoord dan een vraag, dus daarom zeg ik niets. Er zit wel wat in.

'Maar toch.' Meer zeg ik niet. Ik weet meer van papa dan zij, en dat weet ze.

'Wat was dat?' Doodsbenauwd draait ze zich om. Volgens mij heeft ze arendsoren!

'Wat was wat?' vraag ik.

'Sst!'

'George Godsey zal wel terugkomen,' zeg ik zachtjes.

'Sst!' Ze sist nu alsof ze heel nijdig is.

Ik hou meteen mijn mond.

Dan hoor ik ook iets, en ik weet meteen wat het is: het geluid van voeten die takjes breken. Het komt dichterbij.

We kijken vlug om ons heen of er nog ergens een goede klimboom is, maar we kunnen nergens heen. Hier staan alleen maar dennenbomen.

'Blijf staan, want anders knal ik je kop van je romp!' roept de stem waarvan ik bijna in mijn broek plas. Ik ben vanaf mijn kruin tot aan mijn teennagels verlamd. Dit is veel erger dan de allernaarste droom, erger dan alles waar we rekening mee hadden gehouden.

'Wel, wel, wel. Kijk eens aan,' horen we. Zijn stem klinkt alsof hij moet lachen.

Ik durf niet eens naar Emma te kijken. Ik ben te bang om mijn hoofd een piepklein stukje te draaien. Even wens ik bijna dat hij ons doodschiet, want wat hij met ons gaat doen is tien keer zo erg.

'Zo zie je maar. Wie wegloopt wordt altijd wel een keer gevonden.' De stem is nu vlak achter ons, dus over een paar tellen staat hij voor onze neus.

Alstublieft, God. Zorg alstublieft voor ons.

Ik kan mijn plas niet meer ophouden. Ik voel het langs mijn benen lopen, maar ik kan er niets aan doen.

En daar staat hij, met zijn handen op zijn heupen alsof we een hert zijn dat hij heeft buitgemaakt. Hij draagt zijn jagersjas, de jas met de grijze, groene en bruine vlekken die net zo lelijk is als zijn gezicht vol kraters en moedervlekken.

Richard.

'Kijk jou nou, smerig kind. Je hebt in je broek gepist,' zegt hij, terwijl hij met de loop van zijn geweer op mijn benen wijst. 'Omdraaien.' Hij gebaart met het geweer dat we de andere kant op moeten. 'Lopen!'

Ik kijk voor het eerst naar Emma en dan moet ik bijna overgeven. Haar rug is kaarsrecht alsof ze tegen een muur wordt geduwd. Ze heeft haar neus in de lucht gestoken en ze ziet eruit als een kleine soldaat die tegen de vijand gaat vechten. Haar ogen lijken niets te zien en haar gezicht lijkt wel van steen.

Richard praat nog steeds, maar ik luister niet, ik kijk alleen maar naar mijn zusje Emma.

'Dat gebeurt niet meer, knoop dat maar in je oren,' zegt hij. 'Hondenvoer eten,' mompelt hij. 'Vind je dat zo lekker? Dan kun je het krijgen. Let maar op.' Hij prikt met het geweer in mijn rug en geeft me een duw om me harder te laten lopen. Als ik naar Emma kijk zie ik dat hij haar ook duwt.

'Je hoeft niet meer aan tafel te eten, smerige hond.'

Emma hoort hem niet eens meer. Het is alsof ze een knop heeft omgedraaid, en dat probeer ik nu ook te doen.

Zo lopen we het bos uit, langs de boerderij van de familie Godsey, langs de rode schuur en naar onze voortuin vol rommel.

Mama staat op de veranda. Ze heeft haar armen gekruist als de houten latten op de schuur waarin we onze plunjezak hebben verstopt.

'Kijk eens wat ik heb gevangen, Lib!' schreeuwt Richard veel te hard. Emma en ik schrikken ons weer een hoedje van zijn luide stem. 'Iets lekkers voor het avondeten!'

Mama kijkt hoofdschuddend naar ons als we het gammele verandatrapje op worden geduwd.

Richard prikt nog steeds met het geweer in onze rug, dus we moeten wel naar binnen, ook al wil ik dat helemaal niet.

‘Mama…’ Ik steek mijn handen naar haar uit als ik door de hordeur loop, maar ze deinst achteruit alsof ik luizen heb. Ik voel dat er tranen over mijn wangen lopen.

‘Nee nee,’ zegt Richard met die zangerige stem die grote mensen altijd opzetten als ze met hun wijsvinger zwaaien omdat je iets verkeerds hebt gedaan. ‘Jij mag niet praten!’ schreeuwt hij. ‘Hoor je me? Jij houdt verdomme je mond!’

Mama zweeft weg en ik krijg een akelig gevoel in mijn lege maag. Even ben ik bang dat ik haar nooit meer zal zien.

‘Doorlopen. Naar binnen, jij!’ zegt hij, maar nu schreeuwt hij gelukkig niet. ‘Je moet zien wat je hebt gedaan. Zie je die spullen? Die moeten allemaal nog worden ingepakt!’ Hij begint weer te schreeuwen. ‘Weet je waarom dat nog niet is gebeurd? Omdat ik jou moest zoeken! Nu moet ik tot diep in de nacht spullen inpakken, terwijl het allemaal allang klaar had kunnen zijn! En dat is jouw schuld, Miss Caroline, en die van jou, Miss Emma, of hoe je ook mag heten. Ik ken jullie niet eens! Ik ben je vader niet. Jullie betekenen niets voor mij. Wat mij betreft bestaan jullie niet. Schiet op.’ Hij geeft ons weer een duw met zijn geweer. ‘Loop eens door naar de achtertuin. Ik heb een verrassing.’

Waar is mama?

In de achtertuin zie ik de schuur die al ik-weet-niet-hoelang op slot zit en onze waslijn, waar voor het eerst in heel lange tijd geen wasgoed aan hangt. Ik denk dat mama alle kleren al heeft ingepakt voor de verhuizing. Tussen de waslijn en de schuur, precies in het midden, staat een ijzeren paal als een metalen boom die probeert te groeien. Het lijkt wel een paal waarmee je Dracula kunt vermoorden, maar hieraan is een lange dikke ketting vastgemaakt.

‘Naar die paal lopen en zitten.’ Hij duwt ons in de richting van de ketting, die er heel akelig uitziet. 'Rotkind.' De laars haalt vlug en hard uit. Deze keer duurt het wat langer voordat ik weer lucht in mijn longen kan krijgen. Het volgende moment buigt hij zich over ons heen alsof hij ons wil villen, maar ik hoor de ketting rammelen en ik schrik als ik iets kouds tegen mijn nek voel. De ketting wordt om mijn hals gelegd als een van de slangen die we de dominee in de kerk omhoog zagen houden, maar die slangen wogen vast niet zoveel als deze ketting. Hij rust net niet op mijn schouders. Zodra de uiteinden bij elkaar komen hoor ik 'klik' en dan weet ik zoals je dat soort dingen weet dat ik aan de ketting vastzit.

Ik kijk naar rechts, wat met dat dikke metalen halssnoer niet meevalt, en zie nog net dat hij net zo'n ketting om Emma's hals vastmaakt. Klik. Ze zit ook vast, maar ik zie een groot verschil tussen haar en mij. De ketting drukt zo zwaar op mijn bovenlichaam dat ik een beetje in elkaar zak, dichter naar mijn gekruiste benen toe. Emma is kleiner en dunner dan ik, maar ze zit kaarsrecht en ze houdt haar hoofd omhoog alsof iemand haar een diamanten kroontje opzet. Het is bijna alsof ze er trots op is dat ze aan een ketting wordt gelegd!

Nu ik als het hulpje van Frankenstein in elkaar gedoken zit ruik ik de bittere lucht van de plas in mijn broek. Het zand van de achtertuin plakt aan de binnenkant van mijn spijkerbroek en ik bibber, ook al is het in de felle zon heel warm.

Ik heb geen idee hoelang we zo moeten blijven zitten, maar ik blijf naar de grond kijken en Emma houdt haar neus trots omhoog. Af en toe hoor ik binnen een deur open- en dichtgaan en hoor ik iets op de grond ploffen, alsof er een volle doos op de grond wordt gezet. De gloeiend hete zon draait om ons heen en eindelijk verdwijnt hij achter de schuur. Ik snap dat dat betekent dat het al avond wordt. Emma en ik praten niet tegen elkaar. Wat zouden we moeten zeggen?

'Waar is mijn meisje?'

'Hier, papa!'

'Kom eens naar beneden om je oude vader te knuffelen. We hebben iets te vieren!'

Papa kon me altijd opvangen, het maakte niet uit op welke traptree ik stond. Zelfs als ik halverwege stond, op de zevende tree, mocht ik nog springen. Dan kreunde hij als hij me opving en zei hij: 'Wat geef jij dit kind te eten, Lib? Probeer je haar soms vet te mesten voor de jaarmarkt?' Maar dan lachte hij en kreeg ik een kus en dan snoof ik de vloerbedekkinglucht van zijn overhemd op.

'Lib, we hebben een kleine bloedhond,' zei papa. 'Wat heb ik vandaag gelegd, moppie?'

Ik snuffelde heel goed om het zeker te weten. 'Extra slijtvast!' riep ik, en dan keek papa me verbaasd aan.

'Niet te geloven. Dat klopt! Hoor je dat, Lib? Ze heeft het weer goed.' Hij hield me dicht tegen zich aan en dan zette hij me neer alsof hij me op een laagje watten legde.

Als papa zo'n goede bui had zwaaide hij met mama in zijn armen door de woonkamer alsof het een danszaal was. Mama zag er zo mooi uit in papa's armen. Ze draaide onder zijn hand door en haar jurk bolde op als die van een danseresje op een taart.

Daarna danste papa met mij in het rond en dan voelde ik me net een balletdanseres, zacht en breekbaar, lang en sierlijk.

'Je bent mijn prinsesje,' zei hij. 'Papa's prinsesje.'

Het is buiten donker geworden en ik lig op mijn rug naar de sterren te kijken. De grond, die in de zon heel warm was, voelt nu ijskoud aan. Binnen is het stil, maar er brandt wel licht.

'Pst,' fluister ik naar Emma.

'Wat is er?' fluistert ze terug.

'Wat zou er nu gaan gebeuren?'

'Hoe moet ik dat nu weten?'

'Denk je dat mama naar buiten komt?' vraag ik.

'Nee.'

'Echt niet?' De gedachte dat mama niet naar ons toe zou komen was nog niet eens bij me opgekomen. Ik hoopte juist dat ze zou komen. 'Waarom niet?'

'Als ze het goedvindt dat hij ons aan de ketting legt maakt het haar niet uit wat hij met ons doet.'

Hm, daar zit wat in.

'Maar we moeten toch eten?' vraag ik. Ik heb het al eerder gezegd, maar soms is het net of Emma de oudste van ons tweeën is. Zij weet soms veel meer dan ik. Zij weet vaker dan ik wat Richard van plan is.

'Ga er maar niet van uit dat je iets krijgt.'

'Denk je dat ze ons laten verhongeren?'

'Zou kunnen.'

Na drie vallende sterren begin ik weer te fluisteren. 'We moeten een plan bedenken. Er moet een manier zijn om hier weg te komen.'

Emma zegt niets.

'Emma, luister nou! Als we samen iets bedenken, kunnen we hier weg.'

Het blijft stil.

'Waar denk je aan?' vraag ik na een poosje.

Ze geeft geen antwoord.

'Em?'

'Hou toch je mond,' zegt ze, en ik moet zeggen dat haar stem heel onaardig klinkt.

'Ben je een plan aan het bedenken?'

'Nee, natuurlijk niet! Het komt juist door die plannetjes dat we hier zitten. Aan die plannetjes gaan we nog eens dood. Jij met je stomme ideeën. "Laten we weglopen. Het lukt ons best. Hij vindt ons nooit." Ik wou dat ik nooit naar je had geluisterd. Daar dacht ik aan, als je het zo graag wilt weten.'

'Maar jij ging onze tas inpakken!'

'Alleen omdat jij wilde weglopen!'

'Niemand heeft je gedwongen, hoor. Ik deed het trouwens voor jou.'

'Nou, ik deed het voor jou,' zegt ze door haar tranen heen.

'Dus jij had liever thuis bij mama en Richard willen blijven om met Richard achter die dichte deur fluisterend geheimpjes te delen? Ik had kunnen weten dat je zijn kant zou kiezen.' Ik heb mijn zin nauwelijks afgemaakt als er iets zwaars op me valt wat aan mijn haar begint te trekken en me in mijn gezicht slaat. Ik sla terug en rol haar op haar rug om op haar te gaan zitten, maar de ketting zit nu in de knoop en we krijgen haast geen adem meer. We hoesten en ik graai naar mijn hals om een beetje ruimte tussen de ketting en mijn keel te maken, als er een grote driehoek van licht op de grond valt.

'Wat gebeurt daar verdomme?'

Ik plas weer in mijn broek, maar ik ben blij dat ik het daardoor weer even warm heb.

Emma en ik blijven doodstil liggen en hopen dat Richard weggaat.

'Je moet wel stilliggen. Als je gaat woelen durft ze niet te komen.'

'Maar hoe weet ze dan dat ik een tand eruit heb?'

'De tandenfee weet altijd wanneer ze langs moet komen.' Papa lachte en gaf me een knipoog. 'Dat staat in het handboek voor tandenfeeën.'

'Echt waar?'

'Echt waar.' Hij stopte de deken in op de manier die ik het fijnst vond. 'Ga dus maar lekker slapen. Ik weet zeker dat er morgen een glimmende stuiver onder je kussen ligt. Welterusten, prinses.'

'Welterusten, papa.'

We schrikken ons dood van de plens koud water. Uit kleddernatte kleren druipt water net zoals papa's bloed over de vloer liep toen hij doodging.

'Dat zal je leren om zo'n lawaai te maken.' Richard zet de lege pan met een galmend geluid op het cementen trapje naar de keuken. 'Volgende keer zal m'n vuist er wel voor zorgen dat het stil wordt.'

Ik begin al te bibberen voordat ik de keukendeur met een klap hoor dichtslaan. Het duurt heel lang voordat het rillen ophoudt, en aan de rammelende ketting hoor ik dat Emma ook beeft.

Richard kwam in ons leven toen mama's tranen zo'n beetje waren opgedroogd. Hij kwam 'overal en nergens' vandaan. Nu denk je waarschijnlijk dat die plaats niet bestaat, maar dat moet wel want dat was altijd Richards antwoord als mensen hem vroegen waar hij had gewoond. Toen hij mama zag was hij als een honingbij die een bloem had gezien. Hij verloor haar geen moment uit het oog en kwam elke dag langs met een bosje veldbloemen, dat blikje spijkers of een halflege pot jam (hij zei dat hij eerst wilde testen of de jam goed genoeg voor mama was). Eén keer nam hij zelfs een pot met lepels voor haar mee – een cadeautje waarvan niemand iets snapte.

Mama glimlachte beleefd bij alle cadeautjes, maar haar ogen bleven koud en verdrietig. Richard wist niet eens hoe mama eruitzag als haar ogen meelachten. Als mama naar de keuken liep om een vaas voor de bloemen te pakken of de jam in de koelkast te zetten, keek Richard heel gemeen naar ons. Als ze terugkwam zette hij weer een vriendelijk gezicht op.

'Jouw mama gaat met die zwerver trouwen,' riep Mary Sellers op een dag tijdens het speelkwartier. Nog voordat ik iets terug kon zeggen dook Emma al op haar af. Ze trok aan Mary's haren en stompte haar zo hard in haar buik dat Mary huilend naar meester Stanley rende, die op dat moment toezicht hield.

Ik had er nooit zo over nagedacht of mama nog eens zou gaan trouwen, maar toen Mary het zei wist ik dat het best eens kon kloppen. De stapels vuile was die overal in huis lagen werden steeds kleiner. Rommel werd in de vuilnisbak gegooid en de vuilniszakken gingen netjes naar buiten. De borden werden zo goed afgewassen dat ze wel splinternieuw leken. Het was net of mama wilde laten zien dat ze heel goed voor het huishouden kon zorgen.

'We kunnen zo niet doorgaan,' zei ze op een dag tegen mij. 'Het geld is op en ik heb nooit een fatsoenlijk vak geleerd. Ik kan niet eens vermenigvuldigen, en ik hoef er ook niet op te rekenen dat ik nog eens een spellingswedstrijd win.'

Dat was waar. Mama leest nooit. Ze leest ons geen verhaaltjes voor en ze leest zelf geen boeken. Toen papa doodging zei ze meteen het abonnement van de krant op.

‘Er zit niets anders op,’ zei ze, en dat was dat.

Twee dagen later trouwde ze in het gemeentehuis met Richard. Ze droeg de jurk die ze op papa’s begrafenis had aangehad.

Ik wilde Mary Sellers een hele week niet meer aankijken.

‘Tijd om op te staan!’ De metalen bak glijdt van Richards schoen naar ons toe en blijft op een barbielengte van me af staan. De afstand naar Emma is ongeveer twee barbies.

In de bak ligt een natte, stinkende, bruine hoop hondenvoer, met de ribbels van het blik er nog in.

Ik knipper met mijn ogen en kijk naar Emma, die er volgens mij nog erger uitziet dan ik. Er staat een vuile veeg op de zijkant van haar gezicht en er zitten takjes in haar kleverige haar.

Ze kijkt knipperend naar mij en kruipt dan naar de bak, waarbij ze de ketting meesleept. Ze maakt een kommetje van haar hand, alsof ze uit een kristalhelder beekje wil drinken, en dan schept ze een handvol voer uit de bak en eet het op.

Ik weet niet of ik hongerig genoeg ben om haar voorbeeld te volgen, maar dan besef ik dat ik te hongerig ben om het niet te doen.

‘Hij heeft dat hondenvoer speciaal gekocht om ons te kwellen,’ zeg ik meer tegen mezelf dan tegen Emma. Ik probeer genoeg moed te verzamelen om wat eten uit de bak te scheppen. Bij de gedachte dat ik het moet aanraken word ik al misselijk.

‘Waar zou mama zijn?’ vraag ik, maar Emma heeft het zo druk met eten dat ze geen antwoord kan geven.

Ze kijkt naar me terwijl ze op het voer zit te kauwen en dan brengt ze een vuile hand vol hondenvoer naar mijn gezicht. Ze houdt hem heel voorzichtig onder mijn neus zodat ik eraan kan ruiken.

Ik doe mijn ogen dicht, adem expres door mijn mond en neem een hapje, dat ik meteen doorslik. Ik durf er niet op te kauwen. Bah. Ik wil het niet eens op mijn tong voelen. Ik slik het zo snel mogelijk door en zuig met open mond mijn longen vol lucht om de geur en de smaak kwijt te raken.

Ze schept nog wat uit de bak en houdt haar hand weer voor mijn mond. En daarna nog een keer. Als ik uiteindelijk naar achteren schuif, likt ze de bak schoon.

Ik denk dat ik in de zon in slaap ben gevallen, want opeens schrik ik wakker omdat ik voel dat er een donkere schaduw naar me staart. Het is mama.

Het is gek dat haar rechteroog dik en blauw is, want Richard is rechts en dus is de linkerkant van ons gezicht meestal blauw. Haar bovenlip is twee keer zo dik als normaal, dus nu weet ik waar zij zich vannacht allemaal mee heeft beziggehouden.

'Waarom doe je dit toch?' vraagt ze aan mij. Haar handen hangen slap langs haar lichaam. Ze ziet eruit alsof zij ook een ketting om haar hals heeft. 'Je hebt dit aan jezelf te danken, hoor.' Ze buigt zich over me heen en even denk ik dat ze over mijn gezicht wil aaien, maar ze pakt de ketting om mijn hals. Ze trekt haar vingers terug zodra ze voelt hoe heet het ijzer op mijn huid is. 'Verzet je nu niet tegen hem,' fluistert ze. Met haar vingers probeert ze de ruimte tussen de ketting en mijn keel groter te maken. 'Waarom maak je hem kwaad? Waarom haal je hem het bloed onder de nagels vandaan?' Ze fluistert nog steeds, maar ik hoor aan haar stem dat ze helemaal geen antwoord verwacht. 'Je maakt het voor mij alleen maar moeilijker.' Ze staat op en kijkt volgens mij naar Emma, die nog ligt te slapen. 'Ik ben zo terug,' zegt ze.

Mijn hoofd is zo zwaar dat ik het niet kan optillen, dus daarom blijf ik op de grond wachten tot ze terugkomt. Ik weet niet waarom ze wegloopt, maar ik heb toch niets beters te doen, dus ik doe mijn ogen dicht en blijf nog even in de zon liggen.

Even later hoor ik de kettingen rammelen en zie ik haar naast me hurken. Ze steekt een sleutel in het hangslot aan de paal en maakt de uiteinden los. Zelfs nu de ketting van mijn hals is voelt mijn hoofd zo zwaar dat ik het niet kan optillen en krijg ik mijn ogen niet helemaal open, ook al knijp ik ze niet meer tot spleetjes. Ik denk dat ze opgezwollen zijn.

'Sta op,' zegt mama zachtjes. 'En denk erom dat je vandaag niet meer brutaal bent.' Ze loopt naar binnen en laat ons in de achtertuin achter.

'Em? Kun jij al staan?'

'Ja,' fluistert ze. 'Hier.' Ze steekt haar arm naar me uit om me overeind te helpen, maar het kost me heel veel moeite om haar hand te pakken. Mijn hele lichaam doet pijn.

'Waar moeten we nu naartoe?' vraagt ze. 'We kunnen niet naar binnen. Misschien weet hij niet eens dat we niet meer aan de ketting zitten.'

Het liefst zou ik in de schaduw van de boom in de hoek van de achtertuin gaan zitten, maar Emma heeft gelijk. We kunnen ons vandaag maar beter niet meer laten zien.

'Zullen we naar Miss Mary gaan?' vraag ik.

Emma knikt.

'Dan zal ik een briefje neerleggen, want anders denken ze dat we weer zijn weggelopen,' zeg ik. Ik sluip naar de keukendeur en luister of ik binnen iets hoor. Als ik alleen maar het getik van de keukenklok hoor, die nog aan de kale muur hangt, glip ik naar binnen. Het duurt even voordat ik een pen heb gevonden, maar dan schrijf ik op een kartonnen doos met het woord 'keuken': 'Wij zijn naar White's. Komen straks terug. C en E.' Daarna sluip ik weer door de hordeur naar buiten.

Langzaam, heel langzaam lopen Emma en ik over het zandpad dat vannacht nog zo lang en betoverend leek. Door de blaadjes van de bomen tekent de zon kleine witte stipjes op de twee rijstroken die ons verder van het huis aan de Murray Mill Road af brengen.

Vlak bij White's zie ik Charley Narley lopen, maar als hij ons in de gaten krijgt draait hij zich om. Dat is waarschijnlijk de allereerste keer in de hele geschiedenis van Toast. Hij gaat niet achter ons lopen en zegt niet hardop wat we aan het doen zijn. Hij wendt zijn hoofd af en staart in de verte. Ik heb geen idee waar hij naar kijkt.

'O mijn God,' zegt Miss Mary als ze ons ziet. Ik heb nog niet in de spiegel gekeken, maar ik denk dat we er net zo uitgewrongen uitzien als de dweilen die mama na de schoonmaak aan de waslijn hangt. 'Wat is er in vredesnaam gebeurd? Mr. White! Kom alstublieft naar de winkel!' Ze heeft zo'n diepe rimpel in haar voorhoofd dat ze er een beetje griezelig uitziet. Ze tikt niet op haar schoot, wat ze normaal gesproken wél doet, maar komt naar ons toe en gaat op haar knieën zitten. Ze steekt voorzichtig haar hand uit naar mijn gezicht, alsof ik van glas ben en zomaar kapot kan gaan. 'Och lieverd, wat heeft hij je aangedaan?' Dat is alles wat ze zegt.

Ik kijk in haar ogen en ik zie dat ze vol tranen lopen. 'Met mij gaat het wel,' zeg ik, 'maar ik maak me zorgen om Emma.' Emma heeft rode striemen en plekken in haar hals, en op haar gezicht zit opgedroogd hondenvoer omdat ze de bak heeft uitgelikt. Ik denk dat ze er erger uitziet dan ze zich voelt, maar ze is zo moe dat ze op haar benen staat te wankelen, bijna zoals een margriet in de berm als er een vrachtwagen voorbijraast.

'Mijn hemel.' Mr. White gaat ook op zijn knieën zitten om naar ons te kijken. Dan staat hij op en zegt: 'Ik haal de handdoeken en de zalf, Mary. Wil jij de lotion met toverhazelaar pakken om die wondjes schoon te maken?'

Opeens hebben ze het allebei heel druk en rennen ze door de winkel om spullen te pakken die Emma en ik netjes in de schappen hebben gezet.

Miss Mary pakt een doos pleisters, al heeft Mr. White daar niet eens om gevraagd. Ze pakt ons bij de hand en neemt ons mee naar de achterkamer, waar het donkerder en koeler is omdat de airconditioning daar heel hard blaast tegen de warmte van de gloeiende zon. Eerst maakt ze mijn wondjes schoon met de toverhazelaar. Dat prikt een beetje, maar de lotion droogt gauw op en het branderige gevoel om mijn hals verdwijnt. Als het daar pijn doet zie ik er waarschijnlijk net zo uit als Emma, flitst het door mijn hoofd.

Mr. White dept voorzichtig een paar andere plekjes op mijn gezicht en voorhoofd, en dan maakt hij een metalen tubetje open waar doorzichtige zalf in zit. Die voelt zo heerlijk koel aan op mijn huid dat ik hem wel wil knuffelen.

'Niet huilen, lieverd,' zegt hij.

Huil ik? Dat komt waarschijnlijk omdat ik blij ben dat die zalf zo fijn aanvoelt.

'We hebben je net ingesmeerd met zalf, en als je huilt wordt het een vieze kliederboel.' Hij glimlacht naar me alsof hij mijn mond zover wil krijgen dat die teruglacht. En ja hoor, het lukt.

'Kunt u Emma ook met zalf insmeren?' vraag ik.

'Natuurlijk, lieverd. Natuurlijk,' zegt hij. 'Maar ga jij maar even rustig liggen, dan smeer ik je zusje in. Je ziet eruit alsof je de laatste dagen niet veel geslapen hebt, dus ik stel voor dat je meeloopt naar mijn kantoor en dat ik een lekker plekje zoek waar je kunt slapen. Als ik klaar ben met Emma breng ik haar wel naar je toe.'

Ik loop achter hem aan naar zijn kantoortje. Daar ben ik nog nooit geweest, maar ik ben nu te moe om rond te kijken, dus ik kruip op de deken die hij achter zijn bureau heeft uitgerold. Ik hoor de deur niet eens meer achter hem dichtgaan als hij weggaat.

Even later word ik wakker omdat ik denk dat Emma tegen me aan gaat liggen, maar ik dommel meteen weer in.

Het is nog steeds donker in het kantoortje van Mr. White, maar ik denk dat ik een hele poos heb geslapen. Als ik mijn ogen opendoe voel ik me namelijk een stuk beter. Volgens mij ben ik wakker geworden omdat ik mama's stem aan de andere kant van de deur hoor. Ik schud Emma wakker om te zorgen dat ze klaarstaat, want ik weet zeker dat mama ons komt halen.

En ja hoor, de deur gaat open en er komt een driehoek van licht het kantoortje binnen. In het midden staat mama, die donker afsteekt tegen de gele achtergrond. 'Kom, we gaan,' zegt ze. Met haar hand zoekt ze op de muur naast de deur naar het lichtknopje. Als ze het gevonden heeft floept het licht boven ons hoofd aan.

Aan die drie woorden hoor ik al dat de rit naar huis niet gezellig wordt, maar ik weet dat we maar beter kunnen opschieten. Ik rek me niet eens uit als ik opsta, ook al heb ik daar wel zin in. Emma rekt zich wel uit, en ik kan zien dat ze daarvan opknapt.

'Weet je het zeker, Libby? Het is echt geen moeite,' zegt Mr.

White, die naast haar staat. 'Ik heb meer dan genoeg ruimte in mijn huis, en ik kan morgenochtend zo bij je langskomen.'

Dan zie ik mama's mond, die me vertelt dat er onderweg geen woord gesproken zal worden. Ze heeft haar lippen op elkaar geperst. Als haar mond zo'n dunne streep is weet ik in elk geval dat ze niet tegen me gaat schreeuwen. Ze wenkt dat we moeten komen en stapt opzij om ons erdoor te laten. 'We hoeven geen liefdadigheid, Dan,' zegt ze over haar schouder. Ze houdt de buitendeur voor ons open om ons te vertellen dat we moeten doorlopen naar de auto, die met draaiende motor voor de winkel staat.

'Dat begrijp ik, maar–' Mr. Whites zin wordt afgebroken door het gerammel van de winkelbel omdat mama de deur dichttrekt.

Had ik maar geweten dat dat de allerlaatste keer was dat ik Miss Mary en Mr. White zou zien.

Het portier is nog maar net dicht als mama de auto in de versnelling zet, achteruit de Front Street op draait en naar de Murray Mill Road rijdt. Bij het stoplicht haalt ze een sigaret uit een pakje en drukt het aanstekerknopje in. Ze geeft pas weer gas als ze haar sigaret tegen het roodgloeiende knopje heeft gehouden en een flinke trek heeft genomen. Het kan haar blijkbaar niet eens schelen dat het licht op groen is gesprongen en dat Mr. Jackson achter ons staat te wachten tot we gaan rijden.

'Het spijt me, mama,' zeg ik vanaf de achterbank. Als ik Emma niet had overgehaald om samen met mij weg te lopen was dit nooit gebeurd.

Mama kijkt niet in de achteruitkijkspiegel, maar blijft strak voor zich uit staren.

'Het spijt mij heel erg,' zegt Emma.

Het maakt niet uit dat ze niets tegen ons zegt. In mijn hoofd beloof ik haar dat ik nooit meer stout zal zijn. Ik zal zorgen dat Emma ook nooit meer stout is. Wat zal ze trots op ons zijn!

Wat ze ook nog niet weet is dat ik haar al het geld wil geven dat ik bij Mr. White heb verdiend. Dan kan ze eens een keer iets leuks voor zichzelf kopen. Ik heb twaalf dollar en zevenenvijftig cent gespaard. Ik voel me een beetje schuldig dat ik stickers heb gekocht, want anders had ik haar nog meer kunnen geven. Maar van twaalf dollar en zevenenvijftig cent kan ze in elk geval iets kopen. Het is een verrassing. Wat zal ze er blij mee zijn.

7

Richards pick-up is helemaal volgepakt en mama roept dat ik naar beneden moet komen. Daarom kijk ik voor de allerlaatste keer het Nest rond. Emma is al beneden, maar ik wilde zo graag nog een keer kijken dat ik zei dat ik iets was vergeten. Tot ziens, ventilator. Tot ziens, leunend plafond.

Mama keek daarnet heel nijdig toen ik begon te huilen, dus daarom haal ik nu twee keer diep adem. Het werkt.

'Caroline, je bent nog langzamer dan een kreupele schildpad!' roept mama van beneden. 'Schiet nu eens op, we moeten weg.'

Mama denkt niet graag over dingen na. Ik wou dat ik ook zo in elkaar zat. Ik denk altijd zo diep over dingen na dat ik er zelf heel moe van word.

'Ik kom eraan, mama,' roep ik.

Tot ziens, Nest.

Richard rijdt in zijn eentje in de pick-up vooruit. Wij zitten bij mama in de stationcar en het ziet ernaar uit dat het een mooie dag gaat worden. Als we langs de molenschuur rijden, zet mama de radio aan. Emma kijkt uit het ene raam en ik kijk uit het andere, omdat we willen onthouden hoe Toast eruitziet. Ik denk dat de nieuwe familie in ons huis de bloemen in Richards laarzen wel leuk zal vinden, maar die laarzen zijn zo'n beetje het enige wat ik niet zal missen.

Richards arm hangt uit het raampje van zijn auto en hij wijst met zijn hand als hij afslaat omdat het knipperlicht van de pick-up kapot is. Mama's knipperlicht is ook kapot, maar zij neemt niet de moeite om te wijzen waar ze naartoe gaat.

'Mama?'

'Ja?' In de achteruitkijkspiegel kijkt ze naar mij.

'Waarom zijn papa en jij nooit uit Toast weggegaan?'

Ze zet de radio iets zachter en denkt even na. 'We hebben nooit een reden gehad om weg te gaan,' zegt ze mat.

'Waarom moeten we nu dan weg?' vraagt Emma.

'Waar komen al die vragen opeens vandaan? Het is toch duidelijk waarom we gaan verhuizen?' zegt mama. 'Richard heeft een goede baan gevonden in een houtzagerij vlak bij Murchison. Daarom gaan we daar wonen. Ik heb geen zin in sippe gezichten. We moeten vooruitkijken, niet achterom.' Ze heeft vast niet in de gaten dat ze zelf naar links en rechts kijkt alsof zij de aanblik van Toast ook in haar geheugen wil prenten. 'Mijn leven is ook niet altijd leuk geweest, maar ik probeer er het beste van te maken,' gaat ze door. Als we langs Mickey's rijden haalt ze haar voet even van het gas, maar daarna trapt ze het pedaal weer in. 'Dat valt niet altijd mee, maar er zit niets anders op. Zo is het leven. Soms moet je gewoon door de zure appel heen bijten.'

Een zure appel... Misschien perst mama daarom zo vaak haar

lippen op elkaar, omdat ze de zure smaak van die appel nog in haar mond heeft.

'We zitten nu eenmaal niet goed in de slappe was, dus we moeten eieren voor ons geld kiezen,' zegt ze.

'Zijn die eieren in Murchington?' vraagt Emma.

'De plaats heet Mur-chi-son, en begin alsjeblieft niet te zeuren na alles wat je me de afgelopen vierentwintig uur hebt aangedaan.' Ze zet de radio weer harder.

Ik kijk woedend naar Emma. Ze verpest mama's goede humeur altijd.

De dag gaat over in de nacht en net voordat het weer licht wordt zien we een bord: WELKOM IN MURCHISON. VAN ONDEREN! Dat doet me denken aan Bugs Bunny die een boom omzaagt en heel hard 'van ondereeeeen!' roept voordat de boom omvalt. Ik denk dat ze dat bord daarom hebben neergezet.

Er zijn hier heuvels en ik kijk of ik ergens een dorp zie, maar na het bordje 'van onderen!' komen we geen kip meer tegen.

Opeens zien we in de berm een geel knipperlicht staan. Ik snap niet waarom dat licht er staat, maar mama stopt omdat Richard ook stilstaat. Hij stapt uit en loopt naar mama's raampje. Het is een beetje raar dat we zomaar midden op de weg stilstaan, maar gelukkig heeft niemand er last van.

'Het moet hier in de buurt zijn,' zegt hij terwijl hij een trek van zijn sigaret neemt. 'Ze zeiden dat ik bij het gele knipperlicht rechts af moest slaan, maar je kunt hier helemaal niet rechtsaf.' Hij leunt met zijn onderarm op mama's dak.

Mama kijkt op haar kaart.

'Ik heb geen idee wat je op die kaart denkt te zien, Lib.'

Ze vouwt de kaart weer op en zet de radio uit. Daar was toch al niet veel meer op, alleen wat gepraat en een heleboel ruis.

‘Laten we maar doorrijden en naar elkaar toeteren als we iets zien,’ zegt hij over zijn schouder als hij terugloopt naar zijn pick-up.

‘Wat moeten we ook weer zien?’ vraag ik.

‘De Turn River Road,’ zegt mama terwijl ze het gaspedaal intrapt. ‘Hou je ogen goed open.’

Een paar minuutjes later staan er geen bomen meer langs de weg, maar zien we een oud benzinestation met een winkeltje ernaast. Het winkeltje is dichtgetimmerd, maar het lijkt er in elk geval op dat we in de buurt van een dorp komen. En ja hoor, even verderop zien we allemaal straten: de Gumberry Road, de Sunnyside Road, de Downtown Road. Op de hoek van de Downtown Road zit Lottie’s General Merchandise, en daar... even kijken... Opeens zie ik een bordje. Het is met de hand geschreven, dus ik moet goed kijken... Turn River Road! ‘Daar!’ roep ik tegen mama.

Precies op dat moment drukt ze twee keer op de toeter om Richard te waarschuwen, maar het is al te laat. Richard rijdt de straat voorbij. Hij remt, rijdt het grindpad naast Lottie’s op en keert de auto.

Mama gaat op de Turn River Road aan de kant staan, want dan kan Richard haar inhalen en als eerste over onze nieuwe weg naar ons nieuwe huis rijden. Er zal wel geen Nest in dat huis zijn, dus ik hoop maar nergens op.

Ik heb een raar gevoel in mijn maag en ik zie dat mama zich ook voorbereidt op wat we te zien krijgen, want ze gaat kaarsrecht op haar stoel zitten.

Richard gaat langzamer rijden en stuurt de auto dan stapvoets langs huizen die steeds kleiner en kleiner worden en steeds verder uit elkaar staan. Algauw zien we alleen nog maar huisnummers op stenen of driehoekige houten bordjes langs zandpaden die zo smal zijn dat er nauwelijks een auto op past. Eindelijk staan we stil bij een houten bordje waar iemand '22' op heeft geschilderd.

Emma schuift vlug naar mijn kant om beter te kunnen kijken.

'We zijn er,' zegt mama. Er verschijnt bijna een lach op haar gezicht. 'Oost west, thuis best.'

Takjes kietelen en striemen de auto als we heel langzaam tussen de struiken door rijden. Het enige wat ik tot nu toe over ons nieuwe huis kan zeggen is dat er heel veel groen omheen ligt. We durven ons hoofd niet uit het raampje te steken omdat we bang zijn dat onze ogen uitgestoken worden. De bomen hebben heel dikke stammen, net als in de sprookjes van Grimm. Het zijn van die bomen waar elfjes hand in hand omheen dansen. De takken beginnen pas halverwege de stam, zo hoog dat er wel een gewone boom onder past.

Algauw zien we alleen nog maar struiken en afgevallen takken. Verderop ligt zelfs een hele boom op zijn kant. De wortels wijzen opzij, alsof een reus dacht dat het onkruid was en hem per ongeluk uit de grond heeft getrokken.

Richards auto stopt en mama staat ook stil.

Er is nauwelijks genoeg ruimte om de deur open te maken en uit te stappen. Ik kijk omhoog en kan het blauw van de lucht bijna niet meer zien omdat de takken een groen dak maken. Onder onze voeten voel ik een mengeling van zand, dennennaalden en mos. Het lijkt wel of ik op een trampoline sta.

'Nou,' zegt Richard terwijl hij uit de laadbak van de pick-up een paar spullen pakt die we kunnen dragen. 'Dan moeten we het laatste stukje maar lopen.'

Emma pakt een paar dekens uit de auto en ik til een doos op.

Met ons vieren lopen we voorzichtig over stenen, boomwortels en dennennaalden de helling op naar Turn River Road 22.

'Stil eens. Horen jullie dat?' Richard staat stil op het pad. 'Dat is een havik, zeker weten. Horen jullie dat?'

Ik hoor onder mijn voeten alleen maar takjes breken, maar ik knik toch. Emma ook.

Net als mijn armen beginnen te trillen van de zware doos hoor ik Richard in de verte fluiten. Hij heeft het huis gevonden. 'Wauw,' roept hij.

Ons huis past maar nét op een open plekje tussen de bomen en struiken. Het bos staat dreigend te wachten tot het huis afbrokkelt, omdat het zijn oude plek terug wil. Volgens mij hoeven de bomen niet lang meer te wachten, want het huis ziet eruit alsof het elk moment kan instorten. Het dak hangt aan één kant omlaag als een paard dat door zijn benen zakt om op de grond te gaan liggen. Het hoge puntige deel van het dak steekt uit boven de voordeur, een trappetje van vier of vijf treden en een veranda die hooguit een paar planken breed is. Aan weerszijden van de voordeur zitten ramen, maar die zijn zo vies dat ze wel van hout lijken. Ik durf te wedden dat dat straks ons eerste klusje wordt. 'Maak die ramen schoon, maak die ramen schoon,' horen we de hele dag. Het gebogen deel van het dak ziet eruit alsof er een paar planken weg zijn, maar dat vind ik niet erg omdat Richard dan voorlopig geen tijd heeft om ons lastig te vallen.

De deur schraapt over de vloer als mama hem openduwt. Uiteindelijk moet ze hem met haar schouder een zet geven om het gat zo groot te maken dat de dozen erdoor kunnen.

Richard heeft zijn spullen op de grond laten vallen en is onderweg naar de pick-up om de volgende lading te halen.

Ik denk dat wij zo ook weer iets moeten halen, maar ik ben

heel benieuwd waar Emma en ik ons Nest moeten bouwen. En als we in de slaapkamer kanten moeten kiezen wil ik snel de mooiste kant uitzoeken. Ik ben niet op mijn achterhoofd gevallen.

Als mijn ogen aan het schemerdonker zijn gewend zie ik overal viezigheid: op een oude houten tafel in de woonkamer (de voordeur komt midden in deze kamer uit, maar ik denk dat het de woonkamer is), op de muren, en vooral op de vloer. Overal op de vloer. Het lijkt wel of hier nog meer viezigheid ligt dan buiten! Er zitten bladeren en dennennaalden tussen, en ik vraag me af hoe die hier binnen zijn gekomen tot ik omhoogkijk en een heel groot gat in het plafond zie. Bij het gat zie ik een paar vogelnesten en een afgevallen boomtak. Ik denk dat die tak het dak kapot heeft gemaakt.

Mama zegt helemaal niets. Ze houdt haar doos vast alsof ze niet wil dat hij op de vloer vies wordt. Ik heb geen idee wat ze van ons nieuwe huis vindt, dat dus helemaal niet zo nieuw is.

'Ik vind het hier wel leuk,' zeg ik. 'Ik maak het wel schoon, mama. Het wordt vast mooi.'

'Ja, we zorgen dat het huis weer splinternieuw lijkt,' zegt Emma.

Mama knippert niet eens met haar ogen.

'Ik breng die doos wel naar boven,' zeg ik als ik mijn doos op de grond heb gezet. Ik probeer de doos uit mama's handen te halen, maar ze wil hem niet loslaten. Ze houdt hem vast alsof het een reddingsboei is.

'Oké.' Ik pak Emma's hand zodat ze kan zien dat we beter uit mama's buurt kunnen blijven. 'We zijn zo terug.'

Er zitten ook gaten in de trap, dus het is best moeilijk om naar boven te lopen. We lopen langs de zijkant met onze handen plat tegen de muur. Ik moet mijn hoofd opzij draaien om geen spinnenwebben in mijn neus te krijgen of, nog erger, in mijn mond. Door de smerige ramen is er binnen bijna geen licht en er is ook geen leuning waaraan we ons kunnen vasthouden.

Boven zie ik twee openingen die eruitzien alsof er deuren in hebben gezeten. En ja hoor, als we erheen lopen zien we de scharnieren nog zitten. De kamer aan de rechterkant is groot en vierkant en heeft één raam met een kozijn waaraan een gescheurd stuk gordijn zich met moeite vasthoudt. De kamer aan de linkerkant is piepklein, meer een naaikamertje, en ik weet meteen dat dit het nieuwe Nest is. Emma weet het ook, want ze loopt meteen naar binnen en strekt haar armen om te kijken hoe groot de kamer is. Als we geluk hebben past onze oude matras erin. Het wordt hier vast knus. Er is een heel klein raampje, dat zo hoog zit dat we er niet doorheen kunnen kijken. Als we het schoonmaken komt er vast wel licht naar binnen, geen probleem.

De andere kamer wordt van mama en Richard. Omdat er verder geen kamers meer zijn, lopen we weer naar beneden.

Mama staat nog steeds in de woonkamer, dus we lopen om haar heen en halen nog wat spullen uit de auto. Richards stapel wordt steeds groter. We moeten opschieten.

Telkens wanneer ik dozen binnen zet zie ik nieuwe dingen. Op de muren in de woonkamer (waar mama nog steeds voor zich uit staat te staren) zie ik hier en daar nog stukken verschoten rozenbehang. En de keukentafel is waarschijnlijk achtergelaten omdat hij te breed is om door de deur te passen. Richard zegt dat hij waarschijnlijk binnen is gemaakt; de maker heeft er niet aan gedacht dat hij misschien ooit ergens anders moest staan. Aan de achterkant van de woonkamer is een open haard met een schouw van gladde stenen. Richard zegt dat die waarschijnlijk uit de rivier komen en dat het water ze mooi glad heeft gemaakt. Ze zijn zo groot dat de rivier daar misschien wel jaren over heeft gedaan. Ze passen perfect boven en naast elkaar.

'Ga je nog iets doen of heb je soms een schop van mij nodig?' Richard spuugt naast mama op de grond en slaat haar heel hard op haar billen.

De rest van de dag zegt mama niet veel. Ze zet haar doos op de plaats waar ze heeft gestaan en begint op te ruimen, zoals ik al had verwacht. Ze geeft mij en Emma een emmer en zegt dat we water moeten zoeken. We vragen maar niet waar, want dat weet mama natuurlijk ook niet.

'Zullen we die kant op lopen?' zegt Emma, wijzend naar de linkerkant van het huis.

Aan de kant waar het dak een holle rug heeft ontdekken we een smal paadje waar het gras is weggesleten. Dat betekent dat we niet de eerste mensen zijn die hier lopen, en om een of andere reden vind ik dat prettig.

'Wie zou hier hebben gewoond?' vraagt Emma. 'Wie laat zijn huis nu helemaal kapotgaan?'

'Hoe moet ik dat nu weten?'

'Ik vraag het maar.'

'Waarschijnlijk oude mensen die het huis niet meer konden onderhouden,' zeg ik.

We lopen achter elkaar omdat het pad te smal is om naast elkaar te lopen. Emma houdt af en toe haar armen uit elkaar om met haar handen langs de takken en de bladeren te strijken. Het valt niet mee om recht vooruit of opzij te kijken, want we zijn nog niet aan de grond gewend en we weten niet waar de boomwortels en stenen liggen waarover we kunnen struikelen. Daarom kijken we bij elke stap goed naar de grond en lopen we langzamer dan slakken.

'Denk je dat we een hond mogen?' vraagt Emma terwijl ze over een tak vol mos springt.

'Ik hoop het.' De stenen op het pad zijn net groot genoeg om je enkel te verzwikken als je er niet midden op gaat staan.

Het geluid van stromend water wordt harder en harder en algauw glinsteren de stenen van de nattigheid.

'We hebben een eigen beek!' roept Emma. 'Kijk!'

Ze heeft gelijk. Er is verder niemand in het bos, dus die beek is van ons.

'We moeten hem een naam geven voordat iemand anders hem vindt,' zeg ik.

'Ik heb hem het eerst gezien, dus ik vind dat we hem de Emma River moeten noemen.'

'Dat kan niet. Dat is een stomme naam.'

'Toch noem ik hem zo.'

'Ik niet.'

Het is even stil. Ik zie aan Emma dat ze zich afvraagt of ze de naam dan toch misschien moet veranderen. Een naam is niet veel waard als je de enige bent die hem gebruikt. Ik wacht geduldig.

'Wat vind je van de Toast River?' vraagt ze.

Daar moet ik even over nadenken. Eigenlijk vind ik het geen echte rivier, want het water stroomt nauwelijks sneller dan een druppende keukenkraan.

Als je vijf encyclopedieën op de grond zou leggen en daar ruim overheen zou springen, zou je zien hoe breed onze beek is.

De emmer is nog niet half onder water als hij de bodem raakt, maar hij vult zich snel met water, dus mama kan tevreden zijn.

'Ik heb wel eens ergere namen gehoord,' zeg ik. 'Wat vind je van de Sparkly River?' roep ik. Dat betekent Glinsterrivier.

Terwijl ik de emmer vul balanceert Emma op de glibberige stenen op de heuvel. Net als bij het spelletje op het hek hoeft ze niet eens haar armen uit te steken om in evenwicht te blijven.

'Je lijkt wel een elfje uit een sprookjesboek,' zeg ik. Dat is ook echt zo. Ze ziet eruit als een boselfje uit een koninkrijk van mos dat met een glimmend jurkje in het maanlicht danst.

Niet dat Emma glimmende jurkjes draagt, hoor. Aan één kant heeft ze een flinke scheur in haar broek van de keer dat ze op het dak van Forsyth klom en eraf wilde springen om te laten zien dat ze als een kat kon landen. Jammer genoeg gleed ze uit en bleef ze aan de dakrand hangen, tot Mr. Phillips haar met een ladder kwam bevrijden en haar onder zijn arm mee naar beneden nam. Op haar bloes zitten vlekken van limonade, tomatenketchup of bessen of zo. Haar haren zitten aan de achterkant nog steeds in de knoop, maar dat is de laatste tijd bijna gewoon geworden.

'Diamond River vind ik ook mooi,' roept ze naar me. 'Ja! Dat is het! Diamond River, Diamantrivier. Zo moet hij heten.'

'We moeten terug,' zeg ik als de emmer vol is.

Ze springt van de hoogste kei en loopt achter me aan over het pad, dat op de terugweg korter lijkt dan op de heenweg.

'Je moeder zoekt je al,' zegt Richard als hij ons tussen de bomen door ziet aankomen.

Net als honden zorgen we ervoor dat we hem niet aankijken. Emma en ik praten nooit over wat er allemaal in ons oude huis is gebeurd, maar we weten allebei dat hij aanvalt als je hem aankijkt. Nou ja, het zou in elk geval kúnnen gebeuren, dus daarom lopen we liever met een boog om hem heen.

Ik wou dat ik een manier wist om vriendjes met hem te worden, net zoals ik het met mama ga goedmaken. Het probleem is dat je bij Richard nooit weet waar hij blij van wordt. Vandaag wordt hij vrolijk van het geluid van een havik, en ik denk niet dat wij iets beters kunnen verzinnen. Emma denkt nooit over die dingen na omdat lief zijn haar nog nooit iets heeft opgeleverd, maar ik weet nog uit de tijd van papa dat je er soms heel veel aan hebt om lief te zijn.

'Caroline Louise Parker, kom onmiddellijk hier,' riep mama met haar boze stem.

Ik liep in de richting van het geluid en kwam in de keuken, waar papa en mama op me wachtten.

'Wat is er, mama?' vroeg ik, maar ik kreeg al tranen in mijn ogen toen ik naar hen keek.

'Heb jij ons iets te vertellen, Caroline?' vroeg papa op een toon die hij anders nooit gebruikte.

'Wat dan, papa?' Ik weet het, ik probeerde alleen maar tijd te rekken. Ik begon te huilen, maar mama bleef boos kijken. Alleen papa's gezicht werd liever.

'Je juf heeft gebeld en verteld wat er vandaag is gebeurd,' zei mama.

Ze begon steeds harder en nijdiger te praten, maar papa onderbrak haar. 'Wat is er gebeurd, moppie? Waarom heb je dat gedaan?'

Ik weet het zelf niet. Ik weet alleen dat ik naar de wc moest toen we bezig waren om de indianen te tekenen die hier woonden voordat wij kwamen. Er was verder helemaal niemand op de wc en opeens had ik het zomaar in mijn hand.

'Het is te walgelijk voor woorden,' zei mama. 'Ik schaam me

dat mijn kind zoiets smerigs doet. Ik durf me nauwelijks meer in Toast te vertonen, dat begrijp je zeker wel.'

Papa keek net zo verdrietig als ik, maar hij hoefde niet te huilen.

'Kreeg je per ongeluk wat op je hand? Was het wc-papier op?' vroeg hij. Hij vroeg het alsof hij echt zijn best deed om het te begrijpen.

Ik schudde mijn hoofd, maar bedacht toen ineens dat ik beter ja had kunnen knikken. Ik had beter kunnen zeggen dat de rol leeg was geweest. Ik moest een poepje doen en ik smeerde het op de muur omdat ik geen wc-papier had.

Maar dat was niet zo.

'Je zit diep in de nesten, jongedame,' zei mama. 'Er zwaait wat voor je!'

'Luister maar goed naar mama.' Papa gaf het op. Hij deed geen moeite meer om te begrijpen wat ik hem niet kon uitleggen. Hij liep de keuken uit en mijn oren luisterden naar mama's plan hoe ik het met school, haar en juf Hall moest goedmaken, maar mijn hart ging tegelijk met papa de keuken uit.

Ik heb nooit meer zoiets gedaan, maar ik ben het ook nooit vergeten.

Vanaf die dag deed ik mijn best om het liefste meisje te zijn dat mama ooit met haar schildpadgroene ogen had gezien. Ik veegde de keukenvloer als mama haar wekelijkse cake had gebakken en ik zorgde dat alle gemorste bloem netjes in de vuilnisbak belandde. Ik pakte de zwarte metalen rekjes die als puzzelstukjes op het fornuis pasten en maakte ze allemaal met de hand schoon. Ik klopte de vloerkleden op de balustrade van de veranda, precies zoals mama het wilde, en keek de blaadjes en haren en stofjes na die in de zon wegwaaiden. Ik probeerde alles goed te doen zodat mama me 's avonds weer kwam instoppen en me een kusje op mijn voorhoofd gaf.

Het duurde even voordat ik papa weer onder ogen kon komen, maar algauw noemde hij me weer moppie en mocht ik weer bij hem op schoot.

Soms kun je dus weer vriendjes met iemand worden, maar ik denk dat dat bij Richard niet lukt.

Ik heb heel hard mijn best gedaan om geen water te knoeien, maar ik struikelde over een boomwortel en ik had niet gedacht dat de grond zo hard zou veren, dus er is wel wat over de rand van de emmer geklotst. Er zit nog genoeg in om schoon te maken, dus ik denk dat mama niet boos zal zijn.

In mijn vingers staat een afdruk van het houten blokje om het ijzeren hengsel dat moet zorgen dat het metaal niet te hard in je hand drukt. Eerst deden mijn vingers heel zeer, maar nu heb ik al heel veel stappen geen gevoel meer in mijn hand.

Als ik de emmer op de veranda bij de voordeur zet probeer ik mijn hand een stukje open te vouwen, net genoeg om het hengsel los te laten. Mijn hand heeft de vorm van een klauw. Voorzichtig probeer ik mijn vingers een voor een naar achteren te buigen, maar het is net of je tegen een zware deur duwt die al heel lang niet meer open is geweest. Ze kraken als ik ze buig.

'Waar bleef je nou?' snauwt mama vanuit het kozijn van de hordeur. (Het is geen hele hordeur meer, want de horren zijn kapot. Er staat nu alleen nog maar een houten frame.) Ze wacht niet op antwoord en grist de emmer van de veranda. Nu zij hem draagt ziet hij er helemaal niet zwaar uit. Ze loopt ermee naar de woonkamer, die er nog net zo uitziet als toen we weggingen.

Ik knijp met mijn ogen omdat ik nu weet dat het binnen donker is.

'Ga na dat gezellige boswandelingetje de ramen maar schoonmaken,' zegt ze, en er plonst een borstel in de emmer. 'Eerst wat water erop, dan een natte doek met zeep erover en daarna met de borstel alle viezigheid eraf vegen. En denk erom: vergeet de reetjes niet. Hup, aan de slag.' Ze draait zich om en loopt weg.

'Wat zijn de reetjes?' fluistert Emma.

'Geen idee,' zeg ik. 'Laten we behalve de ramen ook maar de kozijnen schoon schrobben, dan zal het wel goed zijn.'

Af en toe vliegt mama voorbij. Ze begint een doos uit te pakken, verdwijnt uit het zicht en verschijnt dan met een stokdweil waarmee ze van de keuken naar de kamer dweilt. Daar zijn wij aan het laatste raam bezig.

Richard stommelt boven rond, waarschijnlijk om al hun spullen uit te pakken. Hij heeft een blikje bier meegenomen en hij komt geen tweede halen, dus dat lijkt me een goed teken.

Ik vraag me af waar Emma en ik naar school moeten nu we midden in de rimboe wonen, en dan weet ik het opeens weer. Voordat we verhuisden zei mama dat we ons daar geen zorgen over hoefden te maken, dus dat doe ik nu juist wel. Ik begin te piekeren.

'Mama, waar moeten we nu naar school?' vraag ik over mijn schouder. Ik voelde dat ze door de deur naar de veranda binnenkwam, want de wind blies langs onze benen.

'Daar hoef jij je niet mee bezig te houden,' zegt mama. 'Rechtsboven op het middelste raam zie ik nog een streep.'

Als ik me omdraai zie ik de streep. Ik veeg met mijn doek alsof het een mug is die dood moet.

'Waar moeten we nu naartoe?' vraagt Emma.

‘Hou op met zeuren,’ zegt mama, en weg is ze weer.

Op sommige dagen kun je met mama praten, op andere dagen niet.

‘Laat haar maar met rust, kind,’ zegt omi. ‘Laat haar maar.’

Papa is weer weg om vloerbedekking te verkopen en mama’s deur zit potdicht. Mijn grootmoeder logeert een poosje bij ons. We noemen haar altijd omi omdat ik dat altijd zei toen ik nog heel klein was.

Omi houdt er niet van om mensen te troosten. Dat had papa al gezegd voordat hij wegging. (‘Zul je lief zijn, moppie?’ Hij ging op zijn hurken zitten om me ernstig aan te kijken. ‘Omi kan niet tegen tranen en ze houdt er niet van om mensen te troosten, dus je moet flink zijn en je best doen om mama te helpen. Oké?’) Papa kan wel goed tegen tranen, maar die dag ging hij toch weg. Mama’s deur zat zelfs al dicht voordat hij wegging.

‘Ik wil naar mama,’ zeg ik, maar ik moet hoesten omdat ik mijn best doe om niet te huilen. Daardoor vallen er een paar tranen in mijn neus in plaats van naar buiten. ‘Mama? Mama, mag ik binnenkomen? Mama?’

‘Ik zei dat je haar met rust moest laten.’ Omi legt haar handen op mijn rug en ik voel dat ze me wil wegduwen als ik niet uit mezelf wegga. ‘Hup, ga buiten spelen.’

‘Mama!’ probeer ik nog een keer, maar mama’s deur blijft dicht en de handen duwen me naar buiten.

Vanaf die dag weet ik dat je soms niet met mama kunt praten.

Als we beneden alle ramen hebben schoongemaakt lopen Emma en ik weer met onze handen tegen de muur over de kapotte trap naar ons Nest.

'Hé, de matras past!' zegt Emma. Ze is veel sneller boven dan ik omdat ze zo goed haar evenwicht kan bewaren.

En ja hoor, aan de andere kant van ons kamertje ligt de matras op ons te wachten. Hij past keurig tussen de muren en er is zelfs nog een klein stukje over. Ik kan nog mijn postzegelalbum naast het bed leggen zodat ik er altijd naar kan kijken.

Aan het voeteneinde ligt een stapeltje schone lakens. Ik vouw ze uit en kruip op handen en voeten naar het hoofdeinde om het bed op te maken. Emma helpt met het voeteneinde en algauw hebben we een eigen plekje om te slapen!

'Zullen we het bed uitproberen?' Emma kruipt naar de plaats waar ze over een paar uur komt te liggen.

'Het plafond is hier veel hoger dan in ons oude huis,' zeg ik. Het is een knusse kamer. Ik kijk naar de vormen die de afbladderende verf op het plafond heeft getekend. 'Hé, als je met je ogen knijpt lijken die plekken op het plafond net wolken.'

'Ja,' zegt Emma.

De lakens voelen heerlijk koel aan. Er bestaat niets fijners dan koele lakens op een warme dag, zegt mama altijd. Ze heeft gelijk.

'Waarom laat je dat kind toch niet met rust?' Het is meer een opmerking dan een vraag. Ik hoor mama zachtjes bij de deur praten. Ik knipper met mijn ogen tot ik wakker ben.

'Wat zeg je daar?' Richards stem is niet half zo zacht.

Er komt geen licht door ons kleine raampje. Ik heb geen idee hoelang we geslapen hebben.

'Je ziet toch dat ze moe is,' zegt mama.

Ik draai mijn hoofd een stukje en kijk naar mijn zusje. Volgens mij is dit de eerste keer dat mama het voor haar opneemt. Maar dan drijft het geluid verder weg en stuiteren er boze woorden de trap af. Ik kan er een paar opvangen en dan weet ik dat we vandaag niet meer uit ons benauwde kamertje komen. De hitte zit hier gevangen, dus we spreiden onze armen en benen en proberen elkaar niet aan te raken, om het kleine beetje frisse lucht de kans te geven zich te verspreiden.

Ik heb een verstopte neus, al heb ik die meestal alleen in de winter. Mijn mond staat open en ik merk dat ik als een hondje lig te hijgen.

'Emma? Ben je wakker?' fluister ik heel zachtjes, voor het geval ze slaapt.

'Ja,' fluistert ze terug.

'Wat moeten we nu doen met school? Ik vind het zo raar dat mama niet zei waar we naartoe moesten.'

Ik pulk weer aan mijn nagels. Een slechte gewoonte. Dat weet ik ook wel zonder dat mama het zegt. Ik bijt ook op mijn nagels, maar op een gegeven moment worden ze zo kort dat ik ze niet meer met mijn tanden kan pakken en dan begin ik aan de velletjes rond mijn nagels. Als mama het ziet zegt ze altijd: 'Hou daarmee op.' Als ik dat niet meteen doe trekt mama heel hard aan mijn hand, dus daarom hou ik meteen op als ik haar hoor. Zelfs Emma heeft er nu genoeg van. Vanaf het laken, dat inmiddels helemaal bezweet is, sist ze dat ik moet ophouden.

Dat doe ik ook. Heel even.

'Ik wil toch niet naar een nieuwe school,' zegt Emma. 'Ik vind het helemaal niet erg om thuis te blijven.'

'Ik ook niet,' jok ik, maar ik wil wél naar school. Zoals ik al zei wil ik heel populair worden op mijn nieuwe school. En met wie moeten we spelen nu we zo diep in de rimboe wonen?

Daarna vallen we zomaar weer in slaap. Het is zo'n verhitte slaap waarin je je omdraait en twee tellen lang denkt dat je het niet meer zo warm hebt, tot je voelt dat je andere kant heel warm begint te worden. In geen enkele houding houden we het lang uit. Het is het soort slaap dat de tijd vult tot het licht wordt.

'Hallo,' zegt de vrouw die iets vierkants met een theedoek erover in haar hand heeft. 'Orla Mae, til je voeten eens op. Echt, je schopt nog gaten in mijn benen met al die rondvliegende steentjes!' zegt ze tegen het meisje dat een paar stappen achter haar loopt.

'Is je mama thuis?' vraagt ze aan mij en Emma.

'Ja *ma'am*,' zeggen we tegelijkertijd.

Emma duwt me aan de kant om mama te halen en probeert me te knijpen omdat we precies tegelijk iets zeiden.

Ik ren achter haar aan. Ik wil zien wat mama van deze aardige mevrouw en haar dochter vindt. 'Ik ben zo terug,' roep ik tegen de mevrouw en het meisje, die bij de veranda blijven staan en proberen niet te laten zien dat ze dolgraag binnen zouden komen.

'Mama!' roept Emma door het huis. 'We hebben bezoek!'

Mama komt uit een achterdeur die ik gisteren niet eens had gezien. Ze veegt haar handen af aan haar schort en stopt haar haren achter haar oren. 'Kalm aan, ik ben er al,' zegt ze. 'Loop maar gauw naar boven om je netjes te maken.'

Richard heeft planken ter grootte van traptreden gezaagd en ze boven op de kapotte trap gespijkerd, dus nu is het heel makkelijk geworden om naar boven te lopen.

'Vlug,' zegt Emma. Ze haalt een been uit de gescheurde broek die ze gisteren ook al aanhad en pakt iets uit de rommelige stapel kleren aan het voeteneinde van ons bed. 'Kom mee naar beneden!'

'Afblijven! Die is van mij.' Ik pak haar hand nog net op tijd vast, want ze wil ervandoor met mijn gele bloes met knoopjes. 'Die wil ik zelf aan.'

'Best. Je hoeft niet zo nijdig te doen, hoor.'

We rennen weer naar beneden omdat we nieuwsgierig zijn naar die Orla Mae die tijdens het lopen steentjes schopt. Zij en haar moeder staan met mama op de veranda.

'Het is die kant op, hooguit een kilometer of twee,' zegt de mevrouw. Nu heeft mama de vierkante schaal met de theedoek in haar hand. 'Lopend kost het hem elke dag ongeveer tien minuten.'

'Hebben jullie misschien zin om binnen te komen?' vraagt mama als wij het kozijn van de hordeur openduwen. Aan haar stem hoor ik dat ze hoopt dat ze nee zeggen.

'Nee, dank je,' zegt de mevrouw. 'We moeten weer verder, maar Orla Mae was benieuwd naar de nieuwe buren. We zagen jullie pick-up en stationcar gisteren door het dorp rijden, en iedereen wil natuurlijk een goede indruk op jullie maken.' Ze kijkt naar ons en duwt haar dochter naar voren. 'Dit is Orla Mae.'

'Hoi,' zeg ik.

Emma steekt alleen maar een hand op. Soms wordt ze een beetje verlegen van nieuwe mensen.

Aan de manier waarop Orla Mae ons van top tot teen bekijkt zie ik dat niet iedereen zijn lange broeken draagt tot ze superzacht zijn en tot halverwege je kuit komen. Opeens schaam ik me een beetje dat mijn tenen aan de voorkant uit mijn schoenen piepen.

'Wil je ons beekje zien?' vraag ik aan Orla Mae.

Ze knikt en loopt achter ons aan het trappetje af en over het pad langs het huis.

'Nou, als onze dochters het zo goed met elkaar kunnen vinden moet je misschien toch maar even binnenkomen,' zegt mama tegen Orla Maes mama.

'Hoe oud ben jij?' vraagt Emma als we over de verende grond naar de Diamantrivier springen.

'Zeven,' zegt Orla Mae.

'Hoe heten jullie van je achternaam?' vraag ik.

'Bickett.'

'Ga jij naar school?'

'Natuurlijk ga ik naar school,' zegt ze. 'Ik zit op Donford. Daar zit iedereen uit dit dorp. Hoe oud ben jij?'

'Ik ben acht, mijn zusje Emma is zes,' zeg ik.

'Ik heb ook een klein zusje,' vertelt Orla Mae. 'En vier grote broers. Die werken in de houtzagerij, en mama zegt dat jouw papa daar ook gaat werken. Maar ik zie ze bijna nooit, want ze zijn veel groter dan ik. Mijn zusje is twee. Je hebt helemaal niks aan haar, want ze huilt de hele dag. Ik heb geholpen toen ze werd geboren.'

'Ten eerste is hij onze papa niet – hij is onze stiefpapa, onze eigen papa is dood – en ten tweede: wat bedoel je met helpen toen ze werd geboren?' zegt Emma in één adem.

'Ik stond aan het voeteneinde met de mevrouw die mama kwam helpen. Ik mocht de baby naar buiten trekken.'

'Niet waar,' zeg ik.

'Wel waar,' zegt Orla Mae. Bij het horen van haar toon zou ik haar bijna geloven.

'Hier is onze beek,' roept Emma. Met haar arm gebaart ze naar het water.

'Jullie beek? Wie zegt dat?' Als ze praat trekt ze haar bovenlip op alsof ze hondenpoep ruikt.

‘Hij heet de Diamantrivier,’ zegt Emma meteen. Ze heeft niet in de gaten dat Orla Mae haar armen over elkaar vouwt alsof ze wacht tot Emma haar mond houdt en ze kan zeggen dat we ons vergissen. ‘Hij ligt achter ons huis, dus hij is van ons. Punt uit.’

‘Mijn papa zegt dat jouw papa in de rookploeg moet werken,’ zegt Orla Mae.

‘Stiefpapa,’ verbetert Emma nog een keer.

‘Je stiefpapa zit in de rookploeg,’ herhaalt Orla Mae netjes.

‘Wat is de rookploeg?’ vraag ik.

‘Dat is de ergste dienst,’ zegt ze. ‘Dan moet je zorgen dat het zaagsel ’s nachts niet in brand vliegt. Je stiefpapa moet de hele nacht in de stapel roeren om te zorgen dat er geen brand kan komen.’

‘In een stapel zaagsel roeren?’ vraag ik. Dat geloof ik ook niet.

‘Ja,’ zegt Orla Mae. ‘Moeten jullie ook hars komen winnen?’

‘Wat?’

‘Voor de terpentijn,’ zegt ze ongeduldig, alsof ze het dom vindt dat we dat niet meteen snappen. ‘Ik durf te wedden dat jullie dat ook moeten doen. Dat doe ik ook. ’s Zomers komt er het meest uit de bomen, maar dan stinkt het ook het ergst. Ik draag een doek die gemaakt is van een oud overhemd van papa. Die binden ze voor mijn mond, want dan hoef ik niet zo te hoesten.’

‘Orla Mae Bickett! Orla Mae!’ klinkt de stem van haar moeder tussen de bomen. ‘We moeten naar huis, kind. Kom.’

‘Doeg,’ zegt Orla Mae, en ze schiet weg als een bij die honing ruikt.

‘Terpentijn,’ zeg ik tegen Emma.

Emma haalt haar schouders op en springt van de kei die boven de Diamantrivier uitsteekt.

'Hoe moeten we dan weten wat we moeten doen?' Eigenlijk verwacht ik niet dat Emma daar antwoord op geeft, want dat weet zij natuurlijk ook niet.

We lopen op ons dooie gemak terug naar huis, en als we thuiskomen zijn de Bicketts al weg en is mama nergens te bekennen.

'Laten we die kant op gaan om achter het huis te kijken.' Emma wijst met haar vinger.

Ik merk dat we al een poosje onderweg zijn, want mijn maag begint te rammelen. Hij wil eten hebben. 'Ik heb honger. Zullen we teruggaan?'

'Oké,' zegt Emma.

De terugweg lijkt alweer korter dan de heenweg.

'Mama?' roep ik terwijl we door de keukendeur glippen.

'Wat is er?' schreeuwt ze terug.

'We hebben honger,' zegt Emma.

De keuken is veel kleiner dan onze oude keuken en het is er lang niet zo licht, omdat het raam uitkijkt op de hoge bomen. In een doos op de grond vinden we een brood en een pot honing, dus het lijkt mij een goed idee om daarmee te beginnen en te kijken hoever we komen.

Het enige probleem is dat ik geen mes kan vinden, dus daarom moeten we de honing zonder mes op het brood smeren. Ik hoop dat mama niet binnenkomt – ze noemt ons al halve wilden als we met mes en vork eten, dus ik weet niet wat ze zegt als ze ziet dat we het brood in stukjes scheuren, er tussen onze handen balletjes van draaien en die balletjes gewoon in de pot honing dopen. Tussen de pot en mijn mond hangt een lange sliert goudkleurige honing. De ene helft druipt op mijn kin en de andere helft op het vuile aanrecht.

Emma doet me lachend na en dan wordt het een spelletje wie

de langste sliert kan maken. Ik zet een stap naar achteren zonder dat de sliert breekt. Nog… eentje… en dan…

'Waar ben jij verdomme mee bezig?'

Ik schrik me dood van mama's stem en de dunne sliert breekt. De honing valt geluidloos op het aanrecht en versmelt met het plasje dat daar al lag. 'Wat?' vraag ik met mijn mond vol. Ik draai me om, maar Emma heeft de benen genomen. Ik heb geen idee waar ze is gebleven.

'Niet zo brutaal, jij,' zegt mama. Ze geeft me een tik op mijn billen om me te laten voelen dat ze boos is.

Het vervelende is dat ik daar niet op voorbereid was, dus ik val tegen het aanrecht en gooi de pot over de vloer. Hij rolt een paar meter weg, en de gouden honing stroomt naar buiten voordat ik overeind kan krabbelen en helder kan nadenken.

'Ik werk me helemaal uit de naad om dit huis schoon te maken en dan moet ik verdomme weer rommel achter jouw kont opruimen!' Het is lang geleden dat ik mama zo hard heb horen schreeuwen.

'Het spijt me, mama,' zeg ik, maar ik stik bijna in de laatste honingbal, die nog halverwege mijn keel zit. Eigenlijk moet ik eerst goed slikken om hem te laten zakken. 'Ik…'

'Het spijt me, mama.' Met een hoog stemmetje bauwt ze me na. 'Het spijt me, mama.' Ze geeft me nog een flinke klap, voor het geval ik nog niet snapte dat ze boos is.

Maar nu was ik écht niet voorbereid op de tik, en dus stuitert mijn hoofd op het aanrecht, wat het nog moeilijker maakt om niet te huilen. Toch. Huil. Ik. Niet. Dan zou mama pas echt door het lint gaan.

'Sta op,' schreeuwt ze. 'Sta op!'

Ik doe wat ze zegt.

'En nu ga je verdomme naar buiten om de stokdweil te halen. Jij ruimt deze rommel op tot de vloer er weer uitziet als nieuw, begrepen?'

Ik wil naar de deur lopen, maar ik ben nu eenmaal onhandig en ik ben nog een beetje duizelig omdat ik zo hard op de vloer ben gevallen. Ik slik het bloed van mijn lip door, en dat helpt gelukkig om de honingbal te laten zakken.

'Ik haat je, klein kreng,' gilt ze me na. 'Hoor je me? Ik haat je. Ik haat je gezicht, ik haat de manier waarop je loopt, ik vind het vreselijk om je om me heen te hebben...'

De rest kan ik niet horen, want ik probeer snel de stokdweil te halen.

Ik weet dat mama het niet meent. Ze is gewoon boos, en als mama boos is staat haar mond niet meer stil. Dan blijft ze maar praten, dat is het probleem. Daarom neemt Emma altijd de benen als mama ons ergens bij betrapt waar ze boos om wordt. Emma doet wel altijd stoer, maar ik weet dat ze het heel erg vindt dat mama zulke dingen zegt. Ze is nog niet groot genoeg om te weten dat mama het niet meent.

De stokdweil staat buiten, zoals mama had gezegd. Hij leunt met de natte kant naar boven tegen de balustrade van de veranda zodat hij kan drogen. Maar als ik hem mee naar binnen neem slaat de stok met heel veel kabaal tegen de muur. Ik weet dat mama daar weer kwaad om wordt, dus daarom sta ik stil. Ik laat de stokdweil een stukje zakken en ik loop op mijn tenen verder naar de keuken om de rommel op te ruimen.

Mama is weggegaan, maar ik hoor haar boven mijn hoofd heen en weer lopen. Ik denk dat ze bezig is om de muren en vloeren van de slaapkamers schoon te schrobben.

Emma steekt haar hoofd om de keukendeur.

'De kust is veilig,' fluister ik.

Ze doet de hordeur heel voorzichtig open en doet hem net zo zachtjes weer dicht.

Zonder iets te zeggen ruimen we samen de keuken op. Emma raapt de pot op en laat de overgebleven honing voorzichtig terug naar de bodem lopen. Ik veeg met de natte stokdweil over de plakkerige plekken.

Als je een stokdweil in een emmer water stopt moet je dat heel langzaam doen, want dan kun je hem op tijd stilhouden als het water helemaal naar de rand komt. De eerste keer vergeet ik dat, en voordat ik er erg in heb klotst er een hele plens water op de grond. Gelukkig geeft dat niet. De vloer plakt nog helemaal van de honing en met dat extra water is het makkelijker om alles op te ruimen.

'Jij denkt dat je zomaar naar binnen kunt lopen en kunt klaarmaken waar je zin in hebt.'

Ik schrik me een hoedje van mama's stem.

'Een paar stukjes toast met honing, alsjeblieft,' zegt ze met een hoog stemmetje om mij en Emma voor gek te zetten. 'Nou graag, omdat je zo aandringt.' Ze leunt met een brandende sigaret tegen de keukendeur en kijkt toe hoe we schoonmaken.

Ik zorg dat ik haar niet aankijk, want dan denkt ze vast weer dat ik brutaal ben.

Ze begint door de keuken te ijsberen. Ze loopt heen en weer over de plaatsen die ik al heb schoongemaakt, waardoor haar blote voeten op de natte plekken kletsen. 'Jij denkt zeker dat het hier een hotel is en dat je kunt binnenkomen wanneer het jou zint.' Heen. 'Je trekt je nergens iets van aan.' Weer. 'Het interesseert je allemaal niets.'

Emma heeft haar hoofd ook gebogen en kijkt aandachtig naar

het aanrecht, al heeft het aanrecht helemaal niet zoveel aandacht nodig.

'Wegwezen!' schreeuwt mama.

Nu kijk ik wel naar haar, al kijk ik haar niet recht in de ogen. Ik wil zeker weten dat ze het tegen ons heeft, maar dat moet wel want Richard is nergens te zien.

'Mama?'

'Wegwezen zei ik!' Ze staat stil. 'Ben je doof? Eruit, en wel nu meteen! Ik wil je voorlopig niet meer zien. Wegwezen!'

Ik laat de stokdweil met een kletterend geluid op de grond vallen.

Emma gooit haar schoonmaakdoekje op het aanrecht en holt als een haas achter me aan.

We rennen door de achterdeur naar buiten, naar het pad achter ons huis.

'Wegwezen!' horen we mama nog steeds schreeuwen.

Als we veilig op het pad zijn staan we tegelijkertijd stil. We luisteren of ze nog iets anders schreeuwt, maar ik kan haar alleen maar horen huilen.

'Zullen we naar Orla Mae gaan?' zegt Emma na een poosje.

'We weten niet eens waar ze woont.'

'Dat weet ik, maar we kunnen haar toch gaan zoeken?'

En dus lopen we terug, langs het huis waarin mama staat te huilen, en gaan we naar het pad waarover we de eerste keer kwamen aanrijden. We lopen naar de grote weg waarover we Orla Mae en haar moeder zagen aankomen. Ik ben zelf verbaasd dat het zo lang duurde voordat we de uitgang van het bos en de weg naar de echte wereld vonden, maar ik ben blij dat het ons uiteindelijk is gelukt.

Aan de rand van de weg is het zand vermengd met zwarte

grond en dan begint het asfalt, dat heel mooi glad is alsof er pas een nieuwe laag teer op is gelegd. Schone gele strepen snijden de weg in tweeën.

'Linksaf of rechtsaf?' vraag ik aan Emma. Tenslotte was het haar plannetje.

'Laten we kiezen met steen, papier, schaar,' stelt ze voor.

'Steen, papier, schaar,' zeg ik, en ik verander mijn vuist in een plat vel papier.

'Schaar!' Met twee vingers maakt Emma een knipbeweging in mijn hand. 'Ik heb gewonnen. We gaan linksaf, want die kant hebben we nog niet bekijkt.'

'Bekeken,' zeg ik.

'Wat?'

'Die kant hebben we nog niet bekeken.'

'Dat zeg ik toch?'

'Nee, je zei bekijkt.'

'Nietes,' zegt Emma.

'Welles.'

'Nietes.'

'Emmaaaa…'

'Carrieieie,' zegt Emma net zo zeurderig. Als ze wil is ze zo koppig als een ezel.

'Oké, laten we maar links afslaan,' zeg ik met een diepe zucht.

Algauw komen we bij een andere afslag tussen de bomen. Die is zo breed dat we er autosporen op zien, maar we weten natuurlijk niet of dit de weg van Orla Mae is.

'Je kunt vanaf hier helemaal niets zien.' Emma gaat op haar tenen staan voor het geval de dingen die ze op de inrit kan zien hoger dan haar hoofd zijn. 'We kunnen maar beter doorlopen en kijken wat we zien.'

Na drie stappen begint het geblaf.

'Hond!' roept een mannenstem ver weg. 'Brownie! Hier!'

Ik wil weglopen, maar Emma roept: 'Sorry!'

'Wie is daar?' De stem komt dichterbij. 'Brownie, kom voor! Brownie!'

De hond gaat nog steeds vreselijk tekeer.

'Wij zijn het maar,' zegt Emma.

Ik sla mijn ogen ten hemel. Alsof hij weet wie wij zijn.

Opeens staat hij voor onze neus. Hij heeft een geweer dat bijna net zo groot is als hij. Hij is zo oud dat je geen idee hebt hoe oud hij is. Misschien is hij wel een miljoen jaar oud, ik weet het niet. Zijn glimmende grijze haren zijn met vet achterovergekamd en zijn gezicht telt meer rimpeltjes dan er grassprietjes op de wereld zijn. Ik kan niet zien of hij een riem om zijn broek draagt, want zijn dikke buik hangt over de rand waar zijn middel hoort te zitten. Hij ziet er eng uit, vooral omdat hij heel onvriendelijk naar ons kijkt. Hij fronst zo streng dat zijn wenkbrauwen boven zijn neus bijna bij elkaar komen. Die neus neemt trouwens een groot deel van zijn gezicht in beslag. Het is de dikste neus die ik ooit heb gezien, en er zitten bobbeltjes op.

'Brownie! Af!'

En dan houdt de hond zomaar op met blaffen.

'Wie ben je? Wat moet je hier?' Hij kijkt nog steeds nors, maar zijn wenkbrauwen worden weer normaal.

'Ik ben Carrie en daarginds bij die boom staat mijn zusje, Emma. We zijn net in de buurt komen wonen.'

Hij kijkt me een paar tellen aan zonder iets te zeggen. 'Van wie zijn jullie?'

'Mama heet Libby Parker en onze stiefpapa heet Richard Parker.'

'Van de Rutherfordton Parkers? Hoe heette hij ook weer? Sam, geloof ik.'

'Dat weet ik niet, *sir*.'

'Hoezo, dat weet ik niet? Je weet toch wel wie je familie is?'

'Jawel, maar ik weet niet van wie mijn stiefpapa is,' leg ik uit. 'Mijn papa heette Culver, en we woonden in Toast. Zijn papa, mijn opa, woonde daar ook en hij verkocht landbouwmachines. Wij heetten ook Culver tot papa doodging en mama met iemand anders ging trouwen. Toen kregen wij een nieuwe achternaam.'

'Culver.' Hij denkt even na. 'Culver. Uit de buurt van Yadkin?'

'Ja *sir*.'

'Dan denk ik dat ik jouw opa kende. Hij kon heel erg goed banjo spelen.'

'Ik weet nog dat papa het daarover had. Toen opa doodging heeft papa de banjo altijd bewaard.'

'Kijk aan! Heette jouw opa Jordan?'

'Ja *sir*.'

'En die Parker, weet je echt niet wie zijn familie is? Weet je niet waar hij vandaan komt?'

'Nee, *sir*.'

'O.'

'We wonen op nummer tweeëntwintig. Dat is ons huis. Nummer tweeëntwintig.'

'Het oude huis van Farley.' Hij knikt, dus hij weet waar dat is. 'Wat moet je hier?'

'W-we keken gewoon een beetje rond,' stotter ik.

'We zoeken het huis van de Bicketts,' roept Emma van achter een boom.

'Die wonen verderop,' zegt hij. Ik denk dat hij ons nog steeds niet vertrouwt, want hij kijkt naar ons alsof we spoken zijn.

'Nou, dan gaan we maar eens verder,' zeg ik.

Brownie de hond loopt naar me toe en begint aan mijn hand te snuffelen.

Ik durf niet naar haar te kijken, want ik ben nog steeds bang dat de oude man zijn geweer op ons richt. Pas als hij zo vriendelijk naar zijn hond kijkt dat zijn rimpeltjes minder diep lijken durf ik ook omlaag te kijken.

'Wat is er met haar poot gebeurd?' vraag ik. De voorpoten van Brownie zien er heel gewoon uit, en een van haar achterpoten ook. Maar haar andere achterpoot is weg, en aan de achterkant, vlak boven haar staart, zit een soort harnas waaraan een houten poot hangt.

'Knel in een val,' zegt de oude man. 'Jaren geleden. Ik heb 'm eraf moeten zagen.'

Ik kniel om de hond te aaien, want het lijkt nu wel of ze vriendjes met me wil worden.

Emma komt naast me zitten omdat ze haar ook wil aaien. Ze zegt heel lief haar naam en de hond lijkt dat fijn te vinden.

'Krijg nou wat. Zo vriendelijk is ze nooit tegen vreemden,' zegt de oude man. Hij laat het geweer op de grond leunen en houdt het een stukje van zich af, waardoor hij een driehoek maakt met de grond. 'Zit er soms varkensvet in die broekzakken?' En dan lacht hij naar ons. De engste frons die ik ooit heb gezien verandert zomaar in de alleraardigste lach omdat de rimpels opeens wel een lijstje om zijn mond lijken. 'Net een mens, dat beest,' zegt hij. 'We zijn al jaren met ons tweeën, en verdomd als het niet waar is, ze is het beste gezelschap dat ik ooit heb gehad. Na het ongeluk heb ik die houten poot voor haar gemaakt. Ik kon het niet aanzien dat ze zo onhandig rond het huis probeerde te strompelen. Ik heb er zelf ook een.' Hij tilt zijn broekspijp op om zijn eigen houten been te laten zien.

'Bent u een piraat?' vraagt Emma. Ik ben blij dat zij dat vraagt, want dat vroeg ik me ook al af. Maar misschien bestaan piraten wel alleen in verhalen.

De oude man glimlacht weer. 'Neu, ik ben gewoon mijn been kwijtgeraakt. Mijn naam is Wilson.'

'Aangenaam, Mr. Wilson,' zeg ik. Mama zal trots zijn dat ik steeds betere manieren krijg.

'Kom maar langs als je met Brownie wilt spelen, want zo te zien zijn jullie vriendjes geworden. Kom, hond. Zij moeten weer verder.' Hij klopt op zijn goede been om de hond naar zich toe te roepen.

Ze komt pas als we haar nog een paar keer hebben geaaid en rechtop zijn gaan staan.

'Hoe moeten we nu naar de familie Bickett lopen?' vraagt Emma.

'Linksaf aan het einde van dit pad en dan drie paden overslaan. Bij het vierde pad zie je het huis staan. Kan niet missen.'

'Dag!' roepen we.

Hij zegt niets, maar draait zich om en loopt weg.

Brownie blijft nog even op de grond zitten om ons na te kijken. Met haar kwispelende staart veegt ze een half rondje in het zand. Als een hond kon lachen zou ze dat nu doen. Ik weet niet waarom ik zo kwaad word omdat een hond zomaar zo blij kan zijn, maar het is zo.

'Zullen we morgen naar Orla Mae gaan?' zeg ik als Emma en ik weer bij de asfaltweg komen. 'Ik heb opeens geen zin meer.'

'Wat wil je dan gaan doen?'

'We kunnen beter teruggaan om te kijken of mama nog boos is,' zeg ik met een zucht.

'Hè bah...' zeurt Emma. Ze legt haar hoofd in haar nek en laat haar armen slap langs haar lichaam vallen. 'Daar heb ik geen zin in.'

'Ik ook niet, maar het moet.'

'Denk je dat we vanavond warm eten krijgen?' vraagt ze. 'Na wat er met die honing is gebeurd?'

'Hoe moet ik dat nu weten?'

Samen slenteren we over het asfalt en dan begint Emma opeens te praten, met een stem die heel oud klinkt. 'Hé, Carrie. Denk je dat mama me ooit net zo lief gaat vinden als jou?'

Ik denk van niet, maar als ik dat zeg wordt Emma vast heel verdrietig. Ik bedoel, ik denk dat je het zelf eigenlijk wel weet als je mama je niet zo lief vindt, maar het is natuurlijk niet leuk om dat uit de mond van je zus te horen.

'Ja hoor,' jok ik. Was het maar waar.

'Wat moet ik dan doen?'

'Wat?' vraag ik over mijn schouder.

'Hoe krijg ik mama zover dat ze mij lief gaat vinden?' vraagt ze.

Ik kan niets bedenken, dus daarom hou ik mijn mond. Omi zegt altijd dat je beter je mond kunt houden als je niets zinnigs weet te zeggen. Ik loop nog even door en dan kijk ik om naar Emma.

Ik zie haar nog net de laatste tranen van haar wangen vegen.

8

‘Sst!’ sist mama vanaf de andere kant van de keukentafel. ‘Straks maak je Richard nog wakker met al je geklets. Oké, kijk even wat ik heb opgeschreven. Tweehonderdvijftig min zevenennegentig. Hoe moet je dat uitrekenen?’

‘Mamaaa…’ zeur ik. ‘Dat is toch hartstikke makkelijk? Je leent een eentje bij de vijf en je maakt er vier van. Dan kun je van de nul een tien maken en daar moet je zeven van aftrekken. Dat is dus drie. Dan leen je een eentje bij de twee en maak je van de vier een veertien. Veertien min negen is vijf, en dan hou je een één, een vijf en een drie over. Het antwoord is dus honderddrieënvijftig. Makkelijk toch?’

Mama legt haar voorhoofd in haar handen en zwijgt, maar dan zegt ze met gebogen hoofd: ‘Caroline Parker, je wrijft als schuurpapier over mijn laatste restje zenuwen.’ Ze tilt haar hoofd op, waardoor ze er niet meer uitziet alsof ze zit te bidden. Aan haar ogen zie ik dat ze me al bijna is vergeten en weer in de wereld in haar hoofd wegkruipt.

Daarom praat ik vlug door, want nu is er nog een kans dat ze me hoort. 'Je hoeft alleen maar het papiertje te tekenen dat ik heb gedaan wat ik moest doen,' zeg ik.

Echt, Emma heeft het veel makkelijker dan ik, want zij heeft bijna geen huiswerk. Ze hoeft alleen maar een tekening van ons huis te maken met ons gezin ervoor. Daarna moet ze tellen hoeveel stoelpoten er in huis zijn. Dat is hartstikke makkelijk.

Mama steekt haar hand uit naar het papiertje van mijn juf. 'Geef maar hier,' zegt ze. Ze zet haar handtekening en dan ben ik klaar.

De Donford Elementary School is veel kleiner dan mijn oude school en er zitten ook veel minder kinderen op. Het nieuwe schooljaar is vier weken geleden begonnen. Emma en ik lopen elke ochtend naar de asfaltweg. Daar slaan we links af en dan wachten we voor het huis van Mr. Wilson op de bus. Of het nu regent of niet, Brownie zit elke dag op ons te wachten. Vanaf mijn plaats bij het raam op de tweede rij in de bus kijk ik naar Brownie, die zich omdraait en als een oude dame op haar houten poot terug hobbelt naar haar vaste plekje onder aan de verandatrap van Mr. Wilson, waar ze blijft liggen tot we na school weer thuiskomen. Mr. Wilson zegt dat ze het geluid van de bus herkent en al naar de weg loopt om op ons te wachten.

'Carrie Parker, let eens op. Ik zag dat je een briefje doorgaf. Deze keer zal ik je niet voor schut zetten door het hardop voor te lezen, maar de volgende keer ben ik niet zo aardig,' zegt juf Ricky.

Dit is wat ik had geschreven: 'Orla Mae, vind jij Johnny nou leuk of niet? Hij kijkt steeds over zijn schouder om erachter te komen. Zet een kruisje bij ja of nee.' Onderaan had ik twee hokjes getekend, eentje met ja en eentje met nee. Nu moet ik tot na de rekenles op haar antwoord wachten, want ik wil niet dat juf Ricky het afpakt en in de klas voorleest.

In de andere rij kijkt Orla Mae naar het plafond, maar ik weet niet of dat ja of nee betekent. Ik hoop dat het nee is, want ik vind Johnny ook leuk. Maar ja, zij kent hem al veel langer, dus zij was eerst...

'Goed, nu snapt iedereen hoe je een staartdeling moet maken,' zegt juf Ricky terwijl ze haar rekenboek dichtslaat. 'Als huiswerk moeten jullie som veertien en vijftien helemaal uitschrijven. Als jullie je werk niet aan me laten zien krijgen jullie een lager rapportcijfer voor huiswerk. Is dat duidelijk?'

'Ja, juf Ricky,' zeggen we allemaal.

De bel gaat en dan hebben we vrij.

'Nou? Vind je hem leuk?' vraag ik aan Orla Mae terwijl ik mijn boeken opstapel. Ik leg het grootste boek onder en het kleinste bovenop.

'En als ik nou eens ja zeg?' vraagt ze.

'Dus je vindt hem leuk! Ik wist het wel!'

'Dat zeg ik helemaal niet. Sst,' zegt ze vlug, omdat ze bang is dat Johnny ons kan horen als hij naar de lawaaierige echoënde gang loopt. 'Volgens mij vind jij hem zelf leuk.'

'Nietes!'

'Welles!'

'Wat is er?' Bij de buitendeur komt Emma naar ons toe. Ze komt er altijd bij als we midden in een gesprek zijn.

'Niets,' mompel ik in de hoop dat ze wegloopt. Nu ik vriendinnetjes heb vind ik er niets meer aan om mijn kleine zusje op sleeptouw te nemen.

In de bus gaan Orla Mae en ik naast elkaar zitten.

Emma gaat vlak achter ons zitten omdat ze in de gaten wil

houden wat we doen. Ze zit in haar eentje, want er zitten maar drie andere kinderen in de bus en die kunnen allemaal een eigen rij nemen. Orla Mae en ik zijn de enigen die naast elkaar zitten. De andere kinderen zijn Starlie Tilford – die best dicht bij het dorp woont maar net niet dicht genoeg om elke dag naar school te kunnen lopen – Will Lawson, de zoon van de baas van de houtzagerij, en Oren Weaver. Oren Weaver stinkt en moest een keer bij het schoolhoofd komen omdat hij in de pauze een stoel naar het hoofd van Coralie Coman had gegooid.

De papa van Orla Mae is ook een baas van de houtzagerij omdat zijn vader daar zijn hele leven heeft gewerkt. En ze had trouwens gelijk dat Richard een van de vervelendste banen heeft gekregen.

Richard gaat elke dag na het avondeten naar zijn werk. Tijdens het eten zeggen we geen woord, want je weet maar nooit waarvan Richard nog kwader wordt dan hij al is.

Mama komt nooit bij ons zitten. Ze maakt meestal het aanrecht schoon of ze geeft een schaal met groente door die Emma en ik niet lusten, maar die door Richard helemaal wordt leeggeschranst. Daarna maakt ze eten klaar dat hij kan meenemen naar de houtzagerij.

'Die rotzooi hoef ik niet,' zegt hij als hij ziet dat ze een blikje doperwten van een paar dagen geleden inpakt. 'Je weet best dat ik die stomme erwten niet lust. Geef me die groente van gisteren maar mee.'

'Die is op,' zegt mama zonder zich om te draaien. 'Ik kijk wel of er nog iets anders in de koelkast ligt.' Mama zegt ook niet veel. Haar oog is weer beter, maar haar arm doet nog steeds veel pijn. Het lijkt wel of ze er al een hele maand extra voorzichtig mee is, maar waarschijnlijk is het pas een week.

Op een ochtend kwamen we naar beneden en toen zat ze aan tafel. Haar rechteroog zat dicht en haar linkerarm was helemaal blauw met een snee in het midden. ('O, mama!' zei ik. 'Wat nou, "o mama". Er is niets aan de hand. Ik ben gestoken door een bij, nou goed? Eet je maisbroodjes op.') Ik wou dat haar arm beter werd, want Richard wordt elke keer kwaad als hij haar gezicht ziet vertrekken van de pijn als ze zich stoot of als ze iets met twee handen moet optillen.

Met zijn mes spiest Richard nog een stuk kip van de schaal in het midden van de tafel, en hij laat het op zijn bord vallen. 'Wat valt er te zien?' snauwt hij tegen mij.

Ik was vergeten dat ik tijdens het eten niet naar Richard mag kijken. 'Niks,' mompel ik tegen mijn bord.

'Had jij dat laatste stuk kip soms gewild?' vraagt hij met zijn mond vol. 'Mmm, lekker zeg.'

Ik had graag nog een stuk gewild, maar dat zeg ik natuurlijk niet. Mij niet gezien.

'Heb je nog honger?' vraagt hij.

'Nee,' lieg ik. Mijn maag rammelt nog steeds, want ik mocht van Richard vanavond alleen de kippenpoot hebben en het was een heel magere kip.

'Wat nou, "nee"?' zegt hij.

'Nee, Richard.'

'Juist. Zo hoort dat. Een beetje meer beleefdheid kan geen kwaad.'

Als hij al het vlees en de sappen van de laatste kippenbotjes heeft gekloven schuift hij zijn stoel naar achteren. 'Waar is mijn eten?' vraagt hij over zijn schouder aan mama. Hij drinkt zijn laatste slokje bier op en gooit het lege blikje op de grond om er hard op te stampen. Emma en ik schrikken ervan. Elke keer dat hij ons op die manier aan het schrikken maakt moet hij grinniken. 'Zo,' zegt hij, en dan boert hij heel hard. 'Dan moest ik maar eens gaan.' Hij pakt zijn pakketje eten uit mama's goede hand en gaat weg.

Natuurlijk heeft Richard ons niet zelf over zijn werk verteld. We hoorden het van de papa van Orla Mae toen we een keer bij haar waren. We krijgen een cent van hem voor elke tien stenen die we uit de voortuin halen.

'Je papa doet goed werk met dat roeren in het zaagsel,' zegt Mr. Bickett tegen ons.

We zitten op onze hurken de stenen in de drie stapeltjes te tellen. Ik moet goed opletten dat Emma er niet een of twee (of meer) uit mijn stapeltje pikt, maar ik wil weten of Orla Mae heeft gejokt dat het zaagsel zomaar in brand kan vliegen. Daarom kijk ik naar hem omhoog. Ik kijk hem natuurlijk niet recht aan, want anders wordt hij misschien wel kwaad, net als Richard.

'Gaat het zaagsel echt branden als niemand erin roert?' vraag ik terwijl ik zorg dat ik langs hem heen naar het bos kijk.

'Jazeker.' Hij knikt en spuugt het bruine sap van zijn pruimtabak in een bekertje dat hij tegen zijn onderlip houdt. 'Daarom heb ik de vorige roerder ook op staande voet ontslagen. Hij viel met de ijzeren stok in zijn hand naast de stapel in slaap. De stapel zaagsel was zo hoog dat je rechtop moest staan en je beide armen er tot aan de schouder in moest steken. Tja, eigenlijk hadden we de stapel niet zo hoog mogen laten worden. Dat is achterafpraat, ik weet het. Hoe dan ook, het is gebeurd en Chancey Dewalss lag als een blok te slapen toen de stapel in brand vloog. Het zaagsel vatte sneller vlam dan een kip voer kan oppikken.'

'Wat gebeurde er toen?' vraagt Emma. Ze houdt ook haar handen om haar stapeltje. Alsof ik ooit stenen van haar zou pikken!

'Chancey Dewalss kwam schreeuwend naar buiten rennen, half verbrand door de hete vlammen.' Hij spuugt weer wat bruin sap in zijn bekertje. 'We zijn de rest van die nacht met een hele ploeg bezig geweest om het vuur te blussen. Er is toen heel wat in vlammen opgegaan, reken maar. Vier kasten voor Asheville en dertien stoelen voor een familie in Raleigh. Ik heb geen idee waarom mensen dertien stoelen bestellen in plaats van twaalf of veertien, maar we zijn er dertien kwijtgeraakt. In een oogwenk. Na die brand duurde het even voor we weer iemand hadden gevonden die in het zaagsel kon en wilde roeren. Toen kwamen we bij jouw papa uit.'

'Stiefpapa,' zegt Orla Mae. 'Carries vader is doodgegaan toen ze nog heel klein was.'

'Het leven kan hard zijn.' Mr. Bickett geeft me een aai over mijn bol en haalt met zijn andere hand wat geld uit zijn broekzak. 'Dat vind ik heel erg voor je, meisje. Kijk eens, dit hebben jullie verdiend. Jullie hebben hard gewerkt, hoor. Bedankt.'

Ik krijg vier cent. Ik vind het heel fijn om de centen in het porseleinen spaarvarken te horen vallen dat ik in Asheville van omi heb gekregen. Ooit zat er een rubberen dopje in zijn buik om te zorgen dat het geld er niet uit valt, maar dat ben ik al heel lang kwijt dus nu zit er een stevig stuk plakband op het gat. Ik hoor de vier centen op het andere geld vallen.

Als Richard over het pad naar het huis met het gat in het dak wankelt zit er zoveel zaagsel in zijn haar dat het de kleur van sneeuw heeft. Wij maken ons net klaar om naar school te gaan, dus het is een beetje lawaaierig in huis. Mama roept dat we nog harder moeten opschieten.

'Ik kan je op de hele heuvel horen schreeuwen,' zegt Richard terwijl hij op de stoel in de kamer ploft.

Mama brengt hem een biertje uit de koelkast en ik maak een stapel van mijn schoolboeken. Maatschappij is het zwaarst, dus die leg ik helemaal onderop.

'Schiet op, maak dat je wegkomt.' Mama zorgt dat ze wat zachter praat. 'Ik zie je na school.'

'Dag mama,' zeggen we om de beurt terwijl we onze boterhammen voor tussen de middag uit haar goede hand pakken. Daarna rennen we de veranda af, langs de hordeur waar nog steeds geen nieuwe hor in zit.

'Jezus, moet je jezelf nu weer zien.' Ik hoor dat Richard mama er weer van langs geeft, maar daar kunnen wij nu niets aan doen. Brownie wacht op ons, en dat is het enige waaraan ik kan denken sinds ik vanochtend voor haar een restje vlees uit de koelkast heb gepakt. Ik neem wel vaker iets mee als mama niet kijkt.

Mr. Wilson staat samen met Brownie te wachten. 'Wat dacht je ervan om na school langs te komen om te leren schieten?' vraagt hij terwijl wij ons bukken om de hond te aaien.

'Schieten?' vraagt Emma.

'Ja, blikjes en zo. Heeft je pa je dat nooit geleerd? Tss,' zegt hij in zichzelf. Hij kijkt naar de plaats waar de asfaltweg over de heuvel verdwijnt. 'Kom na school maar langs, dan kun je het leren.'

'Maar we hebben nog nooit een geweer vastgehouden,' zegt Emma. Ik aai Brownie nog steeds over haar kop, maar Emma is daarmee opgehouden toen Mr. Wilson begon te praten.

'Maakt niet uit,' zegt hij. 'Ik leer je alles wat je moet weten. Doe maar wat ik zeg en kom na school maar naar mijn huis.'

'Ik weet niet,' zegt Emma terwijl ze met haar schoen in het zand tekent. 'Mama rekent erop dat we na school naar huis komen. We moeten klusjes voor haar doen.'

'Je hebt wel tijd voor een paar korte lesjes. Dat duurt niet lang.'

De bus komt eraan, dus ik raap mijn boeken van de grond en veeg het zand eraf zodat mijn arm niet vies wordt.

'Tot dan,' roep ik als Emma al op de eerste en hoogste tree is gestapt. 'Dag!'

Hij knikt en Brownie kwispelt met haar staart over het zand, zoals gewoonlijk.

'Volgens mijn papa zijn jullie een stelletje armoedzaaiers en nietsnutten.' Fred Sprague zegt het zo hard dat Emma stilstaat, en hij spuugt vlak achter haar op de grond.

Zijn vriendjes beginnen te lachen, dus daarom gaat Fred door. 'Jullie denken dat je heel wat bent omdat jullie uit het oosten komen, maar jullie hebben geen nagel meer om je gat te krabben,' zegt hij.

'Haar vader kan krabben met zijn stok, de stok waarmee hij in het zaagsel moet roeren!' zegt Lex Hart. 'Maar hij is zo'n dronkenlap dat het nooit lang kan duren voordat er weer brand uitbreekt, misschien nog wel erger dan de brand van Chancey Dewalss!' Hij slaat op de rug van Fred, die zijn buik vasthoudt van het lachen alsof hij in een toneelstuk speelt.

'Dat neem je terug. Anders krijg je er spijt van,' sist Emma tussen haar tanden. Ze spuugt niet terug, maar het is wel duidelijk dat ze ontzettend kwaad is.

'O ja? Waarom dan?' treitert Fred.

'O, nou word ik bang,' zegt Lex. 'Ik plas bijna in mijn broek.'

'Neem het terug,' zeg ik. Ze hebben geen idee met wie ze te maken hebben.

Nog voordat ze iets kunnen zeggen of doen valt Emma als een dolle stier aan. Met haar beide vuisten probeert ze Fred en Lex te stompen. Fred valt op de grond met Emma's handen om zijn hals, en Lex is zo verbaasd dat hij vergeet dat hij haar van zijn vriendje af moet trekken. Als hij uiteindelijk zijn hand uitsteekt draait Emma haar hoofd om om hem heel hard te bijten.

'Au!' gilt hij, schuddend met zijn hand. 'Ze heeft me gebeten!'

'Haal haar van me af!' schreeuwt Fred. Hij probeert haar van zich af te duwen en zijn gezicht te beschermen.

Emma haalt nog steeds met volle kracht uit.

Om haar te helpen ga ik achter Lex staan om hem achteruit te trekken. Daar krijg ik spijt van, want hij draait zich om en stompt me zo hard in mijn buik dat ik moet loslaten. Ik val op mijn knieën en hap naar adem als een hond die stroop in zijn bek heeft. Als ik naar Emma kijk zie ik dat haar hand bloedt. Het is eigenlijk heel raar: Emma tekent met haar rechterhand, maar ze slaat met haar linkerhand. Haar linkerhand is nu helemaal rood.

'Zo,' zegt ze. Ze laat Fred los, staat op en veegt het zand van haar bloes. 'Ik heb het voor je teruggenomen.' En dan loopt ze weg zonder ook maar één keer om te kijken naar Fred, die haar nastaart door het oog dat niet dichtzit. Ze kijkt zelfs niet eens meer naar haar hand.

Ik wou dat ik kon doen of ik die stomp in mijn buik niet voelde, maar ik voel hem elke keer als ik ademhaal.

Ik ren als een mankepoot, maar uiteindelijk haal ik haar toch in. 'Je krijgt vast straf,' zeg ik.

'Kan me niet schelen.' Ze maakt een snuivend geluid. 'Jij deed trouwens ook mee, dus jij krijgt ook straf.'

'Waarom neem je het op voor Richard? Wat maakt het jou nou uit wat ze over hem zeggen?'

'Het ging niet over hem,' zegt Emma. 'Ze hadden het over ons.'

'Toch krijg je straf.'

Emma haalt haar schouders op en loopt door. 'Jij ook.'

Als de bus die middag voor het huis van Mr. Wilson stopt is Emma's vechthand heel dik, wel twee keer zo groot als de andere.

We kijken er allebei naar.

'Je hebt zeker geen zin om vandaag te leren schieten,' zeg ik.

'Jawel. Ik doe het trouwens toch met de andere hand,' zegt ze.

'Kweenie...' zeg ik. 'Laten we maar tegen hem zeggen dat we naar huis moeten. Dat vindt hij vast niet erg.' Dat is een smoesje, maar ik heb zelf geen zin meer om te schieten.

'Kom nou meeee,' zeurt Emma, alsof ik haar mama ben in plaats van haar zusje. Ze stapt van de laatste tree en aait Brownie met haar goede hand. Ze houdt haar dikke hand achter haar rug voor het geval Mr. Wilson ook naar ons toe komt lopen.

'Kom, we gaan naar huis,' zeg ik. 'Hij is er niet eens.'

We zien hem echt niet, dus daarom lopen we over de weg naar het bospad van nummer tweeëntwintig. Emma haalt diep adem en loopt dan achter me aan.

Vlak voor het huis staat een pick-up die we nog nooit hebben gezien.

'Wie is dat?'

Emma zucht en schudt haar haren naar achteren. 'Mrs. Sprague.'

'Hoe weet je dat?'

'Kan niet missen.' Ze zucht weer.

'Zullen we teruggaan naar Mr. Wilson? Dan wachten we daar tot ze weggaat en dan sluipen we naar huis als de pick-up weg is. Kom mee.'

'We krijgen toch op onze kop,' zegt ze terwijl ze naar het huis met het gat in het dak loopt. 'Ik kom straks weer naar buiten, en dan gaan we wel naar Mr. Wilson.'

'Weet je het zeker?' Ik ben stomverbaasd dat ze straks nog wil leren schieten als ze er nu vreselijk van langs krijgt. Toch blijf ik buiten op haar wachten.

'Wel, wel, wel,' zegt mama als we de trapjes vóór de pick-up op lopen. 'Heb je nog iets te zeggen voordat ik je ervan langs geef met de riem?'

Ik kan Emma's stem niet horen, maar ik hoor mama luid en duidelijk.

'Nou en óf je zegt dat het je spijt, verdomme! Als je dat niet doet krijg je tien extra klappen!'

Daar moet ik niet aan denken. 'Het spijt me,' zeg ik zo hard ik kan zonder diep adem te halen.

Emma praat zo zachtjes dat ik haar niet kan horen, maar algauw stapt Mrs. Sprague weer in de pick-up. Fred klimt aan de andere kant in de auto en de motor komt sputterend op gang.

Mama en Emma zijn verdwenen als de pick-up wegrijdt. 'Hier komen!' roept mama vanuit het huis. 'Kun je je nou verdomme nooit eens gedragen als ik er niet bij ben? Nou?'

Het geluid van de riem die door de lucht snijdt op weg naar blote huid is waarschijnlijk het allerergste geluid van de hele wereld. Ik denk dat we vannacht op onze buik moeten slapen.

Ik mag eerder naar buiten dan Emma, maar uiteindelijk komt zij ook door de hordeur. Ze loopt met voorzichtige stapjes naar me toe en dan nemen onze voeten ons mee terug naar de asfaltweg en het huis van Mr. Wilson.

'Ik snap er geen sikkepit van dat koters tegenwoordig niet meer leren om op blikjes te schieten,' zegt Mr. Wilson. 'Je kunt een klein kind toch al uitleggen hoe dat moet?'

'Ik ben pas acht, Mr. Wilson,' zeg ik. 'Mijn zusje is pas zes. We zijn toch nog klein?'

Hij schudt zijn hoofd en loopt naar het hek om de blikjes een-twee-drie naast elkaar te zetten.

Emma kijkt vanaf een afstandje toe omdat haar billen zo pijn doen dat ze gloeien. De mijne ook, maar ik ben ouder. Ik heb er veel meer ervaring mee.

'Zo.' Hij spuugt op de grond en pakt zijn geweer. 'Ik zal je laten zien hoe het moet en dan gaan we het geweer beter bekijken.' Hij zet het geweer tegen zijn schouder en pang! Hij schiet al voordat hij mij heeft gewaarschuwd. Het is zo'n harde knal dat ik het gevoel heb dat mijn hoofd in tweeën barst.

'Ga eens kijken of ik iets heb geraakt,' commandeert hij. Hij praat een beetje hard, dus ik denk dat zijn oren ook piepen.

De eerste twee blikjes staan nog op het hek, maar het derde ligt op de grond. Ik moet tussen de onderste spijlen door klauteren om het te pakken.

'U hebt hem geraakt!' roep ik. Midden in het verfrommelde blikje zit een groot gat van de kogel en ik kijk erdoorheen alsof het een verrekijker is.

Brownie snapt waarschijnlijk ook dat hij het goed heeft gedaan, want ze begint weer in het stof te kwispelen.

'Kom maar terug, dan doe ik het nog een keer,' zegt hij.

Ik klim weer door het hek en ren over het zand en de stenen naar hem toe voordat hij het geweer weer tegen zijn schouder zet. Deze keer ben ik zo slim om mijn handen tegen mijn oren te houden.

Pang! Pang!

Ik ren weer naar het hek en ja hoor, hij heeft de blikjes allebei geraakt. Als ik ze opraap zie ik weer twee gaten in het midden zitten.

'Wauw!' zeg ik. 'Mag ik ook eens? Mag ik ook eens?'

'Tuurlijk,' zegt hij. 'Maar eerst moet je respect voor het geweer aanleren. Respect betekent dat je moet leren hoe het in elkaar zit. Mijn pa heeft mij alles uitgelegd, en nu leg ik het uit aan jou. Het is niet moeilijk, maar je moet goed opletten, hoor je?'

'Ja, Mr. Wilson,' zeg ik.

'Dit is het magazijn.' Hij steekt het geweer naar me uit alsof er een handdoek over zijn handen ligt. 'Er zitten nu geen kogels in, dus je kunt het rustig vasthouden. Heel goed, heel voorzichtig. Met respect. Je richt de loop nu op mij, maar dat mag je nooit meer doen. Het is gevaarlijk om op iemand te richten. Richt maar op het hek als ik tegen je praat, want anders is de les voorbij. En dit is... Leg je vinger hier maar op... Goed zo. Dat is de vergrendeling. Die moet eraf als je wilt schieten. Als hij er eenmaal af is weet de kogel dat hij bijna wordt afgevuurd. En dit... Nee, leg je vinger er maar op. Goed zo. Dat is de veiligheidspal. Die is belangrijk als de vergrendeling er per ongeluk af gaat. Als je de veiligheidspal opzijschuift kun je schieten. En dit is het allergevaarlijkste stukje van het geweer: de trekker. Je hebt dus een vergrendeling, een veiligheidspal en een trekker. Die heb je allemaal nodig om te schieten. Laat je vinger maar eens over de trekker glijden. Goed zo. Je hebt een heel natuurlijke houding. Mooi. Die is lastig aan te leren. Je hebt het of je hebt het niet. Nu moet je de achterkant tegen je schouder zetten. Nee, een beetje meer naar die kant... Goed zo. Voel je hoe zwaar het is? Dit is een van de zwaarste geweren die er zijn. Mijn pa heeft er heel wat herten mee geschoten, en ik schiet er in het jachtseizoen om de paar weken eentje bij. Zo. Laat het geweer nu maar zakken en geef het aan mij. Ik denk dat we nu wel een kogel in het magazijn kunnen stoppen. Kijk, ik kan het zo openklikken en een kogel naar binnen laten glijden. Zie je hoe makkelijk dat gaat? Prima. Dan klik ik het geweer weer dicht en is de kogel op het doel gericht. Zet het geweer maar weer tegen je schouder.'

'Ga ik nu schieten?' Ik ben een beetje misselijk. Het geweer lijkt nog veel zwaarder nu er een kogel in zit, al weegt die kogel bijna niets.

'Ja, je gaat op het hek schieten. Maar eerst moet je het geweer teruggeven, en dan zet ik de blikjes voor je klaar.'

Ik geef hem het geweer en hij loopt naar het hek. Bij elke stap zwaait hij zijn houten been langzaam een stukje naar voren.

Een, twee, drie blikjes worden boven op het hek gezet.

Als hij terugkomt gaat hij achter me staan en geeft hij me het geweer over mijn hoofd aan. 'Oké, nu goed onthouden wat ik heb gezegd,' zegt hij. 'Kijk maar met je oog door het vizier, dit gedeelte. Als het blikje precies in het midden van de twee lijntjes staat, is het goed. Dan mag je de veiligheidspal eraf halen en je vinger om de trekker krommen.'

'Ik vind het eng...'

'Terecht,' klinkt zijn stem achter me. 'Ik zou het juist eng vinden als jij het niet eng vond. Angst en respect, dat hoor je te voelen als je een geweer in je handen hebt. Dat is heel normaal. Ben je er klaar voor? Zorg dat je dat blikje in het midden van die twee lijntjes hebt en haal dan de trekker over...'

Pang!

Het geweer slaat zo hard tegen mijn schouder dat ik gil en het geweer op de grond laat vallen.

Brownie kijkt naar het geweer en dan naar haar baas.

Mr. Wilson spuugt op de grond en schuift zijn houten been opzij zodat hij kan bukken om het geweer op te rapen.

'Het spijt me.' Ik zet een stap opzij, klaar om de benen te nemen als hij kwaad wordt. 'Het spijt me heel erg, Mr. Wilson. Ik wilde het niet laten vallen, maar het deed zo'n pijn aan mijn schouder dat ik het wel moest laten vallen. Het spijt me heel erg dat ik–'

'Kalm aan, meisje.' Hij klopt me zachtjes op mijn haren. 'Je maakt meer drukte dan die oude hond rond etenstijd. Het geeft niet dat je het hebt laten vallen. Ik had moeten zeggen dat de terugslag pijn doet. Zelf voel ik het niet meer. Je hebt het heel goed gedaan. Wat is dat nu? Tranen? Je bent toch geen watje? Ik verdoe mijn tijd toch niet aan een watje? Hou op met huilen, het is niet erg, zeg ik je.'

Ik snotter en veeg mijn neus af met mijn klamme handen, die naar rook en ijzer ruiken.

'Pak het geweer vast,' zegt hij. Hij wil het weer aan me geven, maar ik schud mijn hoofd. Ik wil het niet meer.

'Wat? Nog een keer? M-maar ik heb het op de grond laten vallen,' zeg ik snikkend. 'Ik had er geen respect voor.' Mijn schouder doet trouwens ook hartstikke zeer, maar ik wil niet dat hij me een watje vindt. Daarom zeg ik dat er niet bij.

'Pak dat geweer vast,' bromt hij. 'Je zult het nooit leren als je bij je fouten blijft stilstaan. Bovendien is een van de blikjes gevallen, en volgens mij weten we allebei wat dat betekent.'

Ik knijp met mijn ogen en hij heeft gelijk! Ik heb het blikje geraakt!

'Rustig, rustig,' bromt Mr. Wilson.

Brownie denkt dat hij het tegen haar heeft en begint heel hard te kwispelen.

'Denk erom, nu weet je dat je weer een flinke klap krijgt, maar nu laat je het geweer niet los. Laat je schouder maar naar achteren duwen. Verzet je niet, dan doet het een stuk minder pijn. Je weet wat je kunt verwachten. Kijk maar weer door het vizier naar het blikje. Heb je er eentje in het midden van de lijntjes? Goed zo. Nu ben je klaar om de trekker over te halen. Kijk maar wanneer je wilt vuren.'

Pang!

Deze keer voel ik een scherpe pijn in mijn nek, maar als ik mijn ogen opendoe heb ik het geweer nog in mijn handen.

Mr. Wilson fluit zachtjes en Brownie staat op om naar het hek te hobbelen, alsof ze weet dat dit mijn laatste schot is. Nou, dat is ook zo. Als ik nog een keer schiet valt mijn hoofd misschien wel van mijn hals, zoveel pijn doet het.

'Krijg nou wat.' Mr. Wilson fluit nog een keer en roept dat ik naar het hek moet komen. 'Kom eens hier, meisje. Kom eens kijken wat je hebt gedaan.'

Er staat nog maar één wiebelend blikje op het houten hek. De andere twee liggen op hun kant op de grond. In de blikjes zie ik twee nieuwe kogelgaten zitten, vlak onder de gaten die hij heeft gemaakt.

'Volgens mij hebben we hier een schutter, wat jij, Brownie?' Hij aait de hond over haar kop alsof zij dat tweede blikje van het hek heeft geschoten. Hij fluit nog een keer.

'Heb ik ze allebei geraakt?' Ik zie ze wel, maar ik kan het niet geloven.

'Allebei, watje.'

'Ik ben geen watje!'

Zijn lach klinkt als een tokkende kip en hij spuugt weer op de grond. 'Straks moet ik je zeker Annie Oakley noemen!' Hij lacht weer. 'Loop maar met me mee naar huis, dan gaan we die kruitlucht van je handen wassen. Anders krijg ik nog ruzie met je mama, en ik wil geen ruzie met de mama van een watje!'

Ik ben zo trots dat ik bij mijn eerste les twee blikjes van het hek heb geschoten dat mijn schouder al veel minder pijn doet. 'Mag ik morgen weer?'

'We zullen zien.' Grinnikend loopt hij naast me. 'We zullen zien.'

'Toe. Ik móét morgen weer oefenen,' zeg ik. 'Mag het, Mr. Wilson?'

'We zullen zien, dat zei ik al,' zegt hij. 'Hup, naar binnen.'

Ik trek de hordeur open alsof ik hier woon. Het is niet makkelijk om meteen naar de keuken te lopen, want zijn hele kamer staat vol met stapels papier. Er loopt een pad tussen de stapels door zodat je nergens overheen hoeft te stappen, maar soms kun je het pad niet goed zien omdat er geen licht binnenkomt. Nu weet ik waarom Mr. Wilson altijd buiten op zijn veranda zit. Hij heeft geen stoelen, bijna helemaal geen meubels! Hij heeft alleen maar stapels en stapels kranten, tijdschriften en volgeschreven vellen wit papier. Wat zou hij in de winter doen als het te koud is om buiten te zitten?

'Er ligt een stuk zeep bij de kraan,' roept hij. Aan de dichtslaande hordeur hoor ik dat hij nu ook binnen is. 'Spoel ook maar meteen het bloed van je handen.'

Ik kijk omlaag. Er zit bloed op mijn hand en een beetje opgedroogd bloed op mijn arm. Als ik mijn hals draai en op mijn schouder kijk, zie ik dat het geweer een sneetje heeft gemaakt op de plaats waar mijn schouder aan mijn hals vastzit. Als mama hoort wat ik heb gedaan vermoordt ze me. Ze zeurt altijd dat Richard 'dat rotding moet opbergen' als hij zijn geweer pakt. Emma en ik mogen nooit in de buurt van het geweer komen, zelfs niet als hij het uit elkaar haalt om het schoon te maken.

De kraan piept heel hard als ik aan de knop draai, en ik moet hem heel ver opendraaien omdat er eerst geen water uit komt. Als het uiteindelijk tóch begint te stromen heeft het de kleur van roest. Ik wacht even of die kleur weggaat, maar het water blijft bruin. De zeep die ik van Mr. Wilson moet gebruiken is een bruin vierkant blok. Ik weet niet of de zeep van zichzelf bruin is of dat hij vies is geworden, maar het maakt niet uit, ik gebruik hem toch. Ik wrijf de zeep tussen mijn handen tot hij gaat schuimen en veeg het schuim dan over mijn handen en het deel van mijn armen dat ik boven de gootsteen kan houden. Er hangt alleen maar een oude lap bij de kraan, waarmee ik mijn handen afdroog. Ik zorg ook dat ik al het bloed van mijn schouder veeg, want anders wordt mama heel kwaad. Soms zegt ze helemaal niets als ik me pijn heb gedaan of als ik heb gevochten, zoals op mijn oude school, maar ik kan zien dat ze vanbinnen heel kwaad wordt. Dan draait ze zich langzaam om en klemt ze haar lippen op elkaar. Dat is mama's manier om héél erg boos te worden.

'Vertel eens wie dit heeft gedaan, dan ga ik eens een hartig woordje met ze spreken.' Papa stond met zijn handen op zijn heupen, precies op de plaats waar hij zijn riem netjes door de lusjes van zijn broek had gehaald. 'Toe maar. Vertel je papa maar wat er is gebeurd.'

'D-dat... kan... ik... niet... zeggen,' zei ik tussen het huilen door. 'Dat... mocht... niet.'

'Het zijn lafaards, daarom hebben ze dat tegen je gezegd,' zei papa. 'Hou die zak diepvrieserwtjes maar tegen je oog en kom even bij me zitten. Wat is er nu precies gebeurd?'

Het was lekker om de koude zak tegen mijn oog te houden.

'Maak je toch niet zo druk,' zei mama vanuit de keuken. 'Dit overleeft ze wel, hoor. Hoe moet ze nu ooit van zich af leren bijten als jij haar zo betuttelt?'

'Hou op, Lib. Onze dochter heeft een blauw oog en ik ga de dader ervan langs geven,' zei papa. 'Vertel nu eens, moppie.'

Hij veegde mijn haar uit mijn gezicht, dat aan mijn wangen plakte omdat het nat was geworden van het huilen. Toen ik uit school kwam plakte er zoveel haar aan mijn gezicht dat het wel leek of ik door een spinnenweb was gelopen. Hij veegde het zachtjes achter mijn oren, precies zoals ik het fijn vond.

'Ze zeiden dat ik gek was en noemden me Carrie Getverderrie,' zei ik. Ik haalde de zak met erwtjes even van mijn gezicht, want als ik hem te lang tegen mijn blauwe oog hield ging dat ook weer pijn doen. 'En toen...' Ik moest weer snikken. 'Toen zeiden ze dat ze me na school in elkaar zouden slaan.' Snotter. 'Toen ik uit de achterdeur kwam en naar de schoolbus wou lopen stonden ze op me te wachten.'

'Wie?' Papa's stem klonk zacht als een tortelduif die tegen haar jonkies koert. 'Wie stond er op je te wachten?'

'Tommy...' Snik. 'Bucksmith. En Floyd Cunningham. Ik weet niet wie er verder nog meer bij waren.'

'Wie heeft je dat blauwe oog geslagen?'

'Dat weet ik niet.' Dat was echt zo, want toen ze me sloegen keek ik naar mijn boeken, die op de grond lagen.

'Maak je toch niet zo druk!' Mama kwam in de deuropening staan en kneep haar lippen strak samen.

'Ik ga naar de familie Cunningham en naar de familie Bucksmith,' zei papa. Hij stond op en wreef de vouwen uit zijn broek, die erin waren gekomen toen hij naast me was komen zitten. 'Kijk me niet zo aan, Libby Culver. Iemand die een klein meisje slaat is een lafaard.'

Toen papa wegging was het heel stil in huis. Het enige geluid kwam van de rammelende erwtjes als ik de diepvrieszak op een ander plekje op mijn gezicht legde.

Mama bleef in de keuken en ik bleef in de kamer, naast de afdruk in het kussen waar papa had gezeten.

Toen ik die avond in bed lag rook ik opeens de geur van nieuwe vloerbedekking en kreeg ik een kus op mijn voorhoofd.

'Ik heb ze eens goed de waarheid gezegd, moppie,' fluisterde hij, weer zachtjes over mijn haren aaiend. 'En vergis je niet, mama was net zo boos op die jongens als ik. Ze laat haar boosheid gewoon op een andere manier zien.'

'Waarom ben je zo laat?' Mama neemt een trek van haar sigaret en blaast de rook recht in mijn gezicht. 'Het is hier geen eethuis waar je zomaar kunt binnenlopen om eten te bestellen wanneer je er zin in hebt. We hebben al gegeten. Zoek in de keuken maar iets te eten voordat je aan je huiswerk begint. Denk maar niet dat ik iets voor je klaarmaak. Als je te laat thuiskomt moet je het zelf maar uitzoeken. Echt, Carrie Parker, je wrijft als schuurpapier over mijn laatste restje zenuwen.' De rook van haar sigaret kringelt als een pluimpje omhoog. Twee sliertjes rook blijven even boven haar hoofd hangen, waardoor het lijkt of ze hoorntjes heeft.

Emma loopt meteen door naar onze kamer en ik weet wel waarom. Soms, als mama heel kwaad is geweest en ons met de riem heeft geslagen, wordt ze weer kwaad zodra ze ons ziet binnenkomen. Dan weet ze weer waarom ze eigenlijk zo kwaad was en dan begint ze weer te schreeuwen. Dat risico wil Emma niet lopen, en dat snap ik wel.

Ik ben dol op de kleur van het drankje waarvan mama kleine

slokjes neemt. Het is oranje als een katoog, maar als ze dat drinkt kun je maar beter doen wat ze zegt.

‘Hup, schiet op,’ zegt ze. Ze gebaart met haar hoofd dat ik naar binnen moet lopen.

‘Mama?’

‘Ja?’

‘Vind je het fijn om hier te wonen?’

Ze neemt nog een slok uit haar glas en brengt haar sigaret naar haar mond. Ze wacht een paar tellen voordat ze een trek neemt en kijkt nog steeds naar het bos. Dan neemt ze een trek en blaast ze alle rook uit. ‘Soms heeft een mens geen keus,’ zegt ze terwijl de dunne rook van haar weg kringelt. ‘Dan heeft het geen zin om na te denken of je iets fijn vindt of niet. Sommige dingen kun je niet veranderen.’

‘Blijven we hier altijd wonen?’ vraag ik.

Ze houdt haar arm even stil voordat ze hem weer op de leuning van de rafelende rieten stoel legt. Ik zie dat ze haar hoofd schuin houdt terwijl ze daarover nadenkt.

‘Libby!’ Richards stem breekt door de stilte tussen ons.

Ze trapt haar half opgerookte sigaret uit en zet haar glas onder haar stoel. ‘Ga jij je huiswerk maar maken,’ zegt ze terwijl ze me opzij duwt en het huis met het gat in het dak in loopt. ‘Ik kom, Richard. Ik kom.’ Haar stem klinkt steeds verder weg.

Ik kijk naar de plaats waar mama net naar staarde en ik zie dat ze het oude houten vogelhuisje heeft opgehangen. Dat heeft papa vroeger gemaakt, lang voordat ik werd geboren. Daarmee heb ik antwoord op mijn vraag.

Ik loop naar onze slaapkamer, waar Emma op haar buik ligt te tekenen. Ze zal voor school wel weer een tekening moeten maken.

‘Hoi,’ zeg ik.

‘Hoi.’ Aan haar stem hoor ik dat de striemen nog erger pijn doen dan vanmiddag.

‘Wat ben je aan het doen?’ Ik trek mijn bloes over mijn hoofd om mijn pyjama aan te trekken.

‘Aan het tekenen.’ Ze gaapt en komt wat dichterbij om me iets te vragen. Ik weet dat die vraag haar al dwarszit sinds we bij Mr. Wilson weggingen. ‘Hoe komt het dat jij zo goed kunt schieten?’

Ik haal mijn schouders op, maar stiekem ben ik heel trots op mezelf.

‘Hoe deed je dat?’ probeert ze nog een keer.

‘Geen idee.’ Dat is ook echt zo.

‘Wie is Annie Oakley?’ Ze houdt haar hoofd schuin. Ze lijkt heel veel op mama als ze dat doet. Dat is me nog nooit eerder opgevallen.

‘Weet je niet wie Annie Oakley is? Echt niet? Dat is de cowgirl die beter kon schieten dan alle mannen. Ze leefde in het wilde Westen of zoiets. Ze droeg leren rokken met franjes aan de zoom en bijpassende leren jasjes met franjes aan de mouwen. Ze had ook altijd een doek om haar nek, en ze was de snelste schutter van het wilde Westen.’

‘Jij hebt helemaal geen franjes aan je rok en mouwen.’ Ze zegt het een beetje boos, alsof ze denkt dat ik jok.

‘Wat?’ zeg ik. ‘Dat zeg ik toch ook niet?’

‘Mr. Wilson noemt je Annie Oakley,’ zegt Emma. ‘Maar jij hebt helemaal geen franjes.’

‘Het is een bijnaam,’ zeg ik. Jeetje, dat ze dat niet snapt. ‘Hij bedoelt heus niet dat ik echt op Annie Oakley lijk. Jemig.’

‘Zullen we morgen weer gaan? Dan kan ik het ook eens proberen.’

Ik denk erover na en trek mijn pyjamabroek aan. Het doet al pijn in mijn schouder om het elastiek over mijn voeten en naar mijn knieën te trekken.

'Ik weet het niet,' zeg ik. 'We zullen zien.'

Ik zeg niet graag nee tegen een zusje met rode striemen op haar billen.

'Mr. Wilson, waarom bewaart u al die oude kranten?' vraag ik. Ik sta te kijken terwijl hij drie kogels uit een versleten kartonnen doosje schudt. Hij laat het doosje vallen als hij er drie heeft gepakt, en er rollen een paar kogels over de grond. Vlug ga ik op mijn knieën zitten om ze op te rapen.

'Waarom ben jij zo nieuwsgierig?' Hij laat de eerste kogel in het ronde gaatje glijden. 'Ik mag toch zeker zelf weten wat ik in mijn huis bewaar?' Het magazijn klikt, draait en maakt plaats voor de volgende kogel.

'Ik ben niet nieuwsgierig, ik vroeg het me gewoon af,' zeg ik. Met mijn voet duw ik het doosje kogels opzij zodat we er tijdens de schietles niet op trappen. 'Ik heb nog nooit zoveel kranten bij elkaar gezien.'

'Zo, vandaag moet je maar eens bewijzen dat gisteren geen beginnersgeluk was,' zegt hij. Hij wenkt dat ik voor hem moet komen staan en geeft me het geweer weer over mijn hoofd aan. Ik hou mijn adem in van de pijn als ik de achterkant tegen mijn schouder voel, maar gelukkig kan ik weer gewoon ademhalen als ik het goed vastheb.

'Doet pijn, hè?' Mr. Wilson spuugt naast me op de grond en ik begrijp dat hij mijn gezicht zag vertrekken. 'Maak je maar geen zorgen, straks voel je dat niet meer. Ga maar op je hurken zitten, dan zit je stevig. Goed zo. Onthou dat het blikje precies op de kruising van de lijntjes moet staan. Daarna kun je de trekker overhalen.'

Mijn arm trilt omdat het geweer zo zwaar is. Het lukt me niet om het blikje op de kruising van de streepjes te houden. 'Het gaat niet.' Ik zet de achterkant van het geweer op de grond om mijn armen even rust te geven. 'Het is te zwaar. Het gaat niet.'

'Wacht maar even,' zegt hij. 'Laat het bloed maar terug naar je vingertoppen lopen en probeer het dan nog een keer.'

'Het geweer is zwaarder dan gisteren.'

'Nee hoor, meisje, dat lijkt maar zo. Je armen zijn vermoeider dan gisteren. Nou, probeer het nog maar eens een keer. Leg het geweer maar tegen je schouder.'

Ik haal de trekker over zodra het blikje op het middelpunt tussen de lijntjes staat, maar ik doe het te snel. Mijn armen zijn heel moe en het geweer glijdt na het schot zomaar weer op de grond. Deze keer ben ik bang dat ik doof ben geworden van de knal.

'Wat krijgen we nou?' zegt hij. 'Raap dat geweer op, meisje. Je zou het toch niet meer uit je handen laten vallen? Veeg het zand er goed af en geef het dan maar aan mij. Goed zo.'

De tranen prikken in mijn ogen.

'Nee toch. Komen de waterlanders nu weer?' Hij slaat zijn ogen ten hemel. 'Ben je het nu nog niet beu om een watje te zijn? Veeg je neus af en let op, dan zal ik het nog een keer voordoen.' Hij legt het geweer tegen zijn schouder, kijkt met samengeknepen ogen door het vizier en haalt dan de trekker over. Het gaat allemaal heel snel. Zo goed wil ik ook leren schieten. Er klinkt een knal, en dan nog een. Ik hoef niet eens naar het hek te rennen om te weten dat er twee blikjes over de grond rollen, allebei met een nieuw kogelgat erin.

'Kan ik dat ook leren?' vraag ik.

Hij hobbelt naar het hek om de blikjes op te rapen. 'Jazeker, als je je koppie er maar bij houdt en geen domme fouten maakt.' Bij elke stap zwaait hij zijn houten been weer voor het goede been uit. 'Je moet je schouder een beetje trainen. Hem steviger maken. Een huis is niets waard als het niet op een stevige ondergrond is gebouwd.'

'Hoe moet ik nu trainen als ik het geweer niet eens kan optillen?'

Hij schudt zijn hoofd en spuugt op de grond. Daarna haalt hij zijn schouders op. Zijn hele overall schudt mee, omdat hij heel los om zijn lichaam hangt.

'Mag ik nog eens?'

'Waarom denk je dat je armen het nu wel kunnen? Het vorige schot is pas vijf minuten geleden.'

Nu haal ik mijn schouders op, en hij begint te lachen. Nou ja, het klinkt meer als kakelen.

'Goed dan,' zegt hij. Hij gaat achter me staan en ik steek mijn armen omhoog om het geweer over mijn hoofd aan te pakken. 'Onthou goed...'

'Jaaa, ik weet het,' zeg ik zuchtend. 'Zorg dat het blikje in het midden van de streepjes staat en schiet als je hem goed in beeld hebt.'

Mijn armen trillen, maar deze keer moeten ze van mijn hersens ophouden en dat lukt bijna – in elk geval lang genoeg om het blikje mooi in het midden van de streepjes te krijgen.

Pang!

Mijn mondhoeken krullen al omhoog voordat ik de achterkant van het geweer op de grond zet, zoals Mr. Wilson altijd doet. Ik weet dat ik het blikje heb geraakt. Ik weet het gewoon zeker.

Hij tikt zachtjes op mijn hoofd. 'Ga maar eens kijken of je het goed hebt geraakt,' zegt hij.

Ik duw de loop van het geweer naar hem zodat hij het kan vasthouden en ren naar het hek. Ja hoor! Ik heb het midden van het blikje geraakt.

'Hoe oud ben je ook alweer?' vraagt hij.

'Acht, Mr. Wilson.'

'Heb je echt nog nooit eerder geschoten?'

'Nee.'

'Heeft je papa een geweer?'

'Mijn papa is dood,' leg ik nog een keer uit. 'Mijn stiefpapa heeft een geweer, maar dat heb ik nog nooit aangeraakt.'

Hij krabt onder zijn kin, net als in een verhalenboek, maar in boeken is het meestal de schurk die onder zijn kin krabt als hij iets naars voor zijn slachtoffer bedenkt. Volgens mij is Mr. Wilson geen schurk. 'Hm,' bromt hij, meer tegen zichzelf dan tegen mij. 'Dan moet ik eens goed nadenken hoe we nu verdergaan.'

'Mag ik volgende keer weer schieten?'

'Ja hoor. Maar als je de leuke klusjes wilt, moet je de vervelende klusjes ook doen. Je moet leren hoe je een geweer moet onderhouden. Als jij goed voor je geweer zorgt, zorgt het geweer goed voor jou.'

'Dat snap ik niet.'

'Kom mee,' zegt hij met een zucht. 'Dan zal ik je laten zien wat ik bedoel.'

Ik weet nooit zo goed wat ik moet doen als ik met Mr. Wilson meeloop. Ik kan veel harder lopen dan hij, maar volgens mij vindt hij dat niet leuk, dus daarom blijf ik schuin achter hem lopen en doe ik net of ik zelf in slow motion wil bewegen.

Achter zijn huis staat een schuur die me nog niet eerder is opgevallen. Hij ziet eruit alsof hij van roestig blik is gemaakt, net als de doelen waar we op schieten. Door twee metalen ogen aan de dubbele deuren zit een ketting met een heel groot hangslot eraan.

Hij haalt een rammelende bos sleutels uit de zak van zijn overall en zoekt tot hij een klein sleuteltje heeft gevonden. In zijn grote ruwe handen ziet het er een beetje nep uit. De handen van Mr. Wilson lijken wel softbalhandschoenen. Hij steekt de sleutel in het hangslot en draait eraan. Het slotje gaat los en hij haalt het U-vormige beugeltje van de ketting.

Ik wist niet wat pikkedonker was voordat ik de binnenkant van zijn schuur zag. Ik knipper met mijn ogen om aan het donker te wennen, maar dat valt niet mee want Mr. Wilson staat nog in de deuropening, waardoor er geen licht naar binnen kan. Pas als hij doorloopt zie ik allerlei verschillende vormen. Een heleboel planken aan de muur. Een heleboel blikken, misschien wel verfblikken, maar dat weet ik niet zeker. Een heleboel oude potten en pannen. Een grasmaaier, en dat is gek, want hij heeft hier helemaal geen grasveld. Glazen potjes met ik-weet-niet-wat erin. En een kastje aan de zijmuur, waar Mr. Wilson in rommelt. Als ik nog een paar keer knipper en flink met mijn ogen knijp zie ik dat hij daarin nog meer geweren bewaart.

'Wauw,' zeg ik. 'Wat hebt u veel geweren.'

Hij kijkt naar mij en kijkt dan weer in de kast. 'Het is wel een aardige verzameling,' zegt hij. 'Maar er zijn er hier in de buurt die er nog veel meer hebben.'

'Hoeveel hebben die andere mensen er dan?'

'O, tientallen,' zegt hij. Hij pakt een doek van een plank boven de kast. Als ik goed kijk, zie ik dat hij zijn geweer uit elkaar haalt. 'De oude Plemmons had er wel honderd. Toen hij doodging wisten ze gewoon niet wat ze met al die geweren aan moesten.'

Het is grappig dat Mr. Wilson iemand anders 'de oude' noemt.

'Hoeveel hebt u er?'

'Zes. Dit is mijn werkgeweer en dat is mijn eekhoorngeweer. Ach, ze hebben allemaal zo hun nut.'

'Wat is een werkgeweer?'

'Een jachtgeweer, een geweer om op eten te jagen. Dat heet een werkgeweer.'

'Mag ik die eens proberen?' Ik wijs naar een kleiner geweer, dat eruitziet alsof het geen pijn doet tegen mijn schouder.

Mr. Wilson volgt mijn vinger en schudt zijn hoofd. 'Je kunt 't het beste leren met dit geweer. Daarna zijn alle andere geweren een makkie, geloof me. Kom eens hier, dan kun je me helpen met de schoonmaakspullen. We nemen alles mee naar de voorkant van het huis, dan kan ik je in het daglicht laten zien hoe je een geweer moet schoonmaken.'

Ik denk dat ik een lelijk gezicht trek, het gezicht dat ik ook altijd trek als mama zegt dat ik iets moet schoonmaken, want Mr. Wilson zegt: 'Geen gezeur, meisje, anders mag je nooit meer schieten.'

'Sorry, Mr. Wilson.' Ik trek mijn gezicht meteen weer in de plooi.

Hij geeft me een blikje dat naar autobenzine ruikt, een handvol poetsdoeken die bruin en stijf van het vuil zijn, een emmer en een borstel.

'Hoe is je papa doodgegaan?' vraagt hij terwijl we naar een boomstronk voor de veranda lopen. 'Dronk hij te veel?'

'Inbrekers,' zeg ik. 'Mijn zusje heeft hem op de grond zien liggen toen ze hem hadden doodgeschoten, maar ze was nog heel klein en mama zegt dat dat maar goed is omdat ze het dan later niet meer weet.'

‘Inbrekers? Als jullie zo rijk zijn dat er bij jullie wordt ingebroken, waarom wonen jullie dan hier?’

‘We zijn niet rijk.’ Ik weet niet wat ik verder nog moet zeggen.

Hij bromt alsof hij me niet gelooft.

‘Echt niet!’

‘Er zal toch wel iets te halen zijn geweest,’ zegt hij. ‘Misschien hebben ze alles wel meegenomen en wonen jullie daarom nu in de binnenlanden.’

Ik snap niet wat hij daarmee bedoelt, maar als het betekent dat we ergens midden in het bos wonen, dan klopt het wel. Maar we zijn echt niet rijk. Dat weet ik heel zeker.

‘Kom, je moet me helpen met de afwas,’ zegt mama tegen mij. Haar stoel schraapt over de keukenvloer als ze met haar handen tegen de tafel duwt om op te staan. Ze draagt haar bord en dat van papa naar het aanrecht. Ze doet de stop in de gootsteen om al het water op te vangen en draait de kraan open.

Ik ga op een stoel staan om het schuim te maken. Ik laat het water door een blikje lopen waarin papa gaatjes heeft gemaakt, maar er zit te weinig zeep in om schuimbelletjes te krijgen. ‘Mama! Er is te weinig zeep!’ roep ik boven het geluid van de lopende kraan uit.

‘Oké, oké,’ zegt ze. ‘Het stuk zeep in de badkamer heeft zijn beste tijd wel gehad. Ga dat maar halen.’

Als de zeep bijna op is doen we de restjes in het blikje met de gaatjes. De zeep uit de badkamer is nog niet helemaal op, maar dat geeft niet.

Ik ren de trap af en ga terug naar de keuken, waar mama de peper-en-zoutvaatjes opruimt. ‘Alsjeblieft.’ Ik wil haar de zeep geven, maar ze knikt met haar hoofd dat ik de zeep zelf in het blikje moet stoppen. Ik klim weer op de stoel en doe de zeep in het blikje. Ja hoor, nu komen er wel schuimbelletjes als ik het onder de kraan hou, dus nu kunnen we de borden wel schoonmaken.

'Niet te veel water gebruiken,' zegt mama. 'En breng dat stukje zeep nog maar even terug naar de badkamer.'

'Waarom?'

'We moeten ons toch wassen?' Ze doet de kastdeur dicht.

'Maar de zeep in het blikje is toch om af te wassen?'

'Dat klopt, maar we zijn nog lang niet aan het einde van de maand, dus die zeep moet nog wat langer mee,' zegt mama.

Als Mr. Wilson me heeft laten zien hoe je een geweer in miljoenen stukjes uit elkaar kunt halen, ren ik naar huis.

Richards pick-up staat nog steeds naast het pad dat naar nummer tweeëntwintig leidt, en over de leuning van de veranda heeft mama alle vloerkleedjes gehangen om ze te luchten. Ik kan haar maar beter vertellen dat het gaat regenen. Mr. Wilson zegt dat Brownie altijd op haar rechterkant gaat liggen als het gaat regenen. Dat zei hij toen hij haar op haar rechterkant zag liggen nadat we de schoonmaakspullen voor het geweer hadden opgeruimd. Hij heeft ons geweer niet bij de andere geweren in de kast gezet.

Hij zegt dat hij het altijd in huis heeft staan 'voor het geval dat'. Ik weet niet wat hij daarmee bedoelt, maar als Mr. Wilson bang is zouden we misschien allemaal bang moeten zijn.

'Waar heb jij verdomme zo lang gezeten?' snauwt Richard.

Ik schrik en trek mijn hand terug, die ik net naar de klink had uitgestoken. 'Nergens,' zeg ik. Ik kijk of er genoeg ruimte is om langs hem heen te lopen zonder dat hij me beetpakt of zo. Vooral dat 'of zo' zit me dwars, want hij doet me altijd pijn als hij me pakt.

'Denk jij soms dat ik achterlijk ben? Nergens bestaat niet. Je kunt niet nergens zijn. Waar heb je gezeten?'

Nee. Ik kan er niet langs.

'Hé, jij daar. Ik heb het tegen jou.' Met de hals van zijn bierflesje wijst hij naar mijn ribbenkast. 'Kijk me aan als ik tegen je praat. Zo ja, dat is beter. Waar heb je al die tijd gezeten?'

'Gewoon, even verderop,' mompel ik.

'Waar gewoon verderop?'

'Waar is mama?' vraag ik.

'Ik stel hier de vragen. Jij hoeft alleen maar antwoord te geven.' Hij neemt nog een slok bier en boert heel hard. 'Jij zwerft al door de bossen sinds we hier wonen en ik heb het recht om te weten waar je uithangt. Als je geen antwoord geeft weet ik wel een manier om je aan het praten te krijgen.'

Ik schrik er zelf van dat hij me heeft gehoord. Ik praatte heel zachtjes in mezelf. Hij mocht het eigenlijk helemaal niet horen, maar op school hebben we geleerd wat het verschil is tussen een recht en een voorrecht. Als Richard te horen krijgt waar ik ben geweest is dat een voorrecht, geen recht.

'Heb je een grote mond? Probeer je brutaal te zijn?'

De harde trap van zijn laars komt onverwacht, en het volgende moment lig ik plat op mijn buik. En dan doe ik het stomste wat ik had kunnen verzinnen. Ik had onderhand beter moeten weten.

'Mama!' Twee tellen heb ik het gevoel dat ik vanaf het plafond naar mezelf kijk. Mijn stem klinkt heel anders dan normaal, het is een holle krijs die ontsnapt voordat ik er zelf erg in heb.

Kijk, er zijn twee redenen waarom het dom is om mama te roepen. Ten eerste komt ze bijna nooit, en als ze komt wordt ze kwaad op mij en Emma omdat we zo schreeuwen. Dan zegt ze dat ze verdorie geen hond is, en dan zijn Richard en zij allebei kwaad en dat is heel erg. Ten tweede wordt Richard nog gemener als hij denkt dat we slappe jankerds zijn.

En ja hoor, hij pakt de achterkant van mijn broek, tilt me op en draagt me naar binnen. Daar zet hij me op de grond en geeft hij me een harde duw. 'Naar boven, kreng.' Ik weet dat hij vlak achter me loopt, maar zijn stem klinkt heel ver weg.

'Emma?' roep ik.

'Die is er niet.' Met zijn knie duwt hij onder mijn billen om me aan te sporen door te lopen.

'Waar is ze?' Ik fluister, want anders heb ik meer lucht nodig, en als ik meer lucht nodig heb moet ik dieper ademhalen en dat doet pijn aan mijn middel.

'Emma?' Ik til mijn hoofd op en fluister zo hard ik kan, zodat het geluid langs Richard kan gaan.

'Ze is er niet, dat zei ik toch?' Ik zit inmiddels gevangen in mijn kamer omdat hij in de deuropening staat. Hij zet het flesje aan zijn mond en slurpt de laatste druppels bier eruit. 'Kom hier.' Hij wenkt me met het flesje, maar ik wacht niet langer. Als een kogel uit het geweer van Mr. Wilson schiet ik op hem af. Ik geef hem zo'n harde duw dat hij zijn evenwicht bijna verliest en ik ren de trap af, wel met drie treden tegelijk. De deur valt met een klap achter me dicht. Dat is gunstig, want dan duurt het langer voordat hij achter me aan kan komen.

En dat doet hij, want op het pad naar de Diamantrivier hoor ik hem brullen. 'Kom hier, jij!'

Ik struikel over een boomwortel.

'Je bent gewaarschuwd,' schreeuwt hij. 'Als je thuiskomt zul je ervan lusten!'

Ik spring over de stenen en de omgevallen boom op het pad.

Ik ben niet eens buiten adem, en gek genoeg gaat de pijn over als je weet dat je bent ontsnapt.

'Emma?' roep ik, want ik wil niet dat ze van mijn voetstappen schrikt en denkt dat ik Richard ben. Dat zou ik tenminste denken als ik iemand op me af hoorde rennen.

Bij het water leun ik met mijn handen op mijn knieën, want nu ben ik tóch buiten adem en dit lijkt de beste manier om op adem te komen zonder buikpijn te krijgen.

'Hier ben ik.'

Meteen kijk ik op, maar ik zie haar niet. 'Waar ben je?'

'Hier.'

Opeens zie ik haar zitten, op een grote rots die half in het water steekt. Ze heeft haar handen om haar knieën geslagen en ze wiegt heen en weer. Eerst vallen de blauwe plekken niet zo op, maar als ik dichterbij kom zie ik alle beurse plekken en zie ik hier en daar zelfs opgedroogd bloed. Ik krijg een akelig gevoel in mijn maag.

Nog voordat ik bij haar ben ga ik op mijn hurken zitten en doop ik het uiteinde van mijn bloes in het water om haar schoon te kunnen maken.

'Ik kon je niet vinden,' zegt ze. Ze knijpt niet eens met haar ogen als ik voorzichtig haar voorhoofd bet.

'Ik was bij Mr. Wilson,' zeg ik. 'Even stilzitten. Waar komt dit vandaan?' Ik begin het gedroogde bloed onderaan weg te vegen, en uiteindelijk zie ik dat het uit een snee tussen haar haren komt. Daarop zit een rondje van donkerder bloed, en daar heeft ze ook een heel beurse plek. Als ik die schoonmaak zie ik haar wél ineenkrimpen.

'Wacht, ik pak nog wat meer water.' Ik spring van de rots en maak een ander stuk van mijn bloes nat.

'Gaat het?' vraag ik als ik weer bij haar kom.

Ze is net zo zwijgzaam als de rots waarop ze zit. Haar schoenveters zijn los, dus daarom strik ik ze voor haar. Ik doe er een dubbele knoop in, want dat vindt ze fijn.

'Zeg eens iets.'

Emma houdt haar lippen op elkaar.

Ik kan niet zachtjes door haar haren strijken om haar te troosten, want haar haren zitten in de knoop. Daarom aai ik haar over haar arm.

'Hij is zijn baan kwijt,' zegt ze heel zachtjes.

'Wat zeg je?' Ik buig me naar haar toe omdat ik haar niet goed kan horen. Ze is bijna niet te verstaan.

'Ik zei dat hij zijn baan kwijt is.'

'Richard?'

'Wie anders?'

'Waarom?'

'Hoe moet ik dat nou weten?'

'Weet mama het al?'

Emma haalt haar schouders op. 'Ik weet niet eens waar mama is.'

'Ik ook niet. Hoe weet je dat hij zijn baan kwijt is?'

Ze geeft geen antwoord. Misschien maakt het ook niet uit hoe ze erachter is gekomen.

'Nou, dan zullen we de komende tijd wel vaak aan de Diamantrivier zitten,' zeg ik. Iets beters kan ik niet bedenken.

En dan krijg ik een idee. 'Zullen we omi een brief schrijven?'

'Wat?' Emma tilt haar hoofd een stukje op.

'We kunnen omi een brief schrijven en vragen of ze een poosje bij ons komt,' zeg ik. Nu ik het hardop zeg klinkt het al beter dan toen ik het bedacht. 'Misschien vindt ze het bij ons wel leuker dan thuis, en dan kan ze bij ons blijven wonen.'

'Hoe moet het dan met tante Lillibit?' vraagt Emma. 'Omi moet toch al voor haar zorgen?'

Tante Lillibit is mama's zusje. In het echt heet ze Elizabeth, maar iedereen noemt haar Lillibit omdat mama dat vroeger zei, toen ze net zo oud waren als wij. Omi woont in een kamer in haar huis in de buurt van Asheville. Ze maakt het huis schoon en doet de was voor tante Lillibit. Ik geloof dat tante Lillibit ziek is of zoiets. Toen mama en tante Lillibit klein waren kreeg tante Lillibit het altijd benauwd als ze buiten speelde. De dokter zei tegen omi dat tante Lillibit niet oud zou worden als ze te veel deed, dus daarom heeft tante Lillibit sindsdien maar niets meer gedaan. En ze is nooit doodgegaan. Mama kan niet goed met haar opschieten, want mama zegt dat omi tante Lillibit verschrikkelijk verwent. Mama houdt niet van verwende nesten, zegt ze. Ik weet niet beter dan dat mama zo veel mogelijk uit hun buurt probeert te blijven. Omi is een paar keer geweest toen we nog klein waren, maar als ik mijn ogen dichtdoe weet ik zelfs niet eens meer hoe ze eruitziet, zo lang is dat al geleden.

Toch is dit het beste plannetje dat ik kan bedenken, dus daarom hou ik eraan vast.

'Omi kan mama helpen, net zoals ze tante Lillibit helpt. Ik durf te wedden dat mama dan een stuk blijer wordt,' zeg ik.

De snee op Emma's hoofd bloedt niet meer, maar als je goed kijkt zie je een grote bult onder haar haren zitten, ongeveer op de plaats waar haar voorhoofd begint.

'Ik doe het gewoon,' zeg ik tegen haar. 'Ik schrijf omi een brief.'

'Waar haal je dan een postzegel vandaan?'

'Ik vraag aan Mr. Wilson waar het postkantoor is en dan koop ik er een, suffie,' zeg ik. 'Zo hoort dat als je een brief wilt sturen. Dan ga je naar het postkantoor.'

'Maar waar stuur je die brief dan naartoe? Je weet toch niet waar ze woont?'

'Ik weet zeker dat ze in de Sycamore Street woont,' zeg ik. 'Ik weet het huisnummer niet, maar Avery Creek is een klein dorpje. De postbode weet vast wel wie ze is.'

'Ze komt toch niet,' zegt Emma zuchtend. Ze legt haar armen om haar knieën en begint weer heen en weer te wiegen. 'Nog in geen honderd jaar.'

'Wedden van wel?'

'We zullen zien.'

We blijven bij de beek zitten tot we de overkant bijna niet meer kunnen zien. Dan weten we dat het tijd wordt om naar huis te gaan. Ik sta op en rek me uit. Dat is lekker, want mijn achterwerk doet pijn van de harde rots.

De bosgrond voelt weer zacht aan onder onze voeten. Waarom gaan we eigenlijk nooit op de dennennaalden zitten in plaats van op de stenen?

'Luister,' zeg ik over mijn schouder tegen Emma, die langzamer loopt dan ik. 'Ik ga als eerste naar binnen om te kijken waar hij is. Als de kust veilig is fluit ik dat je binnen kunt komen. Als je me niet hoort fluiten moet je buiten blijven. Dan kom ik weer door de achterdeur naar buiten en lopen we samen terug naar de beek. Afgesproken?'

'Afgesproken,' fluistert ze. 'Ik ben een beetje duizelig.'

'Thuis kun je op bed gaan liggen.'

'Ik zie sterretjes.'

'Ik weet het.' Dat is ook echt zo. Ik zie ook altijd sterretjes als ik klappen krijg, maar na een paar uur slapen is dat weer weg.

'Ik kan niet meer verder,' zegt ze.

'Niet zeuren en doorlopen,' zeg ik. 'We zijn er bijna.'

Ik zeur niet half zo erg als Emma na deze afranseling. Meestal bijt ze op haar tanden en zeurt ze niet, maar vandaag kan ze dat blijkbaar niet opbrengen.

Aan de achterkant van het huis zien we licht branden. Er is waarschijnlijk iemand in de keuken, maar wie? Als het mama is, is het niet erg. Als het Richard is, is het wél erg.

'Wacht hier buiten tot ik fluit,' zeg ik zachtjes tegen haar. Ik hoop dat ze me hoort, want ze loopt een flink eind achter me.

Als ik nog zo'n honderd barbies van de achterdeur af ben ga ik langzamer lopen. Ik luister of ik kan horen wie er in de keuken is, maar ik hoor niets. Nog een paar stappen, dan kan ik naar het raam rennen en stiekem naar binnen kijken. Een. Twee. Drie… en dan ben ik er, recht onder het raam bij het aanrecht.

Ik was vergeten dat het raam net boven mijn hoofd zit, dus ik moet… deze… steen… pff… naar het raam duwen om erop te kunnen staan. Zo. Perfect. Het kozijn is zo stoffig en vuil dat mijn vingers er eerst van afglippen, maar dan kan ik me vastpakken en me heel, héél langzaam optrekken naar de hoek van het raam.

Ik zie de tafel met de gladde metalen randen midden in de keuken staan. Op de tafel staat mama's asbak, en vlak voor me zie ik dat de vliegen de kruimels van de stapel vuile borden likken. Misschien wacht mama wel tot ze wat meer zeep voor in het gaatjesblikje heeft, want ze heeft al een paar dagen niet meer afgewassen. De vliegen kruipen van het ene bord naar het andere en eten hun buikje rond. De grote vliegen zijn gemeen. Als die prikken krijg je rode bulten op je huid.

Het is raar dat het licht aan is terwijl er niemand in de keuken is. Mama wordt altijd boos als we het licht vergeten uit te doen. Wacht! Daar komt ze aan. Ze loopt recht op me af en ik duik weg omdat ze anders de bovenkant van mijn hoofd ziet. Ik hoor gerammel op het aanrecht, dus ik denk dat ze met de vuile vaat in de gootsteen schuift. Als het stil wordt durf ik weer stiekem te kijken.

Schraap. De stoel schuift naar achteren en dan zie ik mama, die weer een sigaret opsteekt. Ze neemt een flinke trek en blaast de rook naar het plafond. Ik wil naar Emma fluiten dat ze naar binnen kan, maar dan hoor ik de vloer kraken onder Richards gewicht. Het volgende moment zie ik hem. Hij staat in de deuropening bier te drinken, net als in mijn kamer.

'Ga door,' zegt mama. Haar stem klinkt luid en ze is goed verstaanbaar.

Richard kijkt over mama's hoofd naar het aanrecht. Even ben ik bang dat hij mij heeft gezien, maar dan zie ik dat hij naar de borden kijkt. 'Wanneer ga jij je eens als een echte vrouw gedragen en die smeerboel afwassen?' vraagt hij. Hij trekt zijn bovenlip zo hoog op dat die bijna zijn neus raakt.

Mama mompelt iets wat ik niet kan horen omdat ze direct daarna een trekje van haar sigaret neemt.

'Wat?' Richard kijkt naar haar.

De bovenkant van mama's hoofd leunt op haar handen. Ze klemt de sigaret tussen de wijsvinger en middelvinger van haar rechterhand.

'Als jij dat grote gat in het dak eindelijk maakt,' zegt ze. Ze laat haar haren los en kijkt hem aan.

'Je boft dat ik vanavond uitga, want anders had ik je alle hoeken van de keuken laten zien,' zegt Richard. Hij tilt zijn flesje op, drinkt het leeg en gooit het door de lucht naar het aanrecht... naar mij. Het valt kapot op de stapel borden, en er ketsen stukjes glas tegen het raam.

Ik duik weg voor het geval de ruit breekt. Terwijl ik daar met dichtgeknepen ogen sta zie ik het beeld van mama die aan de keukentafel zit te roken voor me. Ze knipperde niet eens met haar ogen toen hij dat bierflesje gooide. Ze knipperde zelfs niet toen het op het aanrecht viel.

De voordeur valt met een klap dicht en ik voel de muur van de keuken trillen. Nu is de kust in elk geval veilig. Zijn pick-up komt rammelend op gang en rijdt hoestend weg.

Ik draai me om en fluit naar Emma, maar ik zie nergens bosjes bewegen. Ze komt niet, dus ik fluit nog een keer. Er gebeurt niets. Waarschijnlijk is ze in de bosjes in slaap gevallen.

'Hé, Em!' fluister-schreeuw ik naar haar. Het blijft nog steeds stil, dus daarom loop ik door het randje licht van het keukenraam terug naar het pad. 'Em, je kunt naar binnen!'

'Hm?' Haar vermoeide stemmetje klinkt vlakbij.

'Waar ben je?'

'Hier,' zegt ze.

Als mijn ogen aan het donker gewend zijn zie ik haar liggen, opgerold als een hondje. Ze ligt maar zo'n drie barbies van mijn voet vandaan.

'Kom.' Ik ga op mijn hurken zitten om haar overeind te helpen. Ik weet dat haar hoofd bonkt en dat ze daarom nog vermoeider is dan ze al was. De laatste keer dat ik zo'n harde klap kreeg bonkte mijn hoofd zo erg dat ik bang was dat mijn hersens naar buiten zouden barsten als ik te snel opstond. Ik snap dus wel hoe ze zich voelt. 'Leg je arm maar over mijn schouders, dan help ik je naar binnen.'

Ze doet wat ik heb gezegd en we hobbelen samen terug naar huis. Onder onze voeten horen we takjes breken.

Ik begin me pas zorgen te maken als ik haar hoofd helemaal slap op mijn arm voel zakken. Dat is echt doodeng.

'Mama!' schreeuw ik. Ik probeer Emma zijdelings door de achterdeur te slepen en de deur tegelijkertijd met mijn voet open te houden. 'Mama, help!' En dan vallen we allebei naar binnen. Onze armen zitten nog om elkaar heen, net als toen we nog overeind stonden. Na een paar minuten, die wel uren lijken te duren, probeer ik mijn arm onder Emma vandaan te halen. Ze leunt zo zwaar op me dat het niet lukt.

'Wat krijgen we nou?' hoor ik mama boven ons zeggen. 'Wat is er nu weer aan de hand?'

Ik hou mijn ogen dicht, want ik heb op dit moment gewoon geen puf om ze open te doen en Emma overeind te helpen.

'Sta op,' zegt mama. Ik hoor dat ze nog een flinke trek van haar sigaret neemt. 'Schiet op, sta op. Ik weet best dat je niet slaapt,' zegt ze.

Dat klopt voor de helft. Ik slaap niet, maar Emma is volgens mij flauwgevallen.

De houten vloer piept en kraakt onder mama's gewicht als ze wegloopt. Nou ja, misschien is dat maar het beste. Ze is niet sterk genoeg om ons allebei op te tillen, dus misschien moet ik maar gewoon opstaan en Emma naar boven helpen.

'Emma.' Ik schud zachtjes aan haar rug met de arm die nog onder haar ligt. 'Kom, Em. Schuif eens een stukje op. Emma.' Ik draai mijn hoofd opzij en dan zie ik dat ze met haar ogen knippert. 'Schuif een klein stukje op, dan kan ik opstaan om je overeind te helpen,' zeg ik. 'Goed zo, zo gaat het wel. Heel goed.'

Ze trekt haar rug hol zodat ik mijn arm eronder vandaan kan trekken en kan opstaan.

'Oké, geef me nu je handen maar, dan trek ik je overeind en breng ik je naar boven. Goed zo. Nu je andere arm. Goed gedaan. Ik tel tot drie en dan trek ik je overeind, goed? Een. Twee. Drie.'

En net als bij dat spelletje waarbij je peuters over een plas kunt laten springen zwaai ik Emma overeind.

'Loop maar mee naar de trap,' zeg ik met haar linkerarm over mijn schouders. 'Kleine stapjes. Goed zo. Je doet het heel goed, Em.' Als ik lief voor Emma ben werkt ze veel beter mee dan wanneer ik boos word. 'Goed zo, het gaat geweldig. Nog één stapje… ja. We zijn boven. We zijn bijna bij je bed. Eén stap. Twee stappen. Prima! Drie stappen, vier… Je bent er!'

Ik laat haar met haar gezicht naar beneden op het bed vallen, zodat ik haar schoenen kan uittrekken voordat ik haar in bed stop. Er zitten dennennaalden op haar rug, dus ik ga op mijn knieën over haar heen zitten en trek de bloes over haar hoofd uit. Het is een lastig karweitje, maar het lukt. Ze zal in haar blootje op de dekens moeten slapen, want het lukt me niet om haar een nachtpon aan te trekken. Nou ja, dat geeft niet. Het is vanavond toch heel warm.

Op mijn knieën kruip ik naar het hoofdeinde, waar onze kussens liggen. Ik trek haar omhoog en leg haar hoofd op het kussen. Dan sjor ik het laken onder haar vandaan. Als het vannacht koud wordt kan ik dat over haar heen leggen.

Pff.

Nu kan ik maar beter naar beneden gaan en kijken of er nog iets te eten is. Het lukt me nooit om met een lege maag te gaan slapen.

Mama zit aan de keukentafel te roken. Het lijkt me niet verstandig om te vragen of er nog iets lekkers is, dus daarom loop ik naar de koelkast.

'Er is nog wat kip van zondag,' zegt mama. 'Niet staand bij de koelkast eten – hoe vaak moet ik dat nog zeggen? Ga gewoon netjes aan tafel zitten.'

Ik schep wat van de kipschotel op een vuil bord van de stapel op het aanrecht. Ik heb geen zin om een schoon bord te pakken, want ik weet zeker dat ik degene ben die de hele stapel straks moet afwassen.

Mama leunt achterover op haar stoel en slaat haar armen over elkaar alsof ze mijn tafelmanieren bekijkt. 'Waar is die aanstelster die languit bij de deur lag opeens gebleven?' vraagt ze. Ze klemt haar lippen strak om de sigaret. 'Moet ik je soms voeren alsof je een baby bent?'

'Je hoefde mij niet naar binnen te dragen, je moest Emma helpen,' zeg ik.

Mama schuift haar stoel naar achteren en loopt naar de kast naast het aanrecht, waarin de schone glazen staan. 'Caroline Parker, ik ben je gezeur over Emma meer dan zat,' zegt ze. Ze pakt een fles die ze onder het aanrecht bewaart. Het is zo stil dat ik haar adamsappel kan horen bewegen, die de drank nog sneller naar haar buik duwt. 'Ik hoor jou alleen maar zeuren over wat Emma wil en wat Emma nodig heeft. En dat goddorie elke dag opnieuw! Wanneer denkt er eens iemand aan mij? Nou?' Ze komt weer aan tafel zitten en zet het glas tussen ons in, als een zwijgend familielid dat de avond zal bederven, of je dat nu leuk vindt of niet.

'Het spijt me, mama,' zeg ik, in een poging om het glas zo vol mogelijk te houden.

'Dat zal best, maar je geeft me geen antwoord,' zegt ze, haar hand uitstekend naar het glas. Haar adamsappel gaat weer op en neer, maar ze heeft niet zo'n grote slok genomen, dus ik heb nog tijd. 'Wanneer krijg ik nou eens rust?'

Ik duw het laatste stukje kip met mijn linkerwijsvinger op mijn vork, hopend dat ze het niet heeft gezien. Ik snap nooit hoe mensen het laatste beetje eten op hun vork krijgen zonder hun vrije hand te gebruiken.

Terwijl ik zit te kauwen denk ik na over een antwoord. Ik weet niet goed wat ik moet zeggen.

Gelukkig begint mama weer te praten en hoef ik niet te diep na te denken. 'Er gaat hier het een en ander veranderen,' zegt ze. 'Ik ben van plan om schoonmaakwerk aan te nemen, en dat betekent dat jij me na school moet helpen. Ik wil je er niet over horen zeuren, begrepen? Geen woord.'

'Ja mama.'

'En ook niet steeds over Emma beginnen, hè?'

'Ik kan er toch ook niets aan doen als Emma iets doet wat niet mag?' Ik doe mijn best om niet te zeuren, maar dat valt niet mee. Ik vind het niet leuk dat mama boos op mij wordt als Emma iets heeft gedaan.

'Emma zoekt het zelf maar uit,' zegt mama. Aan de manier waarop ze haar sigaret uitdrukt zie ik dat ze er niet meer over wil praten.

'Hup, afwassen,' zegt ze. 'Die borden maken zichzelf niet schoon.'

Ik loop naar de gootsteen en haal het blikje met zeepstukjes uit het keukenkastje onder de gootsteen. Daarna zet ik de kraan aan en vul ik de bak met schuimend water.

Een voor een was ik alle borden, vorken en messen af en leg ze op het aanrecht om uit te druipen. Straks ga ik ze afdrogen met een van mijn oude bloezen, waar mama de knopen af heeft geknipt toen ik eruit groeide. Buiten tjirpen de krekels zo hard dat het lijkt of ze met de bewegingen van mijn handen meezingen.

Bam! De hordeur valt dicht en er komen strompelende voetstappen aan.

'Kijk aan! Brave meid, lief dat je afwast,' zegt Richard. Het kost hem moeite om de woorden uit te spreken, want door de drank vloeien ze als dromen in elkaar over. 'Zo mag ik 't graag zien.'

De borden staan al bijna allemaal op een stapel, maar ik moet de messen en vorken nog afdrogen en ik kan niet uit de keuken ontsnappen.

'Waar is je mama?' zegt hij nauwelijks verstaanbaar.

'Weet ik niet,' zeg ik.

'Je vergeet er "Richard" achteraan te zeggen,' zegt hij. 'Ik verdien toch wel een beetje beleefdheid?' Zijn hand zoekt naar een stoel om op te gaan zitten, alsof hij in het donker staat in plaats van in een verlichte keuken.

'Richard.'

'Watte?'

'Ik weet niet waar mama is, Richard,' zeg ik.

'Da's beter.' Eindelijk heeft hij een stoel gevonden en dan ploft hij neer. 'Waarom moet ik naar die gore troep kijken?' vraagt hij, wijzend op de ovenschotel op tafel.

Ik wil de glazen schaal van tafel halen, maar hij pakt me hard bij mijn pols en draait mijn arm omhoog. Ik doe mijn best om mijn gezicht niet te vertrekken.

'Geef je papa eens een kus,' zegt hij. Hij steekt zijn wang naar me uit.

'Je bent mijn stiefpapa,' zeg ik heel zachtjes.

'Wat zeg je daar?' Richard kijkt me strak aan.

'Niets,' zeg ik.

'Heb je een grote mond, meisje?'

'Nee Richard.'

Pats! De klap komt van de hand die me niet bij mijn pols heeft. Pats! Pats! Er volgen nog twee snelle klappen.

'Hoe durf je zo tegen me te praten?'

Ik heb Richard nog nooit met zo'n hoge stem horen praten. Maar misschien lijkt dat maar zo, want ik hou mijn vrije arm boven mijn hoofd in de hoop dat hij me dan niet te hard in mijn gezicht kan slaan.

'Nou? Waarom heb jij altijd zo'n grote mond?' Zijn stem slaat over en wordt bijna zo hoog als die van een meisje. 'Ik geef je te eten...' Pats! 'Ik geef je een dak boven je ellendige hoofd...' Pats! 'En wat is mijn dank? Een grote bek!' Pats! 'De hele dag door, elke dag weer.' Pats!

Hij houdt op met slaan en ik kijk stiekem onder mijn elleboog door. Dan zie ik Richard voorovergebogen aan tafel zitten. Zijn schouders schokken en hij zit luidkeels te snikken. Hij laat mijn pols los.

'Er gaat hier het een en ander veranderen.' Hij laat zijn armen hangen, die moe zijn van het slaan. 'Jullie zullen niet weten wat je meemaakt. Er gaat hier iets veranderen.'

Ik kan wegrennen. Ik kan nu maken dat ik wegkom. Ik kan naar onze slaapkamer vluchten en bij Emma kruipen, die vast al heel lekker ligt te slapen. Ik zou zelfs naar de Diamantrivier kunnen lopen, maar mijn voeten willen niet meer. Ik heb Richard nog nooit zien huilen.

'Donder op!' schreeuwt hij met zijn voorhoofd op tafel. 'Wegwezen, kreng!' Hij blijft maar huilen, en het lijkt hem eigenlijk niet eens te kunnen schelen of ik wegga.

En deze keer... voor deze ene keer... kies ik ervoor om bij hem te blijven.

'Het spijt me,' fluister ik in het niets. Mijn woorden dwarrelen weg als de sigarettenrook van mama.

'Ga weg!' roept hij snikkend. De aders op zijn arm zijn dik en lijken wel kronkelende rivieren op een landkaart. Hij haalt met zijn slappe hand uit in mijn richting, zonder te kijken wat hij doet.

Ik draai me om en ga weg.

Emma ligt heel diep te slapen als ik binnenkom. Ik vind het bijna erg om haar aan de kant te duwen, maar ik moet wel: ze ligt dwars over het bed en ik kan er niet meer bij.

Ik kruip aan de kant waar nog wat ruimte is en schuif haar een stukje op. Een paar tellen later begint ze weer te snurken.

Ik ga op mijn rug liggen en kijk naar het plafond. Ik knipper met mijn ogen om aan het donker te wennen en denk aan Richard, die nu nog steeds aan de keukentafel zit te huilen.

Omi móét ons gewoon komen helpen. Als ze tante Lillibit in leven kan houden weet ze vast ook hoe ze ons op nummer tweeëntwintig moet helpen. Dat weet ik zeker.

Ik kan niet slapen, want in mijn hoofd ben ik al bezig om een brief te schrijven.

Beste omi,

Ik ben het, Carrie. Hoe gaat het met jou? Met mij gaat het goed. Heb je zin om een keer bij ons op bezoek te komen? Ons nieuwe huis is heel mooi en we hebben het hier leuk. Ik denk dat jij het hier ook wel naar je zin zult hebben. We hebben bijvoorbeeld een eigen beek en een heleboel bomen, zoveel dat ik ze niet kan tellen. Mama mist je heel erg en Emma en ik ook. Kom je alsjeblieft naar ons toe? Alsjeblieft? Nou, ik moet stoppen.

Liefs van je kleindochter Caroline Parker

Ze kan tante Lillibit zelfs meenemen! Ja, dat lijkt me nog beter! Als ze samen komen wordt het hier nog fijner. Mama zal me wel met de riem slaan als ze ontdekt dat ik omi een brief heb geschreven, maar dat heb ik ervoor over als omi komt.

Ik denk dat ik toch in slaap ben gevallen, want ik word wakker als Emma aan mijn voet trekt.

'Carrie, opschieten,' zegt ze vanaf het voeteneinde. 'Anders missen we de bus.'

Ik spring uit bed en ik trek wat kleren aan die voor het grijpen liggen. Twee minuten later rennen we de deur uit, zonder dag naar mama te schreeuwen en zonder een trommeltje voor de lunch.

'Daar is de bus al!' Door de bomen zie ik het gele dak naar het pad van Mr. Wilson rijden. Omdat ik harder kan lopen dan Emma, kan ik naar de bus zwaaien en zeggen dat ze op mijn zusje moeten wachten. 'Opschieten!' Uiteindelijk hoef ik niet te zwaaien, want Emma slaagt erin om me bij te houden.

'Dat scheelde niets,' zegt ze als naast me op het bankje ploft. Ze hijgt net zo hard als ik.

'Heb jij vanochtend iets gegeten?' vraag ik aan haar.

'Een stukje brood.'

Dan boft ze. Het wordt een lange dag. 'Hou mijn boeken eens even vast,' zeg ik. Ik moet mijn veters strikken.

'Hoi Carrie.' Orla Mae loopt langs ons bankje en ploft achter mij neer. Zoals gewoonlijk doet ze net of ze Emma niet ziet. Nou ja, op school doet ze ook altijd of ze de meeste andere kinderen niet ziet.

'Hoi Orla Mae,' zeg ik als ik weer overeind zit.

'Ik heb iets voor je meegenomen.' Ze maakt de klemmetjes van haar broodtrommeltje open en haalt het deksel eraf. 'Dit heeft mijn mama gisteravond gebakken.'

Het is een stuk maisbrood, bijna zo dik als mijn hand. Er zit zoveel boter op dat het plastic helemaal aan de bovenkant vastplakt. Ik ben dol op maisbrood met veel boter.

'Dank je wel, Orla Mae,' zeg ik. Het liefst zou ik het stuk meteen in mijn mond proppen, maar ik krijg een dikke keel, alsof ik moet huilen. Ik snap zelf ook niet waarom. Ik denk dat het komt omdat nog nooit eerder iemand maisbrood voor me heeft meegenomen.

'Alsjeblieft.'

Ik leg het pakketje boven op mijn boeken en doe net of ik van het uitzicht uit de bus geniet, maar in mijn hoofd bedenk ik wanneer ik het brood zal opeten. Kan ik wachten tot de grote pauze? Ik denk het niet. Met mijn vinger duw ik zachtjes op het plastic van de bovenkant. Het maisbrood is zo zacht dat mijn vinger een deuk achterlaat, en daarvan loopt me het water in de mond.

De bus rijdt krakend en zwalkend door de heuvels naar school. Het bord naar Johnson's Farm is omgevallen, dus je kunt niet zien waar je moet afslaan. We rijden tussen honderden, misschien wel duizenden naaldbomen door. Elke keer als je boven op een heuvel komt, denk je dat er iets leuks aan de andere kant ligt, maar als je over de top heen bent komt er weer een volgende heuvel. We zien niets anders dan zwart asfalt en dubbele gele strepen, soms onderbroken en soms aan één stuk. Eindelijk komen we bij het lage langgerekte gebouw waar we alles moeten leren. Boven de deur hangt een steen waarop DONFORD ELEMENTARY SCHOOL staat. De klink van de deur is helemaal uitgesleten omdat hij zo vaak is vastgepakt door de kinderen uit de heuvels die hier elke dag met tegenzin een paar uur zitten. Tegen de ramen aan weerszijden van de deur zijn tekeningen geplakt waarvan je de voorkant alleen maar kunt zien als je in het lokaal zit. In de gang hangt een grote poster met de tekst: 'Wij gaan elke dag proberen om hier iets nieuws te leren!' Op de i's staan geen puntjes, maar smileys. Ik vind het elke dag weer leuk om die smileys te zien.

'Carrie, wacht!' roept Orla Mae als we binnen zijn.

Ik sta stil en wacht tot ze bij me is.

'Ik hoorde dat je bij Mr. Wilson hebt geschoten,' zegt ze. Ze houdt haar boeken tegen haar borst en leunt met haar bovenarm tegen me aan.

'Hoe weet jij dat?'

'De mensen hier weten alles! Mijn papa zegt: "Als je hier jeuk aan je kont hebt, weten de vrouwen in het dorp precies hoe vaak je hebt gekrabd"', zegt ze.

Ik loop door en zeg niets.

'Nou?' vraagt Orla Mae. 'Is het waar?'

'En als ik nu eens ja zeg?'

'Nou, het geeft toch niet, ik vroeg het me gewoon af,' zegt Orla Mae terwijl ze weer rechtop gaat lopen. 'Mr. Wilson zei tegen mijn papa dat je de beste schutter bent sinds Harry Maphis, en volgens mijn papa ben je dan echt heel goed want Harry Maphis kon vanaf een kilometer een eekhoorn in zijn oog raken.'

'Nou, ik schiet niet op eekhoorns,' zeg ik. 'Orla Mae, waar is het postkantoor?'

'Waarom vraag je dat?'

'Ik wil het gewoon weten.'

'Je moet doorlopen over het asfalt waaraan de school ligt en dan zie je het vanzelf aan de rechterkant. Het is een loket in de winkel. Hé, waar ga je nu naartoe?'

'Ik ben zo terug,' roep ik over mijn schouder. Ik moet me inhouden om niet te rennen. Ik kan me nauwelijks beheersen tot ik in de meisjestoiletten ben.

In het eerste hokje links, het hokje dat ik altijd gebruik, test ik het metalen hefboompje dat in het sleufje op de deurpost past, want ik wil niet dat iemand per ongeluk de deur opendoet. (Dat heb ik wel eens per ongeluk gedaan.) Ik kies altijd dit ene hokje, want het tweede heeft geen hefboompje en in de twee hokjes aan de overkant is het hefboompje zo krom dat het alleen maar lijkt of de deur op slot zit. Ooit zat ik te plassen en toen ging het hefboompje los, en toen moest ik met mijn hand de deur dichtduwen tot ik met mijn andere hand mijn broek omhoog kon trekken. Ik buk me en kijk onder de halve deuren door of er nog iemand in de meisjestoiletten is. Er is niemand. Ik ben helemaal alleen en ik heb nog vijf minuten voordat de les begint. Dat is meer dan genoeg tijd.

Het plastic rond het maisbrood plakt zo aan elkaar dat ik het pakketje niet netjes kan openmaken. Ik scheur de bovenkant open en breek een stukje van het brood. Met mijn hoofd in mijn nek eet ik het op om geen kruimeltjes te verspillen. Mmmm. Dit is zo lekker dat ik er ook van zou smullen als ik thuis ontbijt had gehad. Mrs. Bickett stopt niet alleen maismeel, maar ook echte stukjes mais in het brood. Daardoor zijn de happen af en toe lekker knapperig.

Als omi komt vraag ik of ze ook maisbrood voor ons wil bakken. Misschien wil de mama van Orla Mae haar het recept wel geven. Ik hoop dat ik niet vergeet om dat aan haar te vragen.

Met mijn mond vol brood kom ik uit het hokje. Ik rol het plastic op tot een balletje en gooi het in de prullenbak naast de wastafel.

Tijd om naar de klas te gaan.

'We zitten allemaal keurig recht...' zegt juf Ueland terwijl ze het licht in de klas aandoet.

'...en luisteren wat de juffrouw zegt!' zegt de hele klas tegelijk.

'En voor het beste onderricht...' Ze laat het licht aan en loopt naar het midden van de klas.

'...houden we onze mondjes dicht!' zegt de klas.

Nu zijn we allemaal stil, want dat wil juf Ueland graag. Juf Ueland zegt sommige woorden extra langzaam, alsof ze bang is dat we haar niet kunnen bijhouden. Eerst vond ik dat niet erg, maar nu word ik er tureluurs van omdat ik niet weet wélke woorden ze langzaam gaat uitspreken.

'Ik hoop dat jullie allemaal je huiswerk hebben gemaakt,' zegt juf Ueland. 'We moeten vandaag heel veel doen, dus we kunnen het niet nakijken. Ik ga ervan uit dat jullie klaar zijn om verder te gaan.'

Het bord is helemaal schoongeveegd, het krijt is uit de borstels geklopt en in het gootje onder aan het bord ligt een nieuw pakje krijtjes. Juf Ueland haalt er eentje uit, breekt het doormidden en blaast het stof eraf. Dan schrijft ze met mooie schuine letters 'presidenten' op het bord.

'Washington, Adams, Jefferson, Madison, Monroe,' zegt ze. 'Adams, Jackson, Van Buren. Jullie zullen me misschien niet geloven, maar aan het einde van deze dag kennen jullie dit hele rijtje uit je hoofd. Misschien kennen jullie er zelfs nog wel meer. Oren, je hoeft niet naar het plafond te kijken, het is echt niet moeilijk. We beginnen zo...' Ze draait zich weer om naar het bord. 'We nemen de eerste letters van elke naam, kijk maar.' Ze schrijft 'wash', 'ad', 'jeff' en 'mad' op het bord.

Terwijl ik het allemaal netjes overschrijf, bedenk ik dat ik best tegelijkertijd die brief aan omi kan schrijven. Dan kan ik hem na school meteen naar het postkantoor brengen om hem te posten.

Emma kan wel in haar eentje naar huis gaan, en dan ben ik op tijd thuis voor het eten.

'Caroline!'

De klas begint te lachen.

'Ja juf?'

'Fijn dat je weer even meedoet,' zegt juf Ueland.

De andere kinderen lachen weer en dan dringt het pas tot me door dat ze om mij lachen.

'Nu ik je aandacht heb, Caroline, kun je me vast wel vertellen wat het volgende woord in dit patroon moet zijn.'

Ik kijk naar het bord. Alle namen zijn nu afgekort, maar er staat nog niets onder Tyler.

'Eh...' Ik probeer tijd te rekken. Waarom zien juffen en meesters toch altijd meteen dat je niet oplet?

'Dat is helaas niet het goede antwoord,' zegt juf Ueland. Ik wil iets zeggen, maar voor ik de kans krijg, geeft ze de beurt al aan Orla Mae, die het natuurlijk goed heeft en naar mij lacht alsof ze mij een plezier heeft gedaan. Nou, dat is niet zo, want nu denkt iedereen dat ik dom ben. Je wordt bedankt, Orla Mae, sein ik met mijn ogen.

'Heel goed, Orla Mae,' zegt juf Ueland, maar ze kijkt naar mij in plaats van naar Orla Mae. 'Ty is het goede antwoord. Carrie, ik geef jou nog een kans. Wat is het volgende woord? Met welk woord korten we de naam Polk in?'

'Po?'

De klas begint weer hard te lachen, tot ik me omdraai en boos vraag wat er zo leuk is. Dan houden ze hun mond.

'Je zat in de goede richting, Carrie,' zegt juf Ueland. Haar stem klinkt heel aardig, want ze ziet dat ik echt mijn best doe. 'Maar het juiste antwoord is "pol", zoals een pol gras. Jongens, zo is het wel weer genoeg. Goed, we gaan verder. Heeft iedereen dit overgeschreven of moet ik het nog even laten staan? Ja? Kunnen we verder? Goed.' Ze veegt alles uit voordat ik het heb overgeschreven. Dat kan ik natuurlijk niet zeggen, want dan weet ze dat ik zat te dagdromen. Ik zal het straks wel overschrijven van Orla Mae.

Juf Ueland schrijft de volgende rij namen op het bord en nu schrijf ik ze snel over in mijn schrift, maar niet zo netjes als zij. Niemand kan zo mooi schrijven als juf Ueland.

Algauw is het me duidelijk dat ik na school álles moet overschrijven van Orla Mae, maar dat is dan pech. Ik móét de brief aan omi schrijven nu ik alles nog in mijn hoofd heb.

Beste omi,

Hoe gaat het met jou? Met mij gaat het goed. Met Emma ook, dat vind je vast wel fijn om te horen. We hopen dat je binnenkort eens bij ons langs wilt komen. Mama mist je heel erg en wij ook. Mijn vriendinnetje hier heet Orla Mae, grappige naam, hè? Ze is heel leuk. Je vindt haar vast aardig. Er woont ook een hond die Brownie heet, maar ze is zwart in plaats van bruin en ze heeft drie poten.
Kom alsjeblieft naar ons toe. We hebben je nodig.

Liefs van je kleindochter, Caroline Parker

PS Misschien kun je tante Lillibit meenemen.

Ik schrijf op mijn allermooist, met de schuine letters die ik vorig jaar op mijn oude school heb geleerd. Ik voel me nu al een stuk beter. Als juf Ueland zich omdraait om het bord uit te vegen, vouw ik de brief steeds verder op tot het een klein vierkantje is dat ik in mijn zak kan stoppen. Daar wil ik hem de rest van de dag bewaren tot ik naar het postkantoor ga.

'Carrie, ik wil je graag even spreken,' zegt juf Ueland tegen mij.

De andere kinderen stommelen de klas uit voor het speelkwartier.

'Goed, juf.'

'Waar zat je vandaag?' vraagt ze als iedereen weg is.

'Wat bedoelt u, juf?'

'Ik zag dat je tijdens de les niet oplette,' zegt ze terwijl ze me door haar brillenglazen aankijkt. 'Ik vroeg me af waar je met je gedachten zat. Het is helemaal niets voor jou om niet bij de les te zijn.'

Ik haal mijn schouders op. Wat moet ik daarop zeggen? Ze snapt vast niet dat ik echt een brief aan omi moest schrijven.

'Eh...' Juf Ueland schraapt haar keel. 'Ik wilde het ook even over je arm hebben.'

Ik weet niet wat ze nu verder zal zeggen, maar ik sjor mijn mouwen omlaag. Mama zegt altijd dat bloezen met lange mouwen kunnen worden gedragen tot het korte mouwen zijn, maar zover is het nog niet. Deze mouwen komen ongeveer tot halverwege mijn onderarm.

'Je hoeft het niet te verbergen, Carrie,' zegt ze. Ze duwt haar bril omhoog naar het richeltje dat speciaal daarvoor boven aan haar neus zit. 'Ik heb het de hele week al gezien. Wat is er gebeurd?'

'Niets, juf.' Ik leg mijn hand op de blauwe plekken die mijn mouw niet kunnen bedekken.

We kijken elkaar aan en knipperen met onze ogen. We weten geen van beiden hoe dit gesprek verdergaat.

Juf Ueland is de eerste die weer iets zegt. 'Heb je nog meer blauwe plekken?'

'Nee juf.'

Ze houdt haar hoofd een beetje schuin, alsof ze niet zeker weet of ze me moet geloven. 'Carrie...' Ze schraapt haar keel weer en wijst naar het bankje van Freddy Sprague. Ik ga zitten en zelf perst ze haar grotemensenlijf in het bankje ernaast, dat van Ellie Frenden. 'Het klinkt raar, maar ooit ben ik net zo oud geweest als jij. Ik weet hoe moeilijk het is als het eh...' Ze schraapt haar keel nog een keer. 'Als je het thuis niet zo makkelijk hebt. Toen ik acht was had ik ook overal blauwe plekken.' Ze houdt op met praten.

O help, nu moet ik zeker iets zeggen. Jee, wat moet ik nu zeggen?

'Dus als je ooit met iemand wilt praten en dingen wilt bespreken die je niet tegen je ouders kunt zeggen, kun je altijd bij mij terecht.'

Het wordt weer stil.

'Wil je me iets vertellen?'

'Nee juf.'

'Weet je dat heel zeker?'

'Ja juf.'

Het is weer stil, maar deze stilte voelt heel anders dan die van daarnet.

'Goed dan,' zegt ze uiteindelijk. Met moeite komt ze weer uit Ellie Frendens bankje. 'Dan mag je buiten gaan spelen.'

Ik storm de klas uit als een stier die door het hekje van de rodeo stuift. 'Hé, Orla Mae, wacht op mij.'

'Waarom moest juf Ueland je spreken?' fluistert ze. Ze legt haar boeken op haar bankje in het scheikundelokaal. Het ruikt er naar de scheikundige proefjes en naar metaal.

'O niks,' lieg ik. 'Ik kreeg gewoon op mijn kop omdat ik niet had opgelet.'

Orla Mae knikt. 'Hé, mag ik na school met jou mee naar Mr. Wilson? Ik wil je zien schieten,' zegt ze. 'Misschien wil hij het mij ook wel leren.'

'Misschien,' zeg ik. 'Maar vandaag kun je niet mee, want ik moet naar het postkantoor, weet je nog? En Mr. Wilson houdt niet van nieuwe mensen. Hij vond óns zelfs niet aardig toen we hem voor het eerst zagen. En zijn hond Brownie is hartstikke vals,' lieg ik.

'Wat is het voor een hond?'

'Eentje met drie poten.'

'Die bestaan niet!'

'Wel waar. Daarom is ze juist zo vals. Ze is kwaad dat ze geen vier poten heeft, zoals alle andere honden.'

'Oké, oké,' houdt Orla Mae vol. 'Dan blijf ik wel uit de buurt van Brownie. Ik wil je gewoon een keer zien schieten. Mag dat?'

Nog voordat ik iets kan zeggen komt meester Tyler binnen, onze scheikundeleraar. Hij komt met grote passen het lokaal in, alsof hij ergens boos over is. 'Zo,' zegt hij om de les te beginnen. 'Wie is die lolbroek die het leuk vond om alle objectglaasjes van de microscopen vies te maken? Nou?'

9

‘Mr. Wilson!’ Ik ben bijna bij zijn oude gammele huis en ik wil hem laten weten dat ik eraan kom. ‘Ik ben het, Carrie!’

Hij is nergens te zien.

‘Hoi, Brownie.’ Ik aai de hond, die natuurlijk naar me toe komt hobbelen. ‘Brave hond. Ga maar weer weg.’ Het is heel vervelend dat ze haar neus onder mijn hand blijft duwen omdat ze geaaid wil worden. ‘Wegwezen,’ zeg ik, maar ze loopt niet weg.

‘Mr. Wilson!’ Ik schreeuw zo hard dat hij me door de hordeur boven aan de trap moet kunnen horen, maar hij komt niet naar buiten.

‘Brownie, ga weg,’ zeg ik, maar ze luistert niet. ‘Ga weg!’ Ze is waarschijnlijk niet zo zwaar als ze eruitziet, want als ik haar schop jankt ze en vliegt ze verder weg dan ik dacht. Ze laat haar kop hangen, kijkt me van opzij aan en hobbelt op haar houten poot weg. Zo, nu weet je tenminste dat ik het meen, zou Richard zeggen.

Ik loop het trapje op en hou mijn hand boven mijn ogen om

door de hordeur te turen. Zou het kunnen dat Mr. Wilson thuis is en dat hij geen antwoord kan geven? Ik zie niemand. Hoe moet ik nu aan een postzegel komen?

Voordat ik besef wat ik doe zoek ik op mijn tenen in zijn woonkamer naar een plaats waar hij zijn postzegels zou kunnen bewaren. Of misschien ligt er wel ergens wat wisselgeld waarmee ik er een kan kopen. Nou ja, het is hier zo rommelig dat je volgens mij nooit meer iets terugvindt. Ik moet weg voordat het postkantoor dichtgaat, dus na een paar minuten geef ik de zoektocht op.

'Wat doe jij in mijn huis, meisje?' dondert de stem van Mr. Wilson.

Ik krijg bijna een hartverzakking van schrik. 'Eh, i-ik...'

'Wat nou, "eh ik"? Heb je iets nodig?' Bij het zien van mijn geschrokken blik wordt zijn stem een beetje zachter.

'H-het spijt me,' breng ik met moeite uit. 'Ik had geroepen, maar ik kreeg geen antwoord en ik heb een postzegel nodig voor een brief aan mijn omi en die wilde ik vandaag gaan posten, voordat het postkantoor dichtgaat, en u was er niet, dus daarom ben ik gewoon naar binnen gelopen om te kijken of u een postzegel had. Ik wilde hem niet stelen, hoor. Echt niet. Ik betaal u wel terug, ik–'

'Rustig maar, watje,' zegt hij. Hij spuugt zijn pruimtabak in het plastic bekertje dat hij speciaal daarvoor altijd bij zich heeft. 'Ik geef je wel een postzegel, al was het alleen maar om van dit gedoe af te zijn.' Hij hobbelt naar een kastje met drie laden en zoekt net zo lang tot hij een mooie nieuwe postzegel heeft gevonden. Hij houdt hem omhoog en geeft hem aan me. 'Alsjeblieft,' zegt hij. 'Je mag hem zo hebben, hoor. Als je weet wie er op deze postzegel staat hoef je me niet terug te betalen.'

Het gezicht met de donkere baard ziet er bekend uit. Een hoge hoed... 'Abe Lincoln?' Ik vraag het heel langzaam, voor het geval ik aan zijn gezicht zie dat het fout is en nog een keer wil raden.

'Heel goed!' zegt hij. 'De man die dit land op de knieën kreeg. Ik denk dat je op school wel alles over de Burgeroorlog zult horen, dus daar val ik je nu niet mee lastig. Verder ben ik toe aan een beetje rust. Ga maar snel naar het postkantoor.'

'Dank u wel, Mr. Wilson!' Op weg naar buiten lik ik aan de postzegel en plak hem op de enveloppe die ik na de scheikundeles uit het bureau van meester Tyler heb gepikt. Meester Tyler had het te druk met Alver Quinten, die straf kreeg voor de glaasjes van de microscoop omdat Odie Rice stiekem naar hem wees toen meester Tyler de klas rondkeek.

Orla Mae had gelijk: als je doorloopt over de asfaltweg kom je bij de winkel en het postkantoor, en die zijn nog lang niet dicht als ik binnenkom. Het water loopt me in de mond als ik de citroenzuurstokken zie, maar ik loop door omdat ik geen geld heb om snoep te kopen. Emma zou trouwens net zo rood als de haan van Nutrena worden als ik zonder zuurstok voor haar thuiskwam. Misschien is het dus maar beter dat ik geen geld heb.

De man achter het loket van het postkantoor is heel dun. Zijn kleren hangen om zijn lijf alsof hij een kleerhanger is. Hij zegt niets en steekt zijn knokige hand uit naar mijn brief. Hij brengt zijn hoofd naar achteren om door het halve brilletje op zijn neus te kijken en tuurt naar het adres en de postzegel. Daarna legt hij mijn enveloppe voorzichtig op een stapeltje brieven in een plastic bak waarop met mooie zwarte letters UIT staat. Over zijn halve brilletje kijkt hij me aan.

'Ben ik nu al klaar?' vraag ik. Ik kan me haast niet voorstellen dat het zo makkelijk is.

Hij knikt plechtig.

'Dank u wel,' mompel ik omdat ik beleefd wil zijn, al betwijfel ik of hij me heeft gehoord.

Nu kan ik alleen maar afwachten.

Op weg naar huis ben ik even opgelucht, maar tegen de tijd dat ik langs de etalage van Antone's loop, waarin een vergeeld bordje met de tekst GESLOTEN naast een bordje met PRUIKEN VAN ECHT MENSENHAAR hangt, begin ik me af te vragen of ik niet beter 'zeg alsjeblieft niet tegen mama dat ik je een brief heb gestuurd' op de brief had kunnen zetten. Mama wordt laaiend als omi haar vertelt dat ik haar heb gesmeekt om te komen. Nou ja, ik krijg waarschijnlijk toch vreselijk op mijn kop, dus het maakt nu niet meer uit.

10

‘Je hebt geluk dat ik vandaag zoveel moet doen,’ snauwt mama tegen me. ‘Anders zou ik je eens flink met de riem geven! Hup, neem dat kleed mee naar buiten en sla al het stof eruit. Als je klaar bent kun je de emmer vullen en me helpen om de vloer te dweilen.’

Je kunt wel zeggen dat mama verrast was toen ze hoorde dat omi zou komen. Zodra ze de telefoon neerlegde schreeuwde ze dat ik bij haar moest komen. Toen wist ik al dat ze omi aan de lijn had gehad, en daarom zijn Emma en ik een hele dag en een ochtend uit haar buurt gebleven.

Omi heeft mijn brief gekregen en belde meteen om te zeggen dat zij en tante Lillibit komen logeren. Ik weet niet zeker of ze tegen mama heeft gezegd dat ik haar een brief heb gestuurd, maar mama doet zo lelijk tegen me dat ik denk dat ze het weet. Voor het eerst van mijn leven ben ik blij dat er in huis nog zoveel klusjes liggen. Mama wil dat het hele huis er goed uitziet als omi komt. Ze heeft zelfs het blikje met de deftige nootjes tevoorschijn gehaald.

Het deftigste wat ik ooit heb gezien is Mr. Peanut, die op het blikje staat. Hij heeft een wandelstok, een brede lach en zo'n brillenglaasje voor één oog. Ik vind het prachtig dat hij zijn dunne beentjes uitstrekt alsof hij wil gaan dansen, en ik vind zijn deftige hoge hoed ontzettend mooi. Hier dragen mensen nooit dure kleren. Mama heeft een heel mooie jurk, maar die doet ze bijna nooit aan omdat ze dan wel in verwachting lijkt, zegt ze. Ik weet niet wat ze daarmee bedoelt of wat ze dan verwacht.

Ik besluit het etiket van het blikje te peuteren omdat ik Mr. Peanut wil bewaren. Daarna ga ik echt naar buiten om de kleedjes goed uit te kloppen, maar eerst...

Het etiket zit maar met één streepje lijm vast, dus ik probeer dat met mijn vingernagel los te krabben zonder het plaatje te scheuren. Als ik dat randje eenmaal los heb gaat de rest er heel makkelijk af. Het probleem is dat het lijntje niet recht is en dat er rafeltjes aan het papier komen. Ik ben er bijna. Het is bijna los. Ik ben al halverwege het plastic dekseltje dat je op het blikje kunt doen als je het al hebt opengemaakt en 'de inhoud heerlijk krokant wilt houden'. Als ik nu niet doorga wordt Mr. Peanut vanavond kapotgescheurd en weggegooid, en Joost mag weten wanneer mama weer nootjes koopt.

We hebben dit blikje al jaren, het is met ons mee verhuisd vanaf de Murray Mill Road. Als er iemand op bezoek komt doet mama een handvol nootjes in het melkwitte schaaltje dat ze van omi heeft gekregen. Dat schaaltje was ooit een cadeautje 'voor het nieuwe huis', maar ik snap niet waarom je nieuwe huizen cadeautjes moet geven. Als er nootjes overblijven doet mama die voorzichtig weer terug in het blikje en zet ze ze weer op de plank. Mijn neefje Sonny heeft ze ooit allemaal met zijn vingers aangeraakt toen hij hondenpoep van zijn schoen had gekrabd en daarna zijn handen niet had gewassen. Ik weet heel zeker dat mama dat ook heeft gezien, maar toch deed ze de overgebleven nootjes weer terug in het blikje.

'Waarom wil mama niet dat omi komt?' vraagt Emma aan mij. Ze is druk bezig om het schuim uit een natte dweil te knijpen. We hebben een manier bedacht om de vloer met ons tweeën schoon te maken: Emma spoelt de dweil uit en knijpt het schuim eruit, en ik wrijf over de vloer tot de dweil vies is en weer in de emmer moet. Dan zetten we de emmer een stukje verder en doen we weer precies hetzelfde.

'Dat weet ik niet. Dat zullen we wel merken,' zeg ik.

'Ze zal het ons heus niet vertellen.'

'Dat snap ik ook wel, suffie.' Ik veeg mijn haren uit mijn gezicht zodat ik beter kan zien waar ik al geweest ben. 'Ik denk dat we het wel merken als omi hier is.'

'Nou zeg, is dat nou een manier om je familie te begroeten?' vraagt omi. Met enige moeite hijst ze zichzelf uit de auto. Ze heeft het tegen mij en Emma.

We blijven veilig in de buurt van de verandatrap staan voor het geval mama ons ervan langs geeft nu alle klusjes in huis zijn gedaan.

'Kom eens hier en geef je oma en tante een dikke kus,' zegt mama tegen ons. Ze klinkt heel vriendelijk, maar ik kan horen dat ze het niet meent. Ik denk niet dat de anderen dat horen.

Omi's reisjurk ruikt naar bleekwater.

Tante Lillibit bukt zich niet om ons een kus te geven, maar tikt zachtjes op ons hoofd en trekt dan vlug haar hand terug alsof ze spijt heeft dat ze ons heeft aangeraakt.

Mama kwettert als een zwerm spreeuwen in een boom. Hebben jullie een goede reis gehad? Zijn jullie erg moe? Hebben jullie trek? Ik heb maisbrood, mama, als je wilt snij ik een snee voor je af. En jij, Lil? Goh, wat zit je haar leuk, deftig hoor! Zulke kappers hebben we hier niet. Is die tas te zwaar, mama? Geef maar, ik draag hem wel voor je. Echt, ze kletst iedereen de oren van het hoofd.

Emma en ik voelen ons als een hond die achter een auto aan rent en hem dan opeens inhaalt. We weten niet goed wat we moeten doen nu omi is gekomen om te kijken hoe het met ons gaat. Als we naar omi kijken zien we dat zij ook niet goed weet wat ze nu moet doen.

'Au!'

'Zit dan ook stil, kind,' zegt omi. 'Hou je hoofd stil.'

'Je trekt veel te hard! Au!'

'Dat haar van jou...' Ze maakt haar zin niet af, maar staat op van het bed en duwt me opzij zodat zij van het bed kan komen. Als ze de kamer uit loopt kijk ik naar de borstel op het bed. Er zitten allemaal haren in.

Als omi terugkomt, worden mijn ogen groot van schrik. 'Omi, nee!'

'Zit stil of het wordt nog korter dan ik in gedachten had,' zegt omi. Ze knipt een paar keer in de lucht om de schaar op te warmen.

'Ik krijg de borstel er echt wel doorheen,' probeer ik nog, maar het is al te laat. Met haar ene hand pakt ze mijn hoofd beet zodat ik me niet kan wegdraaien of de borstel kan pakken. Met haar andere hand begint ze te knippen.

'Je mama...' Knip! '...had dit...' Knip! '...jaren geleden...'

Knip! '...al moeten doen.' Knip! 'Het ziet er...' Knip! '...gewoon niet uit.'

'Omi!'

Knip.

'Omi, toe nou...' zeg ik snikkend. Het is al te laat. Ik zie bossen haar met klitten op mijn schoot en op het bed vallen.

'Zit stil.'

De schaar knipt op het ritme van mijn gesnik.

'Ik vind het helemaal niet leuk meer dat je er bent,' zeg ik als het huilen ophoudt.

'Hou je mond. We weten allebei waarom ik hier ben, dus hou er maar over op.' Het koude metaal van de schaar glijdt over mijn nek en ik huiver. 'Ik hoef alleen de onderkant nog maar recht af te knippen, dan ben je klaar.'

Ik steek mijn hand niet uit naar de spiegel. Ik durf niet te kijken hoe kort het is.

'Dat ziet er helemaal niet slecht uit,' zegt omi tevreden. 'Ga maar gauw aan mama laten zien hoe netjes je bent.'

Ik doe mijn ogen dicht en denk aan Helen Keller, dat blinde en dove meisje over wie we op school lezen. Ik loop niet naar de spiegel, maar probeer met mijn handen te voelen hoe ik eruitzie. 'Ik lijk wel een jongen!' roep ik uit. Meteen begin ik weer hard te huilen.

'Niet zeuren,' zegt omi terwijl ze me weer opzij duwt om op te staan. 'Je ziet er prima uit. Hup, ga je haar aan mama laten zien. Ik moet beneden gaan koken.'

'Wat eten we?'

'Helemaal niets als jij zo blijft zeuren,' snauwt ze. 'Wacht, ruim eerst al die haren maar op voordat je naar mama gaat. Daarna kom je naar de keuken om me te helpen.'

'Waarom knip je Emma's haar niet af?' schreeuw ik, maar omi is al bijna beneden. Het is niet eerlijk dat omi mijn haar knipt en dat van Emma niet.

'Stil maar, lieverd,' zegt hij, me over mijn haar strelend. 'Je hebt gewoon akelig gedroomd. Ik ben bij je. Stil maar.'

'Papa...' zeg ik met mijn neus in het kussen. Ik moet heel diep ademhalen als ik dat heb gezegd. 'Ik zie het nog steeds.'

'Steeds hetzelfde?'

'Ja, een heel klein huisje met alleen maar planken erin. Allemaal rijen kippen boven elkaar...'

'Stil maar,' sust hij weer.

'...en al die kippen hebben zakken over hun kop, maar je hoort ze nog steeds kakelen. Kakeldekakel... heel hard.'

Hij blijft zachtjes over mijn lange haren aaien, en dan opeens is het ochtend.

'Het is echt geen gezicht. Ze lijkt wel een kind uit een achterbuurt,' zegt tante Lillibit tegen omi. Ze denkt dat wij zo druk aan het spelen zijn dat we haar niet horen, maar we verstaan alles.

We zijn vlak bij het huis aan het bikkelen met een paar schelpen die ik heb bewaard van een vakantie aan zee toen papa nog leefde. Emma spaart al jaren elastiekjes, waarmee ze de bal die ze al in Toast had gemaakt steeds groter maakt. Hij stuitert inmiddels best goed, dus we kunnen er heel goed mee bikkelen.

'Jij bent aan de beurt. Ik had er vijf,' zegt Emma.

'Sst,' zeg ik, omdat ik wil horen wat ze zeggen.

'Die man slaat haar nog eens dood als ze ruzie met hem blijft zoeken,' zegt tante Lillibit. 'Ze kan beter haar mond houden en doen wat hij zegt.'

‘Ik heb er iets van gezegd, maar ze wil niet naar haar moeder luisteren,’ zegt omi. ‘Dat heeft ze nooit gedaan, en dat zal ook wel nooit veranderen.’

‘Heb je die bult op haar achterhoofd gezien?’ vraagt tante Lillibit. ‘Haar haren staan gewoon helemaal van haar hoofd af! Ze moet leren wanneer ze haar grote mond moet houden.’

Wat ze daarna zeggen hoor ik niet, en omdat ik probeer te luisteren verlies ik het spelletje. De bal komt al op de grond voordat ik de zes schelpen kan pakken die ik moest oprapen.

‘Als je het mij vraagt gaat die Caroline haar moeder achterna,’ hoor ik tante Lillibit zeggen. ‘Die striemen en blauwe plekken zeggen genoeg. Zij en haar moeder kunnen een voorbeeld nemen aan Emma, die zich op de juiste momenten niet laat zien.’

‘Hou daar nu maar over op,’ zegt omi.

‘Waarom bent u ’s avonds nooit thuis?’

Mr. Wilson zit in zijn stoel, die eruitziet alsof hij in een woonkamer hoort in plaats van op de veranda. Hij is bezig om met een mes figuurtjes uit een stukje hout te snijden. Dat doet hij wel vaker als hij ergens over nadenkt.

‘Hoe weet jij dat ik ’s avonds niet thuis ben?’

Ik haal mijn schouders op omdat ik denk dat hij me wel kan zien, maar voor de zekerheid zeg ik: ‘Dat weet ik gewoon. Waar gaat u dan naartoe?’

Hij draait het stuk hout in zijn grote hand alsof hij het voor de eerste keer ziet. ‘Weet je, een mens kan z’n hele leven houtsnijden en nooit iets moois maken,’ zegt hij tegen het hout. ‘Wist je dat? Andere dingen, tja, die kun je leren als je ze jaren blijft doen, maar bij hout lukt dat niet. Als het lot het zo heeft bedacht blijf je net zo'n beroerde houtsnijder als op de dag dat je werd geboren.'

'Wat bedoelt u met "als het lot het zo heeft bedacht"? Hoe weet je of het lot iets heeft bedacht?'

'Dat weet je gewoon.' Hij haalt zijn schouders op, en even zie ik hoe hij eruit moet hebben gezien toen hij jong was, voordat de ouderdom al die lijntjes op zijn gezicht tekende. 'Het is net als met dat schieten van jou. Het lot heeft bedacht dat jij dat goed kunt. Zelf heb ik dat met mijn gitaar. Ik durf best te zeggen dat ik behoorlijk goed kan spelen. Zo heeft het lot dat bedacht.'

Ik bungel met mijn benen over de rand van de veranda en kijk naar zijn mes, dat schilfers hout van het blok snijdt. Terwijl de snippers op de grond vallen denk ik na over dingen die het lot blijkbaar wel of niet heeft bedacht.

'Nu weet ik nog steeds niet waar u 's avonds naartoe gaat.'

'Als het jou iets aanging zou ik je vertellen dat ik 's avonds naar Zebulon ga om countrymuziek te spelen, maar het gaat je niets aan dus daarom vertel ik het je niet.'

'Mag ik een keer komen kijken?'

'Van mij wel,' zegt hij schouderophalend. 'Maar moet je 's avonds geen klusjes voor je mama doen?'

'Wat is Zee-be-lon, of hoe het dan ook mag heten?' vraag ik. Dat is een trucje dat ik van Orla Mae heb geleerd. Beantwoord een vraag met een vraag en dan wint iedereen.

'Ze-bu-lon is een winkel aan de rand van het dorp waar ze graan en zaden verkopen. Daar gaan we graag naartoe, want door die zakken met graan klinkt het geluid niet zo hol. Trouwens, Sonny kan niet goed lopen, dus om het hem makkelijk te maken gaan we naar hem toe.'

'Wie is Sonny?' vraag ik.

'Nieuwsgierig aagje! Sonny Zebulon is de oudste inwoner van dit dorp. Je moet maar eens langskomen om kennis te maken. Hij vindt je vast aardig. Ja, nu ik erover nadenk lijkt me dat een goed plan.'

'Mag ik wat water?'

'Je weet waar de keuken is.'

Als ik opsta duikt Brownie voor me weg.

Mr. Wilson kijkt naar haar. 'Wat is er met jou aan de hand, beest?'

Ik ga mijn glaasje water halen.

Tante Lillibit vindt het leuk als iemand een fout maakt die ze allang had zien aankomen.

'Ik zie dat je moeder in de kast tussen de twee slaapkamers haar extra dekens bewaart. Ga jij er eens eentje voor me halen,' roept tante Lillibit vanaf het logeerbed dat mama voor haar en omi in de woonkamer heeft gemaakt, zo ver mogelijk van het gat in het dak vandaan. 'En denk erom dat je de uiteinden niet over de grond laat slepen!' schreeuwt ze erachteraan.

Maar dat gebeurt dus wél. Ik zie één hoekje over het hoofd als ik controleer of ik de hele deken goed vastheb, en als ik naar beneden loop sleept het hoekje als een staart achter me aan.

'Wat had ik nu gezegd? Nou? Geef hier.' Ze graait de deken uit mijn armen en bestudeert het hoekje dat over de grond heeft gesleept om te kijken of het vuil is. Ze knikt alsof ze al had verwacht dat dit zou gebeuren.

'Sorry.' Ik kan niets anders doen dan naar de grond staren en hopen dat ze me laat gaan.

'Het verbaast me niets dat je mama het huis niet kan schoonhouden als jij altijd stof achter je aan sleept.' Ze draait zich om naar het bed en slaat de deken uit in de lucht, zodat hij over de andere dekens valt die we hadden uitgespreid over de matras die we uit Toast hebben meegenomen.

Mama en Richard slapen op de boxspring die eigenlijk onder deze matras hoort te liggen. Richard was woedend dat hij daarop moest slapen. Hij schreeuwde dat we geen tussenstation waren voor haar bemoeizieke familie, en hij wilde weten waarom hij zijn zachte matras moest verruilen voor de harde matras als zij blij mochten zijn dat ze een dak boven hun hoofd hadden.

'Ga omi maar helpen,' zegt tante Lillibit tegen mij. 'Dan doe je iets nuttigs, en dat kan ik van je moeder niet zeggen.' Ze denkt dat ik dat laatste niet hoor.

Omi is bezig om het aanrecht schoon te schrobben.

'Hoi,' zeg ik. 'Heb je hulp nodig?' Ik vraag het zachtjes, want ik heb helemaal geen zin om de keuken schoon te maken.

'Haal maar een schone emmer water uit de beek,' zegt ze, wijzend op de emmer aan haar voeten.

'Goed omi.'

'Kijk uit! Doe toch eens voorzichtig, Caroline! Nu knoei je vuil water over de vloer. Je tilt die emmer veel te vlug op! Hup, dweil die rommel op voordat je schoon water gaat halen. Waarmee? Nou, ik weet niet waar mama de dweilen bewaart. Kijk maar onder de gootsteen. Nee, daar links. Goed zo. Droog eerst het stuk bij mijn voeten maar. Precies. Neem die dweil maar mee naar buiten en wring hem uit. En een beetje voorzichtig met die emmer, begrepen?'

'Waar is Emma?'

'Ga nu maar!'

'Ik ga al, ik ga al.'

'Niet zo'n grote mond tegen je oma!' schreeuwt ze me na.

Ik hou de emmer voor me uit alsof het een bruidsboeket is. Ik loop langzaam en met kaarsrechte rug naar de beek. Mijn golvende witte bruidsjurk is bijna net zo mooi als mijn sluier. Aan beide kanten zitten mensen in de kerkbanken naar me te kijken. Ze strekken hun hals om me goed te kunnen zien. Hoi, Betsy! En kijk, daar zit Perry Gibson. Die is altijd verliefd op me geweest, maar ik zag hem niet staan. Arme Perry. En daar zit Mary Sellers. Ze is stikjaloers op mijn mooie witte jurk, dat zie ik aan haar gezicht.

'Carrie! Jeetjemina, ik loop je al bijna een jáár te roepen!' Emma komt op een drafje aanlopen. 'Wacht nou!'

'Waar zat je?'

'Ik zocht jou.'

'Dan heb je niet goed gezocht, want ik moest binnen het slaafje van omi spelen. Blijkbaar was je zo slim om je daar niet te laten zien. Hup, aan de kant, want ik moet een emmer water voor omi halen. Als dat te lang duurt springt ze uit haar vel.'

Emma springt op de grote steen in het midden van het beekje en begint op haar hurken aan het mos te pulken. Ik moet denken aan een natuurfilm die we op school hebben gezien waarin een aap op die manier vlooien uit het haar van haar baby pulkte.

'Waarom is omi altijd zo knorrig?' wil ze weten.

'Hoe moet ik dat nu weten?'

Emma haalt haar schouders op en gaat door met pulken. 'Denk jij dat ze ons lief vindt?'

Nu haal ik mijn schouders op, want ik heb geen flauw idee.

De emmer is vol, dus daarom lopen we terug naar huis. Net voordat we bij de achterdeur komen zie ik dat mijn veter los is. Ik zet de emmer neer en ga op mijn knie zitten om hem te strikken. Anders moppert tante Lillibit straks weer dat ik een sloddervos ben. Terwijl ik daar zit hoor ik ze praten. 'Wacht!' fluister ik tegen Emma, die haar hand uitsteekt naar de deur.

Emma loopt terug en draait haar hoofd, zodat de stemmen rechtstreeks naar haar oor kunnen gaan en op haar gezicht niet hoeven afbuigen naar de zijkant.

'Ik heb haar voor de vorige gewaarschuwd en voor deze ook,' horen we omi zeggen. 'Maar ze is koppig. Ik heb het al gezegd toen ze haar uit mijn buik moesten trekken – dat koppige kind wilde niet eens haar moeders buik uit toen het tijd was!'

'Bij Henry moest ze opboksen tegen andere vrouwen,' zegt tante Lillibit. 'Bij Richard draait het elke keer letterlijk op boksen uit. Vergeleken met hem was Henry een goede echtgenoot.'

'Ik weet het,' zegt omi.

'In het dorp hoorde ik mensen zeggen dat hij geld uit de kassa van de winkel heeft gepikt,' zegt tante Lillibit. 'Hoe heet die winkel ook weer? Antie's? Annie's?'

Antone's? Ik kijk vragend naar Emma en vorm het woord met mijn mond. Emma strekt haar nek om nog dichter bij de stemmen te komen, maar de volgende zinnen klinken zo zacht dat ik ze niet kan verstaan. Wacht! Nu praten ze weer normaal.

'Hoe moet ik dat nu weten?' vraagt tante Lillibit. 'Ik denk dat het een flink bedrag moet zijn geweest, want de mensen waren woedend. Het heeft hem zijn baan gekost.'

Emma en ik kijken elkaar met grote ogen aan. Het is net als in een tekenfilm, als iemand een klap op zijn hoofd krijgt en ogen als schoteltjes opzet voordat hij omvalt.

'Toen ik onlangs naar Toast ging om hun laatste spullen te halen kwam ik Nellie Lamott trouwens tegen. Zij vertelde dat Selma Blake naar Libby had gevraagd. Een beetje te nadrukkelijk, volgens Nellie. In Toast fluisteren ze nu steeds dat Selma dat huwelijk kapot heeft gemaakt. Dat overspelige mens had moeten weten wanneer ze moest ophouden in plaats van zich steeds dieper in de nesten te werken. Hoe durft ze nu nog naar Libby te vragen! Na al die ellende neemt niemand haar nietsnut van een echtgenoot nog in dienst. Ze zou haar tijd moeten besteden aan hém in plaats van aan Libby.'

'Zeg dat wel.'

'Weet je, misschien is Libby met deze nog niet eens zo slecht af,' zegt tante Lillibit.

'Wat? Je bent niet goed bij je hoofd.'

'Henry was net zo onbetrouwbaar als die kerel die Jezus bij het Laatste Avondmaal heeft verraden. Dat wist iedereen, zelfs Libby. Hij bedroog haar waar ze bij stond! Goed, deze vent is opvliegend,' zegt tante Lillibit. 'Maar wijs mij een zachtaardige man en ik zal je vertellen dat je een godswonder hebt gevonden. Neem nu pa. Die was ook gauw kwaad, maar hij wist wel hoe hij zijn baan moest houden. Hij dronk zichzelf niet elke avond halfdood.'

'Nee, dat deed hij zeker niet. Hoe slecht het ook ging, we hadden altijd een dak boven ons hoofd. Soms zagen we scheel van de honger, maar je vader is dat stuk land nooit kwijtgeraakt. We moesten jullie soms met de riem ervanlangs geven, maar je zus was ook eigenwijzer dan de koppigste ezel. Jij daarentegen...'

Ze gaan weer zachter praten waardoor ik ze niet meer kan verstaan.

'Carrie!' roept Emma. 'Waar ga je naartoe? Carrie! Wacht!'

Maar ik ben al weg. Over de omgevallen boom. Dwars door het beekje. Op een grote hoop stenen. Weg. Naar een plaats waar ik ze niet meer kan horen.

'Ik wil mee naar Zebulon.' Ik hijg nog harder dan Brownie.

'Wat?' Mr. Wilson kijkt op van de elektriciteitsdraad waaraan hij zit te prutsen.

'Ik wil mee naar Zebulon,' zeg ik. Deze keer klinkt het wat duidelijker omdat ik weer op adem begin te komen. 'Mag ik vandaag mee?'

Mr. Wilson klakt met zijn tong tegen zijn gehemelte en schudt zijn hoofd van links naar rechts. Ik kan zijn gezicht niet zien omdat hij zich nog steeds over die draad buigt, maar ik ben bang dat ik niet mee mag.

'Ten eerste is het volgens mijn klok nog lang geen avond,' zegt hij, meer tegen het plastic dat hij van de gekleurde draadjes af peutert dan tegen mij. 'Ten tweede hoeft een meisje van vijf mij niet te vertellen wat ik moet doen.'

'Ik ben acht!'

'Maakt niet uit. Ook een meisje van acht hoeft mij niet te vertellen wat ik moet doen. Je zou het bijvoorbeeld netjes kunnen vragen. Bazig klein ding.'

'Het spijt me,' zeg ik lachend, want ik hoor dat ik hem misschien wel kan overhalen. 'Mr. Wilson, mag ik heel, héél alstublieft vanavond mee naar Zebulon om naar u te luisteren? Toe, alstublieft?'

Hij schudt zijn hoofd weer, maar nu zie ik lachrimpeltjes rond zijn ogen, ik weet het zeker.

'Alstublieieieft?'

'Ik zal erover nadenken. Blijf jij maar even wachten terwijl ik dit klusje afmaak,' zegt hij.

Tijdens het wachten pulk ik met mijn nagel aan de afbladderende witte verf op het hout naast de voordeur. Als er een mooie grote schilfer loskomt probeer ik het nog een keer. En nog een keer, tot hij het koord oprolt en zijn schroevendraaier weer in de grote kist legt waarin hij behalve gereedschap spijkers en allerlei andere dingen bewaart. Volgens mij ligt er zelfs een liniaal in, en een paar botte potloden die hij met een mes slijpt.

'Zo meisje,' zegt hij, opstaand van zijn stoel. 'Als je zo lang kunt wachten, heb je een uitje verdiend. Ik stel voor dat we gaan. Ik ga binnen mijn gitaar pakken.'

Hij zet de gitaar in het midden van het voorbankje van zijn oude rammelende pick-up. De gitaar staat met de snaren naar voren, en de steel steekt boven me uit.

Ik vind het fijn dat hij niet zoveel praat, al heb ik eigenlijk ook geen zin om aan thuis, omi of tante Lillibit te denken.

'Mr. Wilson?'

Hij heeft zijn raampje helemaal opengedraaid. Hij houdt met één hand het stuur vast en leunt met zijn elleboog op de deur. 'Ja?'

'Wat betekent "overspelig"?' Ik kijk door mijn raampje naar buiten zodat hij niet kan zien dat ik bijna moet huilen. Gek genoeg merk ik toch dat hij naar me kijkt.

'Dat zeg je als iemand getrouwd is, maar er stiekem een vriendje of vriendinnetje op na houdt.'

'Maar ik heb toch ook vriendinnetjes? Het is toch niet erg om vriendinnetjes te hebben?' Nu draai ik mijn hoofd naar hem toe.

'Ik heb het over vriendinnetjes op de grotemensenmanier,' zegt hij. Hij steekt zijn vrije arm uit. Ik denk dat hij de auto achter ons laat weten dat hij linksaf gaat.

'De grotemensenmanier? Wat is dat nu weer?'

'Als iemand getrouwd is en stiekem een vriendinnetje heeft gaat zijn gezin daaraan stuk. Waarom wil je dat allemaal weten?'

Ik geef geen antwoord. Gelukkig vraagt hij niet door.

Een paar minuten later stoppen we bij een groot gebouw dat op een schuur lijkt. Er hangt een verroest bord aan waar ZE LON op staat, omdat de b en de u zijn weggesleten.

Mr. Wilson verschuift op zijn stoel zodat zijn goede been en zijn houten been allebei naar de deur wijzen. Daarna hupt hij uit de auto. Hij neemt zijn gitaar mee.

'Ik kan de deur niet open krijgen,' roep ik door mijn raampje. 'Wacht! Ik kan de deur niet open krijgen!' Maar hij loopt door de openstaande schuurdeuren alsof hij me niet heeft gehoord, dus ik schuif naar zijn kant en gebruik zijn deur om uit te stappen.

'Ik kreeg mijn deur niet open,' zeg ik als ik hem inhaal.

'Die deur kan ook niet open.'

'Waarom liet u me zitten?'

'Als jij niet eens uit een pick-up kunt komen zul je het nooit ver schoppen,' zegt hij terwijl hij langs de zakken graan en meel hobbelt.

'Wilson.' Een man die ongeveer net zo oud is als Mr. Wilson steekt zijn hand naar hem uit.

'Walles,' zegt Mr. Wilson.

'Wat ben je vroeg. Meestal zien we jouw lelijke kop pas als het donker wordt.'

Mr. Wilson grinnikt en pakt een stuk gereedschap van een tafel, dat daar ligt te hopen dat iemand het mee naar huis neemt. 'Ach, iemand moet de muizen hier toch wegjagen?'

'Wie heb je bij je?' Hij kijkt naar mij alsof hij bang is dat ik iets pik.

'Let maar niet op haar,' zegt hij, alsof ik doof ben. 'Ze komt naar de muziek luisteren. Ze is een Culver. Ze heeft de banjo in haar bloed, het arme wicht.'

Mr. Walles knikt en loopt met Mr. Wilson naar de achterkant

van de winkel, waar de schappen zijn leeggehaald en een paar omgekeerde houten melkkratten zijn neergezet als stoelen. Op een paar kratten liggen zelfs lege meelzakken – die van vijf pond – om ze een beetje zachter te maken. Mr. Wilson en Walles gaan allebei op een krat zitten, en dan zie ik pas dat er nog iemand zit. Het is een oude meneer, zo gerimpeld als een rozijntje, en hij zit voorovergebogen over zijn gitaar. Ik denk dat dit Zebulon is, want hij zit in een echte stoel met een achterkant en armleuningen. Als je de oudste inwoner van het dorp bent hoef je vast niet meer op een krat te zitten.

'Zeb,' zegt Mr. Wilson. Hij zegt het zo zachtjes dat ik niet weet of Zebulon hem wel heeft gehoord, maar dan zie ik hem knikken en zachtjes op de snaren van zijn gitaar tokkelen.

'Wat gaan we vandaag doen?' Mr. Walles verschuift zijn achterste op de meelzak.

'Wat dachten jullie van Mississippi John Hurt?'

'Neu. Blind Willie McTell.'

'Ik heb wel zin in Mama 'ain't Long' Fore Day. Of wat dachten jullie van die linkshandige vrouw die met rechts gitaar speelt? Hoe heet ze ook weer?'

Voordat ze iets hebben afgesproken begint Zebulon op zijn gitaar te spelen. De andere twee vallen in. Ik heb nog nooit zoiets moois gehoord. Ik doe mijn ogen dicht en stel me voor dat mijn opa ook meespeelt. Ik durf te wedden dat hij niet overspelig was.

Over het pad loop ik terug naar nummer tweeëntwintig en daar staat hij voor ons oude huis de pick-up van de sheriff. Als ik niet zou weten van wie de auto was hoefde ik alleen maar te kijken naar de letters op de deur naast het stuur. Er staat met grote blokletters SHERIFF op, dus dat kan niet missen.

'Emma?' schreeuw ik. Misschien is ze wel buiten en kan ze me vertellen wat er aan de hand is.

Ze geeft geen antwoord.

Ze komen Richard halen. Ik vóél het gewoon.

Er ligt een grote kei die gemaakt is om op te zitten, dus dat doe ik. Ik ga zitten. En wacht. Zouden ze handboeien gebruiken?

Ik hoef niet lang te wachten. De voordeur gaat open en de sheriff komt het donkere huis uit. Hij heeft Richard niet bij zich, maar hij houdt een vel papier in zijn hand. Als de deur achter hem dichtgaat prikt hij het papier met een paar punaises vast. Ik weet niet wat erop staat, maar ik weet wel dat de sheriff er heel anders uitziet dan ik had gedacht. Hij draagt een spijkerbroek en een oud overhemd dat eruitziet alsof het gemaakt is voor de winter in plaats van de zomer. Als hij van de veranda komt en naar zijn pick-up loopt, zie ik een ster op de voorkant zitten. Ik denk dat dat het enige uniform is dat hij hier hoeft te dragen.

Wacht! Nu komt mama naar buiten.

'Wat moeten wij nu?' roept ze vanaf de veranda naar de sheriff, die al met één been in zijn auto stapt.

'Misschien kunt u bij familie intrekken,' zegt hij.

'Doe ons dit niet aan,' zegt mama. Ze moet bijna huilen. Ik hoor dat haar stem de tranen opvangt en inhoudt. 'Toe.'

'Het spijt me, Mrs. Parker,' zegt hij. 'Zo is de wet nu eenmaal.' Hij stapt in zijn auto, start de motor en rijdt weg over het pad, tussen de struiken door, over de keien en in de richting van het asfalt.

'Wat is er, mama?' vraag ik. Ik loop naar het huis, maar dat heeft haar al opgeslokt.

Als de deur achter haar dichtvalt lees ik het papier dat de sheriff heeft opgehangen.

'Uitzettingsbevel,' schreeuwen de letters. 'De bewoners van dit huis moeten het pand binnen dertig dagen verlaten. Dit bevel is een waarschuwing dat een overschrijding van die termijn als een strafbaar feit wordt beschouwd. In dat geval zullen er maatregelen worden genomen.'

Moeten de bewoners hier weg?

'Mama?' roep ik als mijn ogen eenmaal aan het schemerdonker van de woonkamer gewend zijn. 'Waar is iedereen? Emma?'

In de keuken staan omi en tante Lillibit achter mama, die met haar hoofd in haar handen ineengedoken aan de keukentafel zit te huilen.

'Als hij een vent was geweest had hij gezorgd dat hij thuis was,' zegt tante Lillibit boos. 'Waar is die rotzak eigenlijk?'

Mama schudt haar hoofd als om te zeggen dat ze dat niet weet.

'Het maakt niet uit waar hij zit,' zegt omi. 'Hup, de handen uit de mouwen. We moeten aan het werk en alle spullen inpakken die we hebben meegebracht.' Ze kijkt naar tante Lillibit en loopt naar het aanrecht om de vuile borden af te wassen. Het lijkt wel of de stapel vuile borden altijd uit zichzelf groeit.

'Hoe moet het nu verder?' Mama's stem zoekt zich een weg tussen haar vingers door.

'Dat had hij zich moeten afvragen voordat hij geld uit de kassa pikte,' zegt omi over haar schouder. 'Dat had hij zich moeten afvragen voordat hij op zijn werk op de vuist ging. Die man van jou denkt nooit na voordat hij iets doet of een dreun uitdeelt.'

Mama springt van haar stoel nog voordat ik mijn hoofd heb kunnen draaien. Nu kijk ik van omi's gebloemde schort naar haar.

'Als je me iets wilt vertellen, ma, dan moet je dat recht in mijn gezicht doen.' Ik heb mama nog nooit met zo'n hoge stem horen praten. 'Kom op. Recht in mijn gezicht. Niet via Lillibit, maar tegen mij, ma.'

Omi draait zich om. 'Niet zo'n grote mond, jongedame,' waarschuwt ze. 'Een beetje respect graag. Die toon hoef je niet aan te slaan tegen je moeder.'

'Waarom zeg je nu niet gewoon wat je denkt?' Ik weet het niet zeker, maar ik denk niet dat dit de toon is waarop omi had gehoopt. 'Zeg het nu maar!'

'Goed, dan zul je het weten ook. Het is je eigen schuld, want jij bent met die lamstraal getrouwd. Je hebt er zelf om gevraagd toen die man naar Toast kwam met niets anders dan die twee handen waarmee hij iedereen last bezorgt. Je kunt je wel afvragen wat er fout is gegaan, maar je was er zelf bij. Je hebt nooit verstandige keuzes gemaakt. Je wilt voortdurend dat het leven leuker wordt, maar dat gebeurt niet. Voor mensen als wij is dat niet weggelegd. Het leven is hard, dus wen er maar aan. Jij zeurt alleen maar en doet nauwelijks moeite om er het beste van te maken. Hoor je me? Het wordt niet leuker.'

Ik weet zeker dat omi nog niet klaar is, maar mama geeft haar geen kans om uit te praten. 'Donder op,' schreeuwt ze. 'Ga mijn huis uit!'

'Ik weet niet of het je is opgevallen, maar het is je huis niet meer,' zegt omi terwijl ze naar mama toe loopt. 'Dit is een huis van de houtzagerij waar jouw man het zo heeft verpest dat hij eruit is gegooid. Wat had je dan verwacht? Dat je mocht blijven zolang je wilde? Als je daar boos over bent moet je bij je man wezen. Je hebt ook geen enkele reden om tegen je eigen ma te schreeuwen. Ik kom hier speciaal naartoe om een kijkje bij je te nemen. Ik wil je zo goed mogelijk helpen. En wat zie ik? Ruzies en tranen. Blauwe plekken. Bloed. Ik heb mijn ogen niet in mijn zak zitten, Libby. Ik liet mijn kinderen tenminste niet mishandelen,' mompelt ze terwijl ze zich omdraait naar het aanrecht. Ik denk dat ze nu klaar is met praten.

'Donder op.' Mama spuugt bijna van kwaadheid. 'Wegwezen! Ik ga Richard zoeken en als ik terugkom wil ik je auto niet meer zien staan.'

'Gooi jij je eigen vlees en bloed de deur uit?' De ogen van tante Lillibit worden zo groot als soepborden.

'Je hebt me wel gehoord.'

'Het is al goed, Lillibit,' zegt omi. 'Als we niet welkom zijn, gaan we weg.'

Mama schudt haar haren naar achteren zodat ze op haar rug vallen. Dan loopt ze de woonkamer in, waar ik sta te luisteren. Het is net of ze me niet ziet. Ze loopt met haar neus in de lucht de voordeur van nummer tweeëntwintig uit. Met een klap gooit ze de hordeur achter zich dicht.

In de keuken droogt omi het bord af dat ze heeft afgewassen en zet het voorzichtig op de stapel die al schoon is. Ze zet de hele stapel netjes in de kast. Dat doen wij bijna nooit; we gebruiken de borden en pakken ze weer zonder dat ze in de kast hebben gestaan.

'Ik ga mijn spullen pakken,' zegt tante Lillibit tegen niemand in het bijzonder.

Omi weet niet dat ik sta te kijken terwijl ze haar handen aan haar schort afdroogt en haar handpalmen op het aanrecht zet, aan weerszijden van de gootsteen. Ze staart uit het raam naar het bos dat naar de Diamantrivier leidt. Het lijkt wel of ze uren zo blijft staan. Als ze zich na een poosje naar me omdraait zie ik aan haar ogen dat ze wél wist dat ik achter haar stond.

'Nou, dan moeten we onze spullen maar eens gaan pakken,'

zegt ze. Als ze de keuken uit loopt legt ze haar hand even op mijn hoofd. Nu ben ik degene die haar tranen ziet.

In de woonkamer vouwt tante Lillibit al haar kleren op. Ze legt ze op een stapeltje, net zoals omi alle borden heeft opgestapeld.

Omi loopt naar de kast en pakt haar koffer, die ze op de matras legt. Met open mond wacht de koffer tot ze hun hele leven erin hebben gestopt en kunnen vertrekken.

'Sta daar niet te staan. Haal de schone kleren van de waslijn,' roept tante Lillibit tegen mij.

Ik doe wat ze heeft gezegd. Ik wil niet dat ze nog meer redenen hebben om boos op de familie Parker te zijn.

Bloezen, broeken en ondergoed hangen als treurige spoken aan de lijn. Ik haal ze er een voor een af. Ik durf te wedden dat ze hopen dat ze weer in de bewoonde wereld gedragen zullen worden, ver weg van het donkere bos. Ik hou ze tegen mijn neus en snuffel eraan, net zoals ik aan papa's overgebleven stukje vloerbedekking snuffelde. In plaats van omi en tante Lillibit ruik ik alleen maar zeep en citroen.

'Niet zo treuzelen, kind,' roept omi vanuit de keuken. 'We staan te wachten.'

'Moeten jullie echt weg?' vraag ik als ik terug naar huis loop.

'Ja.' Omi neemt de spoken van me over en schudt de kreukels eruit. 'Kom, pak het andere uiteinde van de deken, dan vouwen we hem op en leggen we hem terug in de kast. Ik wil niet dat je mama straks kan zeggen dat ik alleen maar rotzooi achterlaat.'

Ik pak twee uiteinden van de deken en loop achteruit tot de deken strak staat. Met de uiteinden lopen we naar elkaar toe en weer van elkaar af, alsof we een dansje uitvoeren. Het dansje is klaar als de deken netjes is opgevouwen.

'Mama meende het niet,' zegt Emma vanaf de onderste traptree. Ik denk dat ze zich heeft verstopt om de ruzie te bekijken, net als ik.

'Geef mij mijn haarborstel eens aan,' zegt tante Lillibit tegen Emma. 'Een beetje vlug alsjeblieft, want we moeten weg.'

'Ze meende het niet,' zegt Emma terwijl ze haar de borstel geeft. 'Kunnen jullie alsjeblieft nog een poosje blijven?'

'Ik ben niet rijk, maar ik heb wel mijn trots,' zegt omi tegen Emma en mij. 'We gaan weg zodra ik mijn koffer heb ingepakt. Lillibit, waar is die onderjurk die je van me hebt geleend? Oké, stop hem maar in je koffer, als je maar zorgt dat je hem hier niet laat liggen.'

'En wij dan?' vraag ik.

'Jullie redden je wel.' Omi tikt me zachtjes op mijn hoofd. 'Blijf uit zijn buurt en dan komt alles wel goed.'

De mond gaat dicht omdat hij helemaal vol zit. Omi klikt hem dicht en kijkt de kamer rond. 'Goed, Lillibit. We gaan,' zegt ze.

'Ik kom er zo aan.' Tante Lillibit loopt naar onze enige wc. Ook al doet ze elke keer weer haar best, toch gaat de deur niet helemaal dicht. Dat is nooit anders geweest, maar ze blijft het proberen. Alsof wij naar binnen zouden gaan als zij op de wc zit! Op de wc hoor ik haar zuchten.

'Help me eens even met de koffer.' Omi geeft me een van de hengsels en samen lopen we door de kamer, met de koffer tussen ons in. Bij de voordeur draaien we ons opzij zodat de koffer door de deur past zonder dat we hem hoeven neerzetten.

Omi zet hem bij de auto en loopt naar binnen om haar tas te pakken.

'Niet weggaan, omi.' Ik kan de tranen niet tegenhouden voordat ze over mijn wangen rollen. 'Niet weggaan.'

Maar omi kan niet goed tegen tranen, dat zei papa al.

Tante Lillibit komt naar buiten met haar tas, die niet zo goed dichtzit als die van omi. Uit de zijkant wappert de mouw van de witte blouse die ik van de lijn heb gehaald. Zo te zien is het spook de enige die bij ons wil blijven.

Ze zitten in de auto. Tante Lillibit laat de motor even warmdraaien voordat ze wegrijdt. 'Lief zijn, hoor,' zegt ze door het open raampje. 'Hoor je me? Lief zijn, Caroline.'

'Geef je omi eens een afscheidskus,' zegt omi. Ze leunt over Lillibits schoot heen en wenkt dat ik naar het raampje moet komen. 'Kom,' roept ze door het raampje naar Emma.

Als ik bij haar kom veegt ze mijn tranen weg. 'Droog die tranen, kind. Je hebt er niets aan. Je schiet er nooit iets mee op om te huilen.'

Ik voel dat Emma naast me komt staan. Ze steekt haar armpje door het open raam. 'Omi, toe,' roept ze huilend. Ze snikt zo hard dat ze nauwelijks iets kan zeggen. 'Neem ons mee...'

'Rijden maar, Lillibit,' is het enige wat omi zegt.

'Neem ons mee,' roept Emma snikkend. Het is best gek dat ze huilt, want meestal huilt ze alleen maar als ze denkt dat ze iets kan veranderen. Misschien komt dat omdat zij pas zes is en ik al acht. Emma snapt nog niet dat we hier helemaal niets aan kunnen veranderen.

11

‘Oké, jongens, nu even rustig.’ Juf Ueland wappert langzaam met haar handen om ons te laten zien dat we stil moeten zijn.

Ze kijkt de klas rond en blijft mij een paar tellen langer aankijken dan de anderen. Ik veeg vlug met mijn hand over mijn gezicht omdat ik bang ben dat er een snotje uit mijn neus piept.

‘Vandaag gaan we het hebben over de stichters van ons land,’ zegt ze terwijl ze zich naar het bord draait. ‘Weten jullie allemaal wie ik daarmee bedoel?’

Meteen steekt Orla Mae haar vinger op. ‘Ik weet het, juf! Ik weet het.’

‘Zeg het maar, Orla Mae.’

‘Dat waren onze eerste presidenten.’ Orla Mae zit kaarsrecht op haar stoel.

De rest van de les is een waas van vragen en antwoorden, waar ik goddank niet aan mee hoef te doen. Al gauw gaat de bel en kan ik mijn boeken bij elkaar rapen.

‘Caroline? Kan ik jou heel even spreken?’ vraagt juf Ueland

boven het kabaal van de andere kinderen uit. Ze loopt tegen de stroom in naar me toe.

'Wat is er, juf?' vraag ik. Ik doe mijn best om mijn arm stil te houden, die begint te trillen omdat mijn boeken zo zwaar zijn. Ik wou dat ik vanochtend iets te eten had gehad, want ik zie sterretjes voor mijn ogen.

'Caroline, ik maak me zorgen om je,' zegt juf Ueland terwijl ze half op een van de tafeltjes gaat zitten. 'Hoe gaat het met je?'

'Goed juf.'

Ze kijkt me recht in de ogen, en heel even voel ik tranen prikken. Ik slik en doe mijn best om niet te huilen.

'Vertel me toch wat er aan de hand is.' Haar stem lijkt me wel te smeken om te gaan huilen. 'Je kunt alles tegen me zeggen.'

Ik slik en zeg: 'Er is niets aan de hand, juf.'

'Ik denk erover om na school met je ouders te gaan praten–'

Voordat ze haar zin kan afmaken val ik haar in de rede. 'Nee! Ik bedoel, dat hoeft niet, juf. Er is niets aan de hand, echt niet. Ik heb mijn hoofd gestoten toen ik op de stenen achter ons huis uitgleed. Mama geeft me met de riem als u langskomt om erover te praten. Ze zegt elke keer dat ik voorzichtig moet zijn en niet op de stenen in het bos moet klimmen. Als ze weet dat u bezorgd bent krijg ik vreselijk op mijn kop!' Ik hoop maar dat juf Ueland daarnaar wil luisteren.

Ze zegt niets en kijkt naar haar handen, die ze sierlijk op haar schoot heeft gevouwen. Haar trouwring glinstert in het licht van de lamp boven ons hoofd.

'Goed, dan wacht ik nog even,' zegt ze na een poosje. 'Maar vergeet niet dat je altijd met me mag komen praten, Caroline. Afgesproken?'

'Goed juf.'

'Begrijpen we elkaar goed?'

'Ja juf.'

'Dan mag je gaan.'

'Goed juf.'

Ik ben blij dat ik weg mag, want een paar tellen lang, héél even maar, had ik zin om haar alles over Richard te vertellen.

'Ik heb gehoord dat jullie een probleem hebben,' zegt Mr. Wilson. Hij kijkt op van zijn houtsnijwerk.

Ik weet precies wat mama nu zou zeggen. Ze zou zeggen dat hij zich met zijn eigen zaken moest bemoeien, maar Mr. Wilson is aardig. Mr. Wilson geeft geen fluit om de zaken van andere mensen. Meestal heeft hij genoeg aan zijn eigen dingen.

Het lijkt mij het veiligst om niets te zeggen. Ik wacht af wat hij nog meer gaat zeggen.

'Ik weet dat er mensen zijn die jullie graag zien vertrekken,' zegt hij, doorgaand met zijn houtsnijwerk. Hij is heel voorzichtig en zorgt er goed voor dat hij zijn duim er niet af snijdt. 'Antone, bijvoorbeeld. En de mensen van de houtzagerij. Die zouden allemaal blij zijn als jullie je koffers pakten en ergens anders gingen wonen. Ik niet.'

'Wat vindt u dan?' vraagt Emma. Ze staat op één been op een boomstronk en probeert haar evenwicht te bewaren. Af en toe valt ze eraf, want het is een pietepeuterig stompje. Ik snap niet dat ze op dit moment aan evenwichtsspelletjes kan denken.

'Ik vind dat de mensen beter voor elkaar moeten zorgen. En ik vind dat iemand moet boeten als hij iets fouts heeft gedaan.' Hij legt het hout en het mes weg en plaatst zijn handen op zijn knieën. Daarna kijkt hij ons allebei aan. Recht in de ogen. 'Hoe moet het nou met jullie?' vraagt hij. 'Nou?'

Emma en ik geven geen antwoord. Wat moeten we zeggen?

'Ik heb geen geduld met een man die kleine kinderen mishandelt,' zegt hij. 'Afreageren op kinderen... Als hij wil knokken moet hij dat doen met iemand die net zo groot is als hij.'

We lopen achter hem aan naar het schuurtje waarin hij de geweren bewaart.

'Wat gaat hij doen?' fluistert Emma.

'Sst,' fluister ik terug. 'Wat is er met het slot gebeurd?' vraag ik aan Mr. Wilson.

'Kapotgegaan,' zegt hij. 'Het heeft twintig jaar dienstgedaan. Ik denk dat het hangslot wist dat die schuur niet meer op slot hoefde. Er komt hier nooit meer iemand.'

We wachten buiten terwijl hij binnen de kast openmaakt en er een ander geweer uit haalt. Dit is een klein geweer, niet donkergrijs maar zilverkleurig, en de kolf is glanzend wit. Hij laat de deur halfopen staan.

'In de tijd van mijn pa zouden we zelf met zo'n man afrekenen,' mompelt hij in zichzelf als hij naar het grasveldje loopt waar de blikjes op het hek stonden.

'Loopt hij altijd zo te brommen?' fluistert Emma.

Ik schud mijn hoofd en kijk naar Mr. Wilson.

'Kom meisje,' roept hij tegen Emma.

Ik vind dat zij het met dit geweer moet leren, omdat het jachtgeweer van mij is en omdat dit geweer beter bij een klein meisje past.

'Je moet jezelf leren verdedigen. Als niemand je kan helpen moet je jezelf zien te redden. Zo. Pak die kolf maar eens stevig beet. Voel je hoe glad hij is? Vergis je niet. Het is een gevaarlijk wapen. Het lijkt veel te klein om iemand dood te schieten, maar hier is ooit een ellendige klootzak mee neergeschoten. Hollis

Collins. Richt de loop maar op je doel. Heel goed. Hollis Collins moet tijdens zijn leven bijna elke dag de vlammen van de hel hebben gevoeld. Hij maakte iedereen het leven zuur, tot mijn pa deze loop op hem richtte. Bij dit geweer heb je geen vizier met lijntjes, zoals bij een jachtgeweer, dus daarom moet je je kin vlak boven je arm houden, op de rechte lijn tussen je arm en je schouder. Heel goed. Prima. Nog iets verder naar links, zodat je wang bijna op je mouw ligt. Juist ja, zo. Als je je arm goed rechthoudt kun je erop rekenen dat je je doel raakt. Zeker weten, tien pond scheten.'

'Hé!' Emma kijkt van hem naar mij. 'Dat zei papa ook altijd!'

'Ik denk dat je papa blij zou zijn dat ik je schietles gaf,' zegt hij. 'Kijk goed naar je doel. Dit blikje staat keurig stil, maar de meeste doelen bewegen. Je moet zorgen dat je je lichaam kunt bewegen terwijl je je arm netjes stilhoudt. Als je dat doet kun je schieten zodra je doel stilstaat.'

'Mag ik nu al schieten?'

'Wacht even,' zegt hij. 'Voel je die trekker? Die gaat heel makkelijk over, dus hou rekening met de terugslag. Probeer maar eens te schieten, dan voel je wel wat ik bedoel.'

Pang!

Emma geeft een gil, net als ik toen Mr. Wilson voor de eerste keer schoot. Je kunt je niet op dat geluid voorbereiden.

'Goed begin,' zegt hij als de rook uit de loop is opgetrokken. 'Merk je wat ik bedoel met die trekker?'

'Ja!' zegt Emma.

Er staat een brede lach op mijn gezicht, want ik weet dat haar buik nu kriebelt van opwinding.

'Maar je hebt het blikje niet geraakt.' Hij is streng, net als alle meesters en juffen. 'Je moet niet denken dat het makkelijk is, maar je op het doel concentreren. Geef het geweer maar aan mij, dan zal ik het een keer voordoen. Zie je dat ik mijn arm helemaal rechthou? Je moet zorgen dat je niet trilt, want de trekker zit zo los dat het veel makkelijker lijkt dan het is. Voor je het weet denk je dat je je arm ook wel losjes kunt laten hangen. Maar je moet hem rechthouden.'

Pang!

Emma rent naar het hek en houdt het omgevallen blikje omhoog alsof het een prijs is. 'U hebt hem geraakt!'

'Precies,' zegt hij. 'Ik heb mijn arm doodstil gehouden. Het doel mag bewegen tot het moe is, maar je arm niet. Probeer het nog maar een keer.'

Emma komt op een holletje terug. Ze pakt het geweer en strekt haar arm uit. 'Zo?'

'Precies,' zegt hij. 'Heel goed, zet je elleboog maar op slot. Nu ben je klaar voor de trekker.'

Pang!

Emma rent naar het hek en ja hoor, ze bukt zich en houdt het blikje weer omhoog.

'Dat was een prachtig schot, meisje.' Mr. Wilson spuugt op de grond. 'Een prima schot.'

Op weg naar huis huppelt Emma van blijdschap, zo leuk vond ze het om te schieten.

'Je weet wat er binnenkort gebeurt, hè?' zegt ze. Ze springt op een steen en springt er weer af alsof het een attractie op de kermis is.

'Waar heb je het over?' vraag ik.

'We schieten Richard dood.' Ze springt over een boomstronk. 'Hij wordt overhoopgeschoten.'

'Wat?' Ik sta stil.

‘Je hoort het goed.’ Emma bukt zich om een paddenstoel te bekijken. ‘We gaan Richard vermoorden. Dat heeft Mr. Wilson ons geleerd.’

Ik loop weer door. ‘Je bent niet goed wijs. Dat deed hij helemaal niet.’

‘Wel waar.’ Huppelend komt ze achter me aan. ‘We moeten hem doodschieten, Carrie.’

‘Moeten we gewoon naar binnen lopen en hem doodschieten?’

‘Zoiets, ja.’ Ze komt naast me lopen, omdat het pad hier zo breed wordt dat we niet achter elkaar hoeven te lopen. ‘En dan worden we niet uit ons huis gegooid, want dan vindt de sheriff ons zielig en mogen we blijven. En als we toch moeten verhuizen gaan we gewoon bij omi en tante Lillibit wonen. Als Richard dood is is er niemand meer aan wie ze een hekel hebben en dan mogen we vast komen.’

Halverwege haar plannetje begon ik mijn hoofd te schudden, maar nu kan ik mijn mond niet meer houden. ‘Een blikje doodschieten is heel iets anders dan een mens doodschieten, al heeft hij het nog zo verdiend,’ zeg ik. Soms denken kleine zusjes niet goed na, en dan moeten grote zussen ze helpen. Vind ik, tenminste.

‘Denk nu eens na.’ Ze lacht en wijst op een grote beurse bult op mijn voorhoofd, die ik aan Richard te danken heb. ‘Dat zou je laatste blauwe plek kunnen zijn.’

Nu omi en tante Lillibit zijn vertrokken is het weer rustig in huis. Mama doet de was niet meer, en dat vind ik niet erg want dan hoef ik ook niets meer aan de lijn te hangen. Weer een klusje minder. Emma en ik maken twee stapels kleren in onze kamer, eentje voor kleren die zo vuil zijn dat we ze echt niet meer kunnen dragen, en de andere voor kleren die we best nog een keertje aan kunnen. Dat zijn de kleren waar bijvoorbeeld een vlek op zit, maar die best nog voor schoon kunnen doorgaan als we dingen als onze onderbroeken binnenstebuiten dragen. Dat is ons systeem.

Het papier van de sheriff blijft op de deur zitten en algauw zie ik het niet eens meer als ik naar binnen of naar buiten ga. Het lijkt gewoon bij ons huis te horen.

Mama komt af en toe uit haar slaapkamer, maar soms wou ik dat ze boven bleef omdat ze alleen maar schreeuwt en huilt. Ik heb Richard al een paar dagen niet meer gezien, maar aan de lege bierflesjes zie ik dat hij wel thuis is geweest, waarschijnlijk toen Emma en ik sliepen. Misschien heeft hij weer werk gevonden.

Ik denk dat we zo nog wel een poosje hadden kunnen doorgaan, maar het lot heeft het anders bedacht.

12

‘We zitten allemaal keurig recht…’ zegt juf Ueland.

‘…en luisteren wat de juffrouw zegt!’ zeggen wij.

‘En voor het beste onderricht…’

‘…houden we onze mondjes dicht!’

‘Ik moet jullie iets heel leuks vertellen,’ zegt juf Ueland terwijl ze naar het bord loopt. ‘Stil, jongens. Ik heb groot nieuws.’

Ellie Frenden buigt zich naar me toe en fluistert: ‘Ik weet al wat ze gaat zeggen.’ Dan klemt ze haar lippen weer op elkaar en kijkt ze heel triomfantelijk.

‘Ik wilde jullie vertellen dat ik binnenkort moeder word,’ zegt juf Ueland.

Het is doodstil in de klas. De enige die zich beweegt is Ellie, die mijn aandacht probeert te trekken door te knikken dat ze dat allang wist. De weetal. Haar oom is hier dokter, dus ik denk dat ze het daarom weet.

‘Mr. Ueland en ik zijn er heel blij mee, want het was een grote verrassing voor ons,’ zegt juf Ueland. ‘Maar het betekent wel dat we gaan verhuizen naar een andere plaats, naar een huis waarin we ruimte hebben voor een baby. Baby's zijn natuurlijk heel klein als ze geboren worden, maar ze groeien hard en hebben gauw meer ruimte nodig.'

Orla Mae steekt haar vinger op, maar ze wacht niet eens tot de juf zegt dat ze mag praten. 'Bedoelt u dat we een nieuwe juf of meester krijgen?' vraagt ze.

'Meester Tyler neemt het van me over – kijk niet zo lelijk, Buddy Lee. Meester Tyler is een heel goede meester. Maar ik ga inderdaad weg, Orla Mae,' zegt juf Ueland. 'Ik zal jullie allemaal missen, want jullie zijn een fijne klas.'

Ze kijkt naar mij als ze dit zegt, maar ik kijk gauw de andere kant op. Ik kan haar dus helemaal niet meer over Richard vertellen. Ik wist het wel. Ze heeft helemaal geen tijd voor me.

Ik wou dat ik gewoon in mijn slaapkamer kon blijven, net als mama. Dat zou in elk geval een stuk makkelijker zijn. Dan hoefde ik niet na te denken over wat we moeten eten, hoe we meer eten in de koelkast kunnen krijgen en hoe ik mijn huiswerk moet maken, en dat elke dag weer opnieuw. Ja, ik zou best de hele dag in bed willen blijven.

Op school is het lang niet meer zo leuk zonder juf Ueland, en soms lijkt het wel of ik mijn eigen kleine zusje niet meer ken. Nu zij heeft leren schieten heeft ze een missie. Het is eigenlijk net of ze me niet meer nodig heeft. Ze gaat vaak in haar eentje naar de beek, waarschijnlijk om allerlei plannetjes te bedenken.

Ik ga niet naar de beek, maar in plaats daarvan ga ik tegenwoordig vaak met Mr. Wilson naar Zebulon. Eigenlijk doe ik dus hetzelfde als Emma, maar dan op een andere manier.

'Kom eens hier, meisje,' roept Walles vanaf het vat waarop hij zit. 'Ik wil je een loopje leren dat je vast goed kunt spelen. Je moet de steel met je linkerhand vasthouden – je schrijft toch met rechts, hè? Mooi zo. Mensen die links zijn, horen de wind dwars door hun hoofd fluiten, zo weinig hersens hebben ze. Je pakt dus de steel beet en dan krom je je vinger – precies, de wijsvinger – eromheen en die leg je op de eerste snaar. Met je rechterhand kun je een deuntje kiezen. Pluk maar eens met je wijsvinger en duim aan de snaren. Goed zo! Potdorie, zeg. Hoor je? Nu heb je al een deuntje. Klinkt goed. Sonny, geef me eens een G. Die gebruiken we voor het deuntje dat je net speelde, Culver.'

'Ik heet Parker.' Ik vind het niet leuk om dat te zeggen, want ik had liever Culver geheten, net als papa.

'Ik dacht dat jij een Culver was.'

'Dat was ik ook, maar mama is met iemand anders getrouwd nadat papa doodging en hij heet Parker. Daarom heet ik nu ook zo.'

'Toch niet die Parker die in de houtzagerij heeft gewerkt?'

'Jawel.'

Walles kijkt naar Sonny Zebulon, die meestal over zijn gitaar gebogen zit maar nu opkijkt. Een paar tellen kijken ze elkaar aan.

'Hoe kan een klein meisje als jij nu bij zo'n –'

'Walles,' zegt Mr. Wilson scherp. Als zijn stem een mes was geweest zou Walles nu bloeden. Walles hoort het ook, want hij houdt meteen zijn mond. 'Ik stel voor dat we een deuntje spelen,' zegt Mr. Wilson terwijl hij zijn eigen gitaar op zijn schoot zet. 'Geen geklets meer, het is tijd voor muziek.'

De muziek stroomt zachtjes over me heen zoals het water in de Diamantrivier om de stenen kabbelt.

Carrie, heb je zin om na school bij mij te komen spelen? Kruis in het hokje ja of nee aan. Orla Mae

Ik wil naar Orla Mae glimlachen om te zeggen dat ik dat wel wil, maar Orla Mae kijkt strak naar het bord om ervoor te zorgen dat de meester niet merkt dat we briefjes doorgeven.

Ik kruis het hokje met ja aan en vouw het briefje op tot een heel klein vierkantje. Daarna laat ik mijn potlood op de grond vallen. Als ik me buk om het op te rapen schuif ik het briefje gauw naar Orla Mae.

Meester Tyler is op het bord aan het schrijven, dus hij ziet niet dat ze zich bukt om het op te rapen. Ze vouwt het heel voorzichtig open, want meesters en juffen kunnen aan geritsel horen dat de klas niet oplet.

Na school stapelen we onze boeken op en wachten we op elkaar om samen naar buiten te lopen.

'Wacht even,' zeg ik als we buiten zijn. 'Ik moet tegen mijn zusje zeggen dat ze in haar eentje naar huis moet lopen.'

'Hé Em.' Als ik eindelijk bij haar ben moet mijn adem mijn voeten nog inhalen. 'Ga jij maar vast naar huis. Ik kom straks.'

Emma kijkt naar Orla Mae, die op haar nagels bijt alsof ze een boterham zijn. 'Ga je naar Orla Mae?' vraagt ze, alsof dat niet mag.

'Ja, nou en? Ga nou maar. Ik ben niet te laat thuis.' Ze hoopt natuurlijk dat ik haar mee zal vragen, maar ik ben er de laatste tijd aan gewend geraakt om alleen te zijn.

Ze haalt haar schouders op en draait zich om.

Opeens wou ik dat ik het anders had aangepakt. 'Wil je mee?' roep ik, maar ik weet dat het al te laat is en daar voel ik me rot over.

Het antwoord is geen antwoord. Alleen een zusje dat wegloopt.

Het huis van Orla Mae is niet veel groter dan dat van ons, maar er staan niet zoveel bomen omheen, waardoor het zonlicht naar binnen kan.

We gooien onze schoolboeken op het tafeltje in de gang.

'Hoi mam,' roept Orla Mae.

'Hallo lieverd,' roept haar moeder vanuit de keuken. 'Hoe was het op school?'

'Goed. Ik heb Carrie Parker meegenomen.'

'Prima.'

'Mag ze blijven eten?' Orla Mae heeft nog niet aan mij gevraagd of dat wel kan, maar volgens mij heeft mama het niet eens in de gaten als ik niet thuis ben.

'Ja hoor,' zegt Mrs. Bickett. 'We gaan zo eten. Beginnen jullie maar vast aan je huiswerk, anders heb je daar geen tijd meer voor.'

Orla Mae zucht en slaat haar ogen ten hemel. 'Kom mee.' Ze wenkt dat ik moet meelopen naar een zijkamer van de woonkamer. Daar staan overal fotolijstjes met foto's van baby's, bruiloften en zuur kijkende mensen die eruitzien alsof ze zich niet op hun gemak voelen.

'Wie is dat?' vraag ik, wijzend naar een man met een zwarte hoge hoed en een ronde bril.

'Dat is mijn opa, de papa van mijn papa. Opgegroeid aan de oostkust, op de Outer Banks, voordat iemand wist dat daar mensen woonden. Hij woonde daar helemaal alleen met zijn ouders, mijn overgrootouders. Hij kon niet naar school en hij had niemand om mee te spelen. Papa zegt dat hij later bijna gek werd. Kom mee.'

Aan de zijkant van het huis staat een kippenhok dat wel een miniversie van het grote huis lijkt. In plaats van een trappetje hebben de pikkende kippen een soort loopplank om naar binnen te gaan.

'Kippen zijn de domste beesten van de hele wereld,' zegt Orla Mae. 'Moet je kijken. Ik geef ze steentjes. Ha! Zie je dat? Zie je die kip daarachter? Die heeft niet eens door dat ze een steentje opeet. Ik heb ze eens een keer een restje roereieren gegeven. Dat aten ze gewoon op! Het zijn dus kanidalen!'

'Kannibalen,' zeg ik.

'Waarom moet jij altijd slimmer zijn dan alle anderen?' Ze gooit een houtsnipper naar de hongerige kippen. 'Dat doe je altijd.'

'Nietes,' zeg ik.

'Welles. In de klas weet je altijd het goede antwoord.'

'Jij weet ze vaker dan ik! Volgens mij ben jij de slimste.'

'Hm.' Ze klinkt alsof ze het niet gelooft.

'Zijn jullie nu al aan je huiswerk begonnen?' roept Mrs. Bickett vanuit een van de slaapkamers.

'We beginnen zo, mama,' roept Orla Mae over haar schouder.

'Wat zei ik nou? Ga huiswerk maken! Je krijgt pas eten als het af is!'

'Kom,' zeg ik. Ik moet er niet aan denken dat we straks geen eten krijgen. 'Laten we maar beginnen.'

'Oké, wijsneus.'

'Ik ben geen wijsneus.'

'Dat ben je wel.'

Met een diepe zucht lopen we terug naar huis.

Ons huiswerk is snel af, want Freddie Sprague heeft meester

Tyler voor de gek gehouden. Hij zei dat we nog niet aan ons werkboek Engels waren begonnen, en daarom heeft meester Tyler ons huiswerk opgegeven dat we allang af hadden. Ik denk dat juf Ueland zoveel haast had om te verhuizen dat ze heeft vergeten te zeggen hoever we waren.

Het is lang geleden dat ik het geluid van potten en pannen in een keuken heb gehoord. Ik vind het heerlijk dat iemand anders moet bedenken wat we zullen eten. Ik vraag me af wat Emma vanavond eet.

'We zijn klaar, mama.' Orla Mae staat op en loopt naar de keuken.

Ik loop achter haar aan, langs de foto's van alle Bicketts, die me eraan herinneren dat ik hier niet thuishoor.

'Mooi zo. Zet het peper-en-zoutstel maar op tafel. Carrie, kun jij... Och heden. Wat is er met je hand gebeurd?'

Ik leg de vorken die ze me heeft gegeven neer en stop mijn hand snel in mijn zak. Daar heeft hij de laatste dagen ook gezeten, en daar blijft hij zitten tot hij beter is. 'Niets, Mrs. Bickett,' jok ik. 'Een ongelukje, meer niet.'

'Laat eens kijken,' zegt ze.

'Er is echt niets aan de hand, Mrs. Bickett. Echt niet.'

Ze houdt haar hoofd schuin en zegt: 'Als jij het zegt. Kun je de vorken voor me op tafel leggen?'

'Ja, Mrs. Bickett,' zeg ik. 'Tuurlijk.'

Het water loopt me in de mond als ik het eten op het fornuis ruik.

'Zo, meisjes, handen wassen. En Carrie, voorzichtig met die hand. Die snee ziet eruit alsof hij zo weer kan gaan bloeden. Laat hem niet te nat worden.'

Deze week wilde ik onze laatste eieren koken, omdat mama

ooit zei dat oude eieren alleen maar goed waren om gekookt te worden. Ik deed mijn best om de pan met kokend water recht te houden toen ik naar het aanrecht liep, maar ik ben niet zo sterk als ik dacht dus toen hij zwaar werd moest ik hem beetpakken aan de kant waar geen steel zit. Nu heb ik een gemene brandwond op mijn hand. Mama zegt altijd dat ik een kluns ben.

'Orla Mae?' zegt Mrs. Bickett terwijl ze aan de keukentafel gaat zitten. 'Wil jij vanavond bidden?'

Ze leggen handdoekjes op hun schoot, dus daarom doe ik dat ook.

'God zegene dit eten, onze vrienden…' Als ze dat zegt, knijpt ze onder tafel stiekem in mijn hand. '…en onze familie. Dank voor alles wat we van u mogen ontvangen. Amen.'

'Amen,' zegt Mrs. Bickett met gebogen hoofd.

'Amen,' mompel ik om niet uit de toon te vallen.

'Geef me de boter eens aan,' zegt Mrs. Bickett tegen Orla Mae. Dan kijkt ze naar mij. 'Goh, Carrie, had je zo'n honger?'

Ik heb mijn mond al vol met gebraden kip, die zo warm is dat ik mijn mond brand. Dat kan me niet schelen. Ik heb nog nooit zo'n lekkere kip gegeten. Orla Mae is nog bezig om boter op haar eerste broodje te smeren als ik mijn tweede pak. Ik prop het hele broodje in mijn mond terwijl ik met mijn andere hand mais op mijn bord schep. Ik snap niet waarom Mrs. Bickett steeds naar me staart.

'Hoe bevalt meester Tyler?' vraagt ze. Ze kijkt naar haar bord en snijdt netjes een hapje af dat half zo klein is als de happen die ik in mijn mond steek.

'Goed, hoor,' zegt Orla Mae.

'Niet met je mond vol praten,' zegt Mrs. Bickett. 'Je bent niet bij de wolven opgegroeid.'

Terwijl ze Orla Mae op haar manieren wijst stop ik vlug een warm tarwekoekje in mijn servet. Als ze weer de andere kant op kijkt stop ik het in de zak van mijn trui voor Emma. Na het eten heb ik zo drie tarwekoekjes in mijn trui gestopt. Emma heeft niet zo'n grote maag, dus drie is wel genoeg. Zelf zit ik propvol. Mijn buik is ronder dan die van een gevulde kerstkalkoen.

We brengen de vaat naar het aanrecht, en als Mrs. Bickett de borden schoon schraapt pik ik de enig overgebleven drumstick voor Emma. Die is heel vet, dus mijn trui zal wel op de stapel kleren belanden die we niet meer aan kunnen, maar dat geeft niet. Een grote zus moet voor een klein zusje zorgen.

'Bedankt voor het eten, Mrs. Bickett,' zeg ik als Orla Mae en ik de potten en pannen hebben afgedroogd die ze ons aangeeft.

'Dat is wel goed, Carrie,' zegt ze. 'Je mag aanschuiven wanneer je maar wilt, hoor.'

'Dank u wel.'

'Doe de groetjes aan je moeder,' roept ze me na.

'Oké,' roep ik terug. 'Tot morgen, Orla Mae.'

'Tot morgen, wijsneus.'

Mijn wangen worden rood, maar dat gaat over als ik zie dat ze naar me lacht. Ze lacht me niet uit.

De weg naar huis lijkt veel korter als je een volle maag hebt. Ik huppel zelfs een eindje omdat ik weet dat Emma blij zal zijn met het avondeten dat ik heb meegebracht.

Maar thuis schijnt er een heel raar licht door het raam. Het lijkt op dat van een kaars, maar dan anders. Meestal brandt er gewoon licht als ik in het donker thuiskom, maar nu lijkt het maar half zo licht.

Hoe dichter ik bij de deur kom, hoe vreemder ik me ga voelen.

'Mama?' Ik durf niet hard te roepen omdat ik niet weet wat er achter de deur op me wacht.

Als ik de deur openduw kan ik mijn ogen niet geloven. Het is een vreselijke rotzooi, bijna net zo erg als toen we hier kwamen wonen.

'O mijn hemel,' zeg ik. Ik klink net als mama wanneer Emma en ik iets stouts hebben gedaan.

Een van de stoelen ligt op zijn kant. Onder mijn schoenen voel ik glasscherven knerpen. Nu zie ik waarom het licht er raar uitzag toen ik buiten stond: de lamp is met kap en al omgevallen, waardoor het lijkt alsof hij op de grond ligt te slapen. Ik loop ernaartoe om hem recht te zetten, want je moet tenslotte ergens beginnen met opruimen. Ik stap over een kussen van de bank en over de scherven van het servies dat mama van omi heeft gekregen, wat een erfstuk was.

'Mama?' vraag ik nog een keer, nu wat harder.

Onze enige foto – die zelfs in een gekocht lijstje zit – ligt met het glas naar beneden op de grond. Het is een foto van mama en mij op het strand, toen ik nog heel klein was. Papa heeft hem genomen, dus daarom staat hij er niet op. Dat is misschien maar goed ook, want anders zou het lijstje nooit in de kamer staan. Dat zou Richard nooit goedvinden.

Als ik me buk om de lamp op te rapen zie ik haar. 'Mama!'

Er loopt bloed uit haar hoofd, als een omgevallen kop koffie. Een arm is heel raar gebogen en lijkt niet meer in de kom te zitten. Haar schort met rozen – dat zo vaak gewassen is dat de rozen roze zijn geworden in plaats van rood, zoals in het begin – is bijna helemaal tot aan haar onderbroek omhooggeschoven.

'Mama?' fluister ik. Ik buig me over haar hoofd en doe mijn best om geen tranen in haar bebloede mond te laten vallen.

Mama's ene oog zit dicht. Ze beweegt haar hoofd een stukje om me met het andere oog aan te kijken. Haar lippen bewegen over haar tanden.

'Mama?'

'Wegwezen,' fluistert ze bijna zonder geluid. Ze haalt adem, maar niet te diep omdat het pijn lijkt te doen als ze lucht naar binnen zuigt. 'Gauw.'

'Ik laat je niet alleen, mama.' Ik doe heel, heel hard mijn best om niet te huilen. Ik schud heel hard nee om haar nog beter te laten zien dat ik blijf.

'Rennen,' fluistert ze.

Ik hoor het geschreeuw nog voordat mijn hoofd snapt wat de woorden betekenen.

'Ik doe goddomme mijn best om brood op de plank te krijgen,' brult hij op weg naar de woonkamer. Ik denk dat hij me niet heeft horen binnenkomen. 'Meer niet, stomme trut!'

Hij staat stil om een slok bier te nemen en schopt tegen iets wat in de weg ligt. Op dat moment glip ik achter hem langs naar de andere kant van de kamer, zodat ik naar de keuken kan sluipen zonder dat hij me ziet.

'Je hebt die belachelijke prijzen toch gezien?' schreeuwt hij tegen mama alsof ze een gesprek met hem kan voeren. 'Ze vragen erom om beroofd te worden, als je het mij vraagt. Wat krijgen we...'

De gebroken borden maken lawaai onder mijn voeten. Het is maar goed dat hij dronken is, want daardoor duurt het even voordat hij hoort waar het geluid vandaan komt. Ik durf te wedden dat hij de reden van al die herrie al niet meer zoekt als ik bij de bomen tussen ons huis en dat van Mr. Wilson ben. Ik hoor mezelf hijgen.

God, laat mama hulp krijgen voordat hij haar vermoordt. Alstublieft, God. Ik wil alles voor u doen. Ik zal nooit meer ruziemaken met Emma. Ik zal goed voor het huishouden zorgen, zoals mama wil. Ik zal zelfs naar Richard luisteren. Laat me alstublieft het huis van Mr. Wilson bereiken.

Pang!

De knal is zo hard dat ik bijna omval.

Dat geluid ken ik. Dat kan niet missen. Het is een schot van een geweer. Bij ons thuis...

Ik heb foto's gezien van mensen die in een circus hoog over een koord lopen, alsof ze in de lucht zweven. Zo sta ik nu ook. Ik weet niet of ik over het koord verder moet lopen naar Mr. Wilson of dat ik terug moet gaan om te kijken wat er aan de hand is.

Als ik mijn ogen dichtknijp zie ik mama weer op de vloer liggen. In het felle licht van de lamp was haar hele gezicht rood van het bloed. Daar is mijn antwoord.

Ik kom eraan, mama.

Ik ren met twee treden tegelijk de verandatrap op en deze keer kan het me niet schelen wie me binnen hoort komen.

'Mama?'

Ik spring over het gebroken glas, over het kapotte servies en alle andere spullen op de grond naar de plaats waar ze ligt.

'Mama?'

Haar hoofd draait naar me toe, dus zij is in elk geval niet vermoord. Ik ga rechtop staan, draai me om en kijk langzaam de kamer rond. Ik kan niet verder kijken dan de bank, dus daarom pak ik de lamp en hou ik hem omhoog zoals Laura Ingalls Wilder een lantaarn boven haar hoofd zou houden. Het snoer is niet zo lang, maar er schijnt in elk geval wat licht op de andere kant van de kamer.

Daar is hij. Richard.

Hij ligt languit op de grond en hij lijkt geen last te hebben van de stukken glas en servies die in zijn rug snijden. Zijn ogen zijn open alsof hij het plafond bestudeert, dus eerst durf ik niet goed naar hem toe te lopen. Misschien is het wel een val en doet hij net of hij dood is om me vast te pakken als ik bij hem kom. Ik blijf zo ver mogelijk bij zijn armen vandaan, die hij heeft uitgespreid alsof hij een sneeuwengel maakt.

Dan zie ik de rode vlek op zijn overhemd, die steeds groter wordt. Hij beweegt zich niet.

Ik kom nog dichterbij en zie dat zijn ribben niet meer bewegen. Ze gaan niet meer op en neer, en hij ademt geen lucht meer in of uit. Richard is degene die is doodgeschoten.

En in een flits – nog minder dan een flits, eigenlijk een halve flits – zie ik papa voor me, die bloedend in ons oude huis op het zeil ligt. Ik weet niet hoe dat kan, want Emma heeft hem gezien. Waarschijnlijk heb ik er zo vaak aan gedacht dat ik haar herinnering heb overgenomen.

Emma...

'Emma!' roep ik. Ik hol naar de trap en storm naar onze slaapkamer.

Ze is er niet. Waar is ze?

'Emma!' schreeuw ik, maar de stilte is het enige antwoord dat ik krijg.

Zo hard ik kan ren ik weg. Over het donkere pad naar het asfalt. Over het asfalt naar zijn pad, dat nog steiler lijkt nu ik zo'n haast heb. De stenen halen grapjes uit met mijn voeten en liggen op plaatsen die ik me niet kan herinneren.

Ik val en krabbel net overeind als ik voetstappen op het grind vlak bij zijn voordeur hoor. Ja. Dat is Mr. Wilson. Ik zie het aan zijn voorovergebogen schouders en manier van lopen. Ik wil hem net roepen als ik opeens iets in zijn hand zie glinsteren. Een geweer?

O nee…

De afgevallen dennentakjes kraken onder mijn voeten en ik hoor mezelf hijgen. Dat zijn de enige geluiden in het bos, en het enige licht komt van de maan. Ik heb last van zwiepende takken van struiken en jonge bomen die ik me niet van mijn tochtjes in het daglicht herinner, maar ik hol door. Het kan me niet schelen of ze me prikken.

Het huis van de familie Bickett zuigt alle duisternis van de nacht op. Ik kan nauwelijks zien waar het trapje eindigt en de voordeur begint, maar ik vind ze allebei en algauw bons ik op de deur.

13

‘Caroline? Caroline, kijk me aan.’ Mama’s opgezwollen mond beweegt, maar de woorden lijken niet uit haar richting te komen. Ze houdt een natte handdoek met smeltend ijs tegen haar voorhoofd, en al het bloed is van haar gezicht geveegd. ‘Caroline?’

‘Ze is moe,’ hoor ik een mannenstem boven mijn hoofd zeggen. ‘Ze moet rusten.’

‘Caroline, hoor je me? Waar denk je aan?’

De oude populier leek wel gemaakt om in te klimmen. De dikke takken waaierden uit als traptreden zodat je bijna helemaal naar de boomtop kon voordat het eng werd.

‘Zie je het? Zie je ons huis?’ vroeg Emma, die onder me zat.

‘Nog niet,’ zei ik. ‘Ik moet nog een stukje hoger.’

‘Opschieten, want ik zit vlak achter je.’ Ze klonk ongeduldig, want ze vond dat het te lang duurde voordat ik me omhoog had gehesen. Ik had haar eerst moeten laten gaan, zij kan sneller klimmen. Maar ja, ik ben de oudste, dus toen ik zei dat ik eerst wilde wist ze dat ik gewonnen had.

'Ik zie het!' Dat was ook zo. De populier was hoger dan de andere bomen rond de boerderij van de familie Hamilton, dus ik kon over alles heen kijken. 'Kom! Kom vlug!'

'Ik kom al, ik kom al,' zei ze, nog steeds een beetje boos en buiten adem omdat ze haast had om me in te halen. 'Je had mij eerst moeten laten gaan. Wauw, het is echt zo. Je kunt ons huis zien!'

'Dat zeg ik toch!'

De boerderij van de familie Hamilton lag een flink eind van ons huis, het huis met de afbladderende luiken aan de Murray Mill Road. Maar als je zo hoog zit als een vogel maakt dat niet uit, want dan kun je alles zien.

Het enige probleem is dat je ook naar beneden kunt kijken en kunt zien hoe hoog je zit. Ik probeerde niet naar beneden te kijken, maar dat lukte niet. Soms vond ik het leuk om mezelf een beetje bang te maken en dat deed ik toen ook.

'Hoe moeten we nu naar beneden zonder onze nek te breken?'

'Wat maakt dat nu uit? Kijk! Daar heb je het huis van de familie Godsey!'

Ik had er niet aan gedacht om ook aan de andere kant van de stam te kijken waaraan ik me vastklampte alsof mijn leven ervan afhing (wat op dat moment natuurlijk ook zo was). Ze had gelijk, we konden het huis van de familie Godsey zien.

'Ik wil hier voor altijd blijven.'

'Caroline, geef antwoord.' Mama's vermoeide stem wordt steeds luider, ook al zit ze nog geen armlengte van me vandaan. 'Hoor je me? Geef antwoord!'

‘Wat is er?’

‘Moet je haar horen. Alsof ze onze stemmen al die uren niet heeft gehoord!’ zegt mama tegen een onzichtbare persoon achter mij.

‘Kom kom, Mrs. Parker, probeer u te beheersen,’ zegt een stem. Ik heb niet genoeg kracht meer om mijn hoofd te draaien en te kijken wie het is – ik ben verschrikkelijk moe – maar het is een stem die ik eerder heb gehoord. ‘Het is een lange dag geweest. Voor iedereen.’

‘Dat weet ik,’ zegt mama. ‘Ik doe mijn best om me te beheersen. Caroline?’ Ze klinkt nu poeslief, maar ik kan horen dat ze nog steeds nijdig is. ‘Kun je mama vertellen wat er vanavond is gebeurd? Vertel het me maar.’

Ik kijk naar haar gebarsten lippen, die de woorden vormen die ik hoor.

‘Laat ons maar een poosje met haar praten, Mrs. Parker,’ zegt de stem. ‘Wat vindt u daarvan? U zult wel moe zijn. Gaat u maar een kop koffie halen, dan praten wij met Caroline.’

‘Mijn man is doodgeschoten en ik praat met mijn dochter als ik dat wil,’ zegt ze. Haar lippen richten zich op de man. ‘Caroline Parker, nu doe je je mond open. Hoor je me? Vertel op. Wat is er gebeurd?’

Ik wil mijn armen naar haar uitstrekken. Ik wil dat ze me op schoot neemt en zegt dat we naar huis gaan en dat dit allemaal gewoon een akelige droom is geweest. Ik wil dat ze–

‘Caroline, als je ons iets wilt vertellen… Als er iets is wat je dwarszit, dan…’ Er komt een lange man voor mama staan, die ik herken als degene die het vel papier op onze deur heeft geprikt. De sheriff! Zijn gezicht is treurig en hij kijkt me recht in mijn ogen, zoekend naar het antwoord op de vraag die ze me steeds maar blijven stellen. Maar als ik hem aankijk is het net of ik op een zonnige dag door een kanten gordijn probeer te kijken. Ik zie het licht, maar ik kan geen vormen onderscheiden. Wat is er gebeurd, wat is er gebeurd, blijven ze maar zeggen – vragen – maar ik heb geen flauw idee waar ze het over hebben.

Ik kijk van de sheriff naar mama en weer terug, in de hoop dat ik op hun gezicht iets zie wat me in de richting van het goede antwoord kan leiden.

Mama's gezicht verraadt niets, dus ik zal het zelf moeten bedenken. Ik kijk weer naar de sheriff.

Ik weet het niet, *sir*, vertel ik hem met mijn ogen, want het lijkt wel of mijn mond niet naar mijn hersens wil luisteren.

Ik weet het ook echt niet. Hoe langer ik erover nadenk, hoe minder ik me kan herinneren.

Dan zie ik in een flits Mr. Wilson, die iets glimmends in zijn hand heeft. Mr. Wilson, die zo aardig tegen me is geweest. Een man die iets fouts heeft gedaan moet daarvoor boeten...

'Sinds wanneer schiet jij eigenlijk met geweren?' Mama laat zich achterover op haar stoel zakken; ik denk dat ze het te vermoeiend vindt om zich naar me toe te buigen. 'Je eigen vader is doodgeschoten, maar jij vindt het nodig om van een gestoorde kerel in het bos te leren hoe je zelf iemand kunt doodschieten. Je hebt geen respect voor je dode vader, jij.'

'Mrs. Parker, alstublieft. Laat het nu maar aan ons over,' zegt de sheriff.

Mama tikt tegen een pakje sigaretten tot er een uit komt en steekt hem aan. Ze neemt een lange trek, en als het weer tijd is om uit te blazen blaast ze de rook omhoog naar het plafond.

De stem van de sheriff is zachter dan die van mama, rustiger, alsof hij door de lucht zweeft en me over mijn hoofd aait. 'Wil je me vertellen wat er is gebeurd voordat we kwamen?'

Ik doe mijn ogen dicht en zie heel even het beeld van Richard die met een flesje bier aan de keukentafel zit.

'Carrie?'

Meteen daarna zie ik nog een flits, waarin ik mijn bloed in mijn oren hoor suizen en door de slaapkamers ren omdat ik iets zoek.

'Caroline?'

Ik zoek iemand.

'Ik denk dat we haar even met rust moeten laten,' zegt de sheriff.

Ik zoek...

'Mij best, hoor, als jij het zegt,' zegt mama, die net zo goed een miljoen kilometer van me vandaan had kunnen zitten.

Ik zoek...

'Emma,' is alles wat ik kan uitbrengen.

'Wat? Wat zei je daar, Carrie?' Ik hoor voetstappen in de kamer, die steeds dichterbij komen. 'Wil je dat nog een keer zeggen?'

Ik ben net zo verbaasd om mijn eigen stem te horen als zij. 'Emma.'

Hij kijkt naar mama, die eruitziet alsof alle energie opeens uit haar weg glijdt. Haar hoofd valt naar beneden – plof – alsof ze een soort lappenpop is. Dan schudt het hoofd heel langzaam van de ene schouder naar de andere.

'Wat wil je me vertellen over Emma?'

'Ik zocht Emma.' Ik denk dat ik zachtjes praat, want hij buigt zijn hoofd zo ver naar me toe dat ik de tabakslucht van zijn mond kan ruiken.

'Je zocht Emma.' Hij probeert me aan te moedigen om door te praten, maar meer weet ik niet.

'O, hou toch op met die onzin,' zegt mama. Haar stem is al net zo moe als haar hoofd.

'Wacht!' De sheriff steekt zijn hand op om haar het zwijgen op te leggen. 'Ga door,' zegt hij tegen mij.

Help me nou, mama, smeek ik in stilte. Help me nou! Papa gaf me vroeger altijd een kusje om het beter te maken. Waarom doe jij dat niet?

Opeens zie ik weer een flits. Richards lach snijdt door mijn hoofd. Mijn hoofd dreunt aan weerszijden van mijn ogen, bonk, bonk, bonk , om het beeld eruit te stompen en dan weer erin. Er zwaait een deur open. Richards opgetrokken mondhoeken wijzen opeens naar beneden en hij zet grote ogen op. Bonk, bonk, bonk. Een zwaar gevoel in mijn armen, in mijn handen. Bonk, bonk, bonk.

'Ik kon Emma niet vinden.'

Nog een flits: ik zie Mr. Wilson de veranda naar zijn huis op lopen. Iets glimmends.

De man strekt zijn arm uit over de hoek van het tafelblad en legt zijn hand voorzichtig op de mijne. Daar blijft hij even rustig liggen, en het verbaast me dat die brede knobbelige hand zo licht aanvoelt.

'Hij kwam thuis met een geweer.'

Met mijn ogen volg ik de kronkelende aderen op de rug van zijn hand. Hobbelige riviertjes.

'Wie?' De stem van de sheriff smeekt me bijna om een antwoord. 'Wie kwam er thuis met een geweer?'

Ik kijk hem aan en ik begrijp dat ik moet vertellen wat ik heb gezien. Ik moet mijn vriend verklikken.

Nee. Zoiets zou hij nooit doen. Nee.

Ik hoor mezelf weer tegen Emma praten. Een blikje doodschieten is heel iets anders dan een mens doodschieten, ook al heeft hij het nog zo verdiend...

Mr. Wilson doet geen vlieg kwaad. Maar dan hoor ik zijn stem in mijn hoofd, luid en duidelijk: In mijn tijd moest een man verantwoording afleggen voor zijn daden. Hij heeft het zelf gezegd.

Misschien wilde hij Richard toch vermoorden. Hij had in elk geval dat glimmende geweer bij zich.

'Wie kwam er thuis met een geweer, Caroline?' vraagt de sheriff nog een keer.

Maar op dit moment weet ik niet eens zeker of ik wel Caroline heet. Ik ben zo moe, en onder mijn haren blijft mijn hoofd bonken.

'Mr. Wilson,' zeg ik.

'Wat?' Hij buigt zich nog verder naar me toe. 'Ik hoorde je niet goed, Carrie. Wat zei je?'

Ik zat naar mijn handen te kijken, die vuil zijn en aan de onderkant vol schrammen zitten omdat ik op het pad ben gevallen, maar nu til ik mijn hoofd langzaam op. Ik kijk hem recht in de ogen, klaar om de naam nog een keer te noemen. Het spijt me, Mr. Wilson. 'Mr. Wilson.'

'Ik vind het niet leuk dat je me voor de gek probeert te houden, Caroline,' zegt de sheriff. 'Maar ik weet dat je de afgelopen vierentwintig uur veel hebt meegemaakt, dus ik ben bereid dit door de vingers te zien. Wie kwam er thuis met een geweer?'

'Dat heb ik al gezegd. Mr. Wilson. Ik zag hem lopen.'

De sheriff kijkt naar zijn eigen handen en schudt zijn hoofd, alsof hij iets denkt. Ik weet natuurlijk niet wat.

'Ik zeg alleen wat ik heb gezien–' begin ik, maar hij onderbreekt me.

'Carrie, nu moet je eerlijk tegen ons zijn. Je mama en ik moeten weten wat er bij jullie thuis is gebeurd.'

'Mr. Wilson–'

'Drum Wilson is een vriend van me,' zegt hij terwijl hij zijn wijsvinger op mijn gezicht richt, 'en ik weet toevallig zeker dat hij niet eens in de buurt van jullie huis was toen dat geweer afging.'

'Maar–'

'Niets te maren. Hij was met mij en het halve dorp op het verjaardagsfeest van Sonny Zebulon.' De sheriff draait zich naar mama om het aan haar uit te leggen. 'Sonny Zebulon is de oudste inwoner van het dorp. Gisteren is hij vijfennegentig geworden, maar hij speelt nog steeds alsof de eeltplekken op zijn vingertoppen vers zijn. Hoe dan ook, Drum Wilson was samen met ons op dat feest en hij speelde een aantal deuntjes om Zebs verjaardag te vieren. Speciaal voor deze gelegenheid had hij zijn gitaar zelfs verwisseld voor de paarlemoeren mandoline waarop zijn pa vroeger speelde.'

Terwijl hij maar doorgaat over het feest bij Zebulon knijp ik mijn ogen stijf dicht en probeer ik me te herinneren wat ik heb gezien. Toen Mr. Wilson zijn verandatrap op liep droeg hij een...

'Dat ding is meer waard dan wij allemaal bij elkaar,' vertelt de sheriff.

Hij droeg een...

'Een prachtig instrument, ingelegd met paarlemoer, mooi glimmend opgepoetst...'

Hij droeg iets glimmends! De mandoline! Het maanlicht scheen er maar heel even op, maar nu begrijp ik wat ik heb gezien. Het was helemaal geen geweer. Ik wist wel dat hij nog geen vlieg op Brownies kop kwaad kon doen! Ik wist het!

'Maar goed.' De sheriff draait zich weer naar mij. 'Daardoor weet ik dus zeker dat hij dat schot niet heeft gelost. Wie heeft het wél gedaan, meisje?'

'Mama, waar is Emma?'

Dan zie ik iets in mijn hoofd. Iets wat bijna lijkt of ik het heb gedroomd. 'Wegwezen. Gauw.' Ik hoor de manier waarop mama dat fluisterde toen ze tussen al dat bloed op de grond lag. Ik weet nog dat ik tegen haar zei: 'Ik laat je niet in de steek, mama.' En ik herinner me dat Richard schreeuwde en van de keuken naar de kamer liep. Ik hoor zelfs dat hij de woorden niet goed uitspreekt, wat altijd gebeurt als hij veel bier heeft gedronken.

Maar dan zie ik opeens iets wat ik me eerder nog niet herinnerde. Hij greep de achterkant van mijn bloes beet toen ik door de achterdeur naar Mr. Wilson wilde ontsnappen! 'Klein rotkreng,' zei hij. Maar daarna begon hij weer te schreeuwen. Dat kon ik me daarnet nog niet herinneren.

'Laat me los!' Ik weet nog dat ik me los probeerde te wurmen.

'Je hebt die belachelijke prijzen toch gezien?' zei hij tegen mij alsof ik weet waar hij het over heeft. 'Ze vragen erom om beroofd te worden als je het mij vraagt.'

Ik zie mezelf in de hand bijten die mijn bloes vasthoudt.

'Wat krijgen we...' zei hij.

'Waar is Emma?' Ik weet nog dat ik me razendsnel naar hem omdraaide. Ik hoor zelfs mijn krijsende stem, die heel anders klonk dan mijn eigen stem.

Ik zie Richards mondhoeken omhooggaan aan weerszijden van zijn ronde bierflesje. Hij gaf geen antwoord.

'Waar is ze?' Ik gaf hem een duw en liep naar de keuken.

'Je hoeft niet te zoeken.' Ik weet nog dat hij dat vanuit de kamer riep. Hij zat in de versleten oude stoel, het enige wat er tussen al die troep nog overeind stond. Hij had zijn enkel op de knie van zijn andere been gelegd. 'Ze is er niet.'

'Waar is ze?' schreeuwde ik. Ik kwam weer terug door de klapdeur tussen de keuken en de woonkamer. 'Zeg op!'

'Niet zo brutaal, jij.' Hij haalde zijn wijsvinger van zijn bierflesje om waarschuwend naar me te wijzen.

'Zeg waar Emma is.'

'Zal ik jou eens een geheimpje vertellen?' vroeg hij. Hij vroeg het heel rustig, alsof hij een cheeseburger voor het avondeten bestelde, maar hij glimlachte erbij. 'Zal ik jou eens een geheimpje vertellen dat ik eigenlijk niet mocht verklappen?'

'Emma!' brulde ik onder aan de trap. 'Emma, waar ben je?'

'Ze is er niet, dat zeg ik toch?'

Ik weet nog dat ik naar hem omkeek.

'Weet je wat het geheimpje is? Ze is dood.'

Ik denk dat het bloed naar mijn hoofd steeg, want ik voelde aan de binnenkant van mijn oren iets suizen.

'Ik zal je nog iets vertellen: ik heb haar vermoord,' zei hij, terwijl hij nog een slokje bier nam en zijn voeten weer naast elkaar zette.

Ik weet nog dat ik met twee treden tegelijk naar boven holde, en dat ik eerst naar zijn kamer en toen naar de mijne rende.

Niets.

'Emma is er niet meer.' Ik hoor het hem nog zeggen. En die lach. Door die lach wist ik zeker dat het echt zo was.

'Hij lachte.' Ik doe mijn ogen open en vertel het aan de sheriff. 'Hij lachte me uit toen hij zei dat…' Ik kan de woorden niet uit mijn mond krijgen.

'Toen hij zei dat…' De stem van de sheriff lost op in de lucht.

‘Toen hij zei dat...’ Hij probeert het nog een keer.

Ik kijk hem aan en draai dan mijn hoofd weg, omdat ik me herinner wat Richard over mijn zusje zei. ‘Hij zei...’ Ik slik. ‘Hij zei... Hij zei dat hij haar had vermoord.’ Ik kijk hem weer aan omdat ik zeker wil weten dat ik de woorden hardop heb uitgesproken en niet alleen maar heb gedacht, want dat gebeurt wel eens, dan denk ik dat ik iets zeg terwijl het alleen maar door mijn hoofd stuitert.

Hij zegt niets.

Ik durf mama niet aan te kijken. Voor het geval ze nog niet wist dat Richard haar kindje heeft vermoord. Ik durf haar niet aan te kijken.

‘Zei hij dat hij Emma had vermoord?’

Ik knik en probeer mijn tranen aan de binnenkant van mijn ogen te houden.

De man kijkt over zijn schouder naar mama en laat mijn hand los. Ik voel dat mama zich naar me toe buigt.

‘Wacht, Mrs. Parker,’ zegt hij. Met zijn hand maakt hij een stopteken voor mama’s gezicht. ‘Laat haar uitpraten. Wat kun je je nog meer herinneren, Carrie?’

Ik doe mijn ogen dicht en dan zie ik weer allemaal beelden voor me. Ik weet niet of ze echt zijn of dat ik ze heb gedroomd. Ik sprong over stenen. Het eerste pad vanaf de asfaltweg. Ik weet nog dat het donker was, zo donker dat ik erop moest vertrouwen dat mijn voeten me de weg zouden wijzen over het pad dat ik al zo vaak had gelopen. Ik weet nog dat ik Mr. Wilson naar binnen zag gaan. Ik bleef even wachten. En toen...

Wacht... Volgens mij ben ik achterom gelopen. Ja toch? Ik denk het wel. Ik weet nog dat ik op de tast naar het schuurtje met de geweren ben gelopen. O God. Volgens mij heb ik dat echt gedaan. Ik weet nog dat ik even heb gewacht en dat ik mijn ogen zo groot mogelijk heb gemaakt om ze aan het pikkedonker in het schuurtje te laten wennen.

Je weet wat er binnenkort gebeurt, hè? zei Emma. Ik weet nog dat ik haar woorden van de ene kant van mijn hoofd naar de andere hoorde pingpongen. We schieten Richard dood.

'Waar is Emma?' vraag ik aan mama en de sheriff.

'Ga maar verder met je verhaal,' zegt hij. 'Probeer je te herinneren wat er verder gebeurde.'

'Mama? Waar is Emma?'

Maar mama kijkt de andere kant op als ze de sigaret tussen haar opgezwollen lippen zet en er rook uit zuigt.

Daarom doe ik mijn ogen dicht en ga ik in gedachten terug.

We moeten hem doodschieten, Carrie, zei ze. Ik weet het nog alsof het nog maar vijf minuten geleden is. We moeten hem doodschieten.

Ik weet nog dat ik het pakte en het magazijn openmaakte om te kijken of ik op zoek moest naar kogels. Ik voelde een, twee, drie, vier, vijf open gaatjes. Op de plaats van het zesde gaatje gleed mijn vinger er zomaar overheen, en toen wist ik dat er eentje in zat. Eén kogel. Eén man die het verdiende om dood te gaan.

'Hij heeft haar vermoord,' zeg ik. Ik word bang van hun gezichten, verward. 'Hij zei dat hij haar had vermoord,' zeg ik huilend. 'Mama...'

Maar ze wil nog steeds niet naar me kijken. Ik denk dat dat een van de redenen is waarom ik het zo makkelijk vind om mijn ogen dicht te doen. Ik vind het heel erg dat ze haar hoofd wegdraait en dat ik zo bang word van haar blik.

‘Ik heb het geweer gehaald,’ vertel ik tussen het snotteren door. Nu kijkt ze opeens weer naar me. ‘Ik moest wel.’ Ik begin nog harder te huilen.

‘Stil maar,’ troost de sheriff. Hij zegt alle dingen die mama zou zeggen als ze goed tegen tranen kon. ‘Vertel maar wat er is gebeurd. We zijn niet boos. Vertel maar gewoon wat er is gebeurd.’

Zelfs als ik mijn ogen weer dichtknijp, blijven mijn oogleden tranen naar buiten wringen, als een natte theedoek.

Ik weet nog dat de terugweg door het geweer iets langer duurde, maar dat ik toch best goed kon opschieten. Het was makkelijker om over de asfaltweg te rennen dan over het pad van Mr. Wilson, maar ik vond het daar ook enger omdat er elk moment een auto of een vrachtwagen voorbij kon komen. Ik weet dat ik harder ging lopen. En nóg harder. Het pad naar ons huis was steil. De zanderige grond en alle stenen probeerden me te laten struikelen, maar ze slaagden er niet in om me languit op mijn buik te laten vallen. Ik weet nog dat ik het licht van de keuken tussen de dennenbomen door zag piepen. Toen ik stilstond om op adem te komen hield ik met mijn ene hand de metalen kolf van het geweer vast en veegde ik met mijn andere hand mijn voorhoofd af.

Ik zie het huis nog dichterbij komen. En nog dichterbij. Bij het trappetje naar de voordeur pakte ik het geweer met twee handen beet en hield ik mijn ellebogen strak, net zoals Mr. Wilson het aan Emma had geleerd. Ik weet nog dat ik de traptreden telde omdat ik wist dat ik niet naar beneden kon kijken, en dat mijn voeten me uit zichzelf heel rustig naar binnen brachten. Ik probeerde rustig door mijn neus te ademen omdat Mr. Wilson had gezegd dat ik dat moest doen voordat ik schoot. Ik denk dat ik dat een paar tellen volhield, maar dat ik toen hijgend en met open mond doorliep.

De veranda aan de voorkant. Met mijn armen doodstil en met de loop van het geweer naar de grond hield ik de hordeur met mijn voet open.

De deur naar de veranda drukte tegen mijn rug en ging heel zachtjes dicht toen ik naar binnen liep. Ik weet nog hoe dat voelde en dat de druk steeds lichter werd toen ik verder sloop.

Toen mijn blik op onze spullen viel, was het net of ik ze voor de eerste keer zag. Dat weet ik nog. De tafel in de woonkamer. De stoel die nog rechtop stond en waarin hij had gezeten. De omgegooide lamp. Mama's gekreun vanaf de grond.

Ik hield het geweer stevig vast en richtte de loop op de klapdeur naar de keuken.

We schieten Richard dood, zei Emma.

'Ik moet weten waar mijn kleine zusje is!' Opeens zijn mijn gedachten weer terug in de kamer bij mama en de sheriff. 'Mama, hebben ze haar...' Ik kan de zin niet afmaken. Wacht. Diep ademhalen. Oké, nu kan ik verder praten. 'Hebben ze haar lichaam gevonden?'

De sheriff pakt mijn handen.

O God. Ze hebben haar gevonden.

'Carrie, voordat we het over Emma hebben wil ik het laatste stuk van je verhaal horen. We moeten weten wat er verder gebeurde,' zegt hij. 'Begrijp je dat? Je moet het ons vertellen. Daarna kunnen we over Emma praten, oké? Ik weet het, ik weet het... Stil maar. Diep ademhalen. Gaat het weer? Goed zo. Langzaam in- en uitademen. Kun je weer praten? Haal nog maar een keertje adem. Je was dus binnen en je richtte het geweer op de keukendeur. En toen?'

Mijn ogen gaan weer dicht.

Ik zette nog twee stappen in de richting van de keukendeur. Toen nog een.

Ik weet nog dat ik heel goed luisterde en dat ik Richard uiteindelijk 'aaah' hoorde zeggen. Dat doet hij alleen als hij een heel grote slok bier heeft genomen. Daarna hoorde ik heel duidelijk dat hij het flesje op de tafel zette.

Ik denk dat ik nog heel even wachtte voordat hij bedacht dat één slok bier niet genoeg was en dat hij er nog eentje wilde. Toen schopte ik de klapdeur open en werd het duidelijk wat ik kwam doen.

Ik kom je vermoorden, zei mijn geweer tegen hem.

Ik zie nog dat het langzaam tot hem doordrong.

Bij de herinnering aan het schot en zijn gezicht, waarop de verbazing overging in pijn, begin ik op mijn stoel in het kantoor van de sheriff te beven.

'Dus jij hebt Richard doodgeschoten,' zegt hij.

'Hij heeft Emma vermoord,' zeg ik terwijl ik hem aankijk. Ik kijk hem recht in de ogen. 'En hij was van plan om mijn mama te vermoorden...'

De sheriff haalt diep adem, en de lucht fluit langs de achterkant van zijn tanden als hij weer uitblaast. Hij kijkt naar mama, die weer een trek van haar sigaret neemt.

'Hebben jullie Emma al gevonden?'

'Caroline...' zegt mama. Haar stem klinkt weer net als toen ik klein was, toen ze me nog kwam instoppen. 'Welterusten en droom maar fijn,' zei ze dan. In de deuropening zag ik de schaduw van papa, die naar ons stond te kijken.

'Caroline, kijk me aan. Ik heb er nu echt meer dan genoeg van. Hoor je me? Ik ben het zat. Het moet nu ophouden. Nu.'

Ik kijk naar haar mond, want haar ogen zouden me op dit moment te veel zijn. 'Emma...' fluister ik tegen haar.

'Precies,' zegt ze. Ze haalt diep adem en kijkt naar de sheriff, die knikt dat ze mag doorgaan.

'Dat zag ik,' zeg ik. Ik doe mijn best om niet te huilen, want mama is nu zo lief en met tranen verpest ik het weer. 'Jullie hebben haar lichaam gevonden. Waar is ze?'

'O, hou er nu in godsnaam mee op! Emma bestaat niet! Hoor je me? Emma bestáát niet!' schreeuwt mama. Volgens mij klinkt ze nog luider dan ze zelf wil.

Ik denk dat ze vindt dat ze het nog een keer moet zeggen omdat het zo stil in de kamer blijft.

'Emma... bestaat... niet.'

Stilte.

'Emma heeft nooit bestaan.' Mama's handen zijn altijd sterker geweest dan de mijne, dus als ze mijn handen van mijn oren haalt, stromen de woorden naar binnen en vullen ze mijn hoofd. 'Nee, nee, niet de andere kant op kijken. Waag het niet om je hoofd te draaien. Emma heeft nooit bestaan, meisje. Hoor je me?'

'Ik zal wat papieren zakdoekjes halen,' zegt de sheriff. 'Probeer haar maar te kalmeren. Ik ben zo terug.'

'Luister goed,' gaat mama door. 'Emma bestaat niet. Toen papa net dood was begon je ineens over een zusje. In het begin liet ik dat maar zo, maar het is veel te ver gegaan. Het is niet normaal. Het is raar om mensen te zien die er niet zijn. Je bleef maar over haar praten, ik werd er stapelgek van. Het hield niet op. Emma dit en Emma dat. Emma houdt niet van doperwtjes in blik, mama. Emma wil voorin zitten, mama. Emma wil graag bij jou in bed. Ik kreeg er een punthoofd van. Het is niet normaal, hoor je me?'

Ik hoor een deur open- en dichtgaan.

'Alsjeblieft.' Er verschijnt een pakje papieren zakdoekjes voor mijn gezicht. 'Rustig ademhalen, Caroline. Diep ademhalen. Inademen. Goed zo. Snuit je neus maar. Grote meid.'

Het valt niet mee om tussen het snikken door genoeg lucht binnen te krijgen.

'Stil maar,' zegt de man. 'Gebruik de zakdoekjes maar.'

'Altijd weer dat gezeur over Emma.' Mama's stem gaat van de ene kant van de kamer naar de andere, en haar voetstappen ook. 'En het werd steeds erger. Erger en erger en erger en erger.'

'Mrs. Parker–'

'"Emma snapt niet waarom je haar niet lief vindt," zei ze een keer tegen me.'

'Mrs. Parker–'

'Nou, nu weet je waarom ik haar niet lief vind!' Mama buigt zich naar me toe, zodat haar gezicht vlak bij het mijne komt. Haar woorden stompen me als vuisten. 'Ik vind haar niet lief omdat ze niet bestaat! Zo! Nu weet je het! Ik heb geen zin meer om je te behandelen of je net zo breekbaar bent als de mooie glazen parfumflesjes bij White's. Ik vind haar niet lief omdat ze niet bestaat!'

De woorden verstikken me bijna. 'Je vond haar niet lief omdat ze op papa leek! Omdat zij heeft gezien dat papa werd doodgeschoten en je daar liever niet meer aan wilt denken!'

'Jíj hebt gezien dat papa werd doodgeschoten!' Ze smijt de woorden naar me toe. 'Jij! Het was op een zaterdag en ik hing in de tuin wasgoed op. Die man drong ons huis binnen–'

'Hou op.' Ik hou mijn handen tegen mijn oren, maar ik kan me niet afsluiten voor haar stem. Ik kan me ook niet afsluiten voor het beeld in mijn hoofd. Een man met een geweer. Een zonnige dag. Mama die de natte was ophing.

'Mrs. Parker–'

'Je vader is hem nog te lijf gegaan–'

'Hou op!' gil ik. Ik knijp mijn ogen stijf dicht om niet naar haar boze mond te hoeven kijken.

'maar hij schoot hem dood.'

'Mrs. Parker!'

'Hij was gewaarschuwd dat hij uit de buurt van Selma Blake moest blijven.'

'Hou op!' krijs ik zo hard ik kan. 'Hou op hou op hou op!'

'Toen bemoeide iedereen zich ermee: doe dit, doe dat, besteed er maar niet te veel aandacht aan. Of speel het spelletje juist mee, zeiden ze.' Ze ijsbeert langs de andere kant van de tafel. 'Doodziek werd ik ervan. De meesters en juffen van school–'

'Hou op!'

'de andere mensen in Toast–'

'Mrs. Parker–'

'Iedereen in dat godvergeten gat zei dat je gek was.'

'Nu is het genoeg, Mrs. Parker,' zegt de man, die volgens mij achter me staat. 'Nu is het echt genoeg. U gaat met mij mee koffie halen en we laten Carrie even met rust. We zijn zo terug, kleintje. Oké?'

Er gaat een deur open en dicht.

Ze doen de deur volgens mij niet helemaal dicht, want ik hoor hun stemmen in losse stukjes, net zulke piepkleine stukjes als de staaltjes vloerbedekking in papa's auto.

'Haar vriendinnetjes lieten het een voor een afweten. Ze wilden niet meer met haar spelen en scholden haar uit. Ze denkt dat ik dat niet weet, maar ik wist het wel. Ik was verdomme echt wel genoeg bij de les om te weten dat mijn eigen dochter zo gek als een deur was. Haar beste vriendinnetje mocht van haar moeder niet meer bij ons komen spelen,' snauwt mama's stem in de gang. 'Haar moeder belde om te zeggen dat Carrie nog wel bij haar mocht komen omdat ze die twee dan wel "goed in de gaten zou houden". Alsof die rare toestand met Emma mijn schuld is. Alsof ik mijn dochter beter had moeten opvoeden. Nu had dat mens van Phillips het altijd al hoog in haar bol, als je begrijpt wat ik bedoel.'

Nee!

'Toen kreeg ze een bijbaantje, dozen uitpakken in White's Drugstore. De eigenaar van de winkel belde me op over mijn kind, alsof ik zelf niets in de gaten had. "Zeg, Lib," zo begon hij, "wat vind jij van die Emma waar Caroline het steeds over heeft? Ik weet niet of het wel gezond is om het spelletje mee te spelen." Alsof ik dat niet wist! Het leek mij ook niet gezond, maar nee hoor, die verwaande psychoot of psychiater of weet-ik-veel zei dat het helemaal niet onnatuurlijk was. "Speel het spelletje maar mee", zei ze.'

Nee! Ik weet nog dat Mr. White zei dat Emma ook voor hem mocht komen werken. En Miss Mary was dol op Emma. Ze speelde met haar haren en zo.

Emma bestond wél. Ik heb haar niet bedacht. Emma duwde me aan de kant als ik naar Richards slaapkamer moest komen. Hij deed allerlei dingen met Emma.

Nee.

'Zo, kleintje.' De glimlach van de man ziet eruit alsof hij extra aardig wil zijn nu mama zo haar wenkbrauwen fronst. Ze loopt achter hem aan de kamer in. 'Hoe gaat het?'

Bam! Er knabbelt een kakkerlak aan mijn hersens: mijn juf, juf Ueland, begint over de blauwe plek op mijn arm, precies op de plaats waar Emma er ook een had.

'Hoe sta je er tegenover nu je even tijd hebt gekregen om na te denken?' vraagt hij terwijl hij zijn stoelpoten dichter naar me toe laat schrapen.

Emma was er wél. Ik heb haar zelf gezien. Ik weet nog dat ik haar moest helpen met haar autogordel als mama veel te hard over de oude weg langs de boerderij van de familie Hamilton reed.

'Ik heb Emma niet bedacht,' fluister ik.

Er knaagt weer iets aan mijn brein: klittend haar tussen mijn vingers... als ik door mijn eigen haar streek.

Nee.

Emma was er wel! Emma had muizennesten in haar haren, ik niet.

'Ze zeiden dat het wel zou overgaan, maar het werd steeds erger met jou,' zegt mama door een wolk van rook die er extra lang over lijkt te doen om naar het plafond te kringelen. 'De dokter uit Toast kwam naar haar kijken toen de school belde dat ze elke dag op het schoolplein werd geslagen omdat ze in zichzelf liep te kletsen.' Mama praat weer met de sheriff in plaats van met mij. 'Het interesseerde mij geen fluit, maar de dokter zei dat ze beter zou worden. "Geef haar maar even haar zin," zei hij. Alsof ik een circusclown ben die dat kind elke dag moet vermaken. Nou, ik kan je vertellen dat ik er doodmoe van werd. Elke avond moest ik ze allebei aan tafel roepen. Soms dacht ik dat ik zélf gek begon te worden.'

Haar stem slaat over en brengt me weer met mijn gedachten in de kamer. Ze gaat huilen, dat weet ik zeker.

'Hoe moet het nu verder met ons? Nou?' roept ze huilend, terwijl ze met haar bevende sigaret naar me wijst. 'Heb je daaraan gedacht voordat je de trekker overhaalde? Hoe krijgen we nu brood op de plank? Of zorgt Emma in het vervolg soms voor ons?'

'Mrs. Parker, alstublieft...'

De deur gaat open en weer dicht.

14

‘Wat kost deze schaal, *ma’am*?’ vraagt het meisje aan mama.

‘Twee vijfentwintig,’ zegt mama terwijl ze de schaal om een of andere reden omdraait. ‘Is nog van mijn vader in Rutherfordton geweest.’

Het meisje telt het geld uit en geeft het aan mama.

Mama stopt de munten in de sigarendoos waarin ik vroeger papa’s stukje vloerbedekking bewaarde. Dat stukje zit nu veilig in mijn koffer, ver weg van de spullen die mama verkoopt in de hoop dat ze wat geld kan verdienen voor de lange reis die we gaan maken.

‘Wat kost deze vaas?’ Een man houdt een glazen vaas omhoog.

‘Eén vijftig,’ zegt mama. Ze steekt haar hand al uit om het geld aan te nemen, want ze ziet dat hij zijn portemonnee pakt. ‘Dank u wel.’ Ze glimlacht bijna als ze het zegt.

Mij lukt het vandaag niet om te glimlachen. Ik ben juist verdrietig. Ik vind het maar niks dat al onze spulletjes naar andere mensen gaan.

'Hé!' roep ik. Ik sta bij de tafel waarop alles wat we verkopen staat uitgestald. 'Dit kunnen we niet verkopen. Dit is van mij!'

Mama kijkt naar mijn hand. 'Als ik mijn spullen moet afstaan moet jij het ook,' zegt ze. 'Leg neer.'

Ik schud mijn hoofd. Dat postzegelalbum is van mij.

'Mag ik eens kijken?' vraagt een meisje dat de hand van haar moeder vasthoudt.

'Ja hoor,' zeg ik. Ik ga zachter praten zodat mama me niet hoort. 'Maar het is niet te koop.'

Ze laat haar mama's hand los en pakt het album met twee handen voorzichtig vast. Als ze het doorbladert worden haar ogen groot van verbazing. 'Ooo,' zegt ze. Dan houdt ze het omhoog. 'Mama, kijk eens!'

Haar mama doet wat het meisje vraagt. 'Wat is dat?'

'Een album met postzegels van over de hele wereld,' zeg ik trots. 'Ziet u? Dat is Zweden.' Ik wijs op de bladzijde die ze heeft opengeslagen. 'En deze zijn van Bermuda. Die vind ik het allermooist.'

Ze buigen zich allebei over de postzegels.

'Wat kost dat album?' vraagt de moeder aan mama, die aan komt lopen om te kijken wat ze zo aandachtig bestuderen. Mama heeft een neus voor geld.

'Een dollar,' zegt ze voordat ik de kans krijg om te zeggen dat het niet te koop is.

'Mama!' schreeuw ik. 'Die postzegels zijn van mij!'

Tot mijn grote schrik steekt de moeder haar hand in de zak aan de voorkant van haar rok.

Ik wil het album terugpakken, maar het meisje is sterker in haar handen dan ik had gedacht. Daarnaast heeft mama me bij mijn schouder gepakt.

'Het is van mij!' zeg ik tegen de kleine verraadster. Ze wíst dat het niet te koop was, maar ze luisterde niet naar me en regelde het gewoon met de grote mensen. 'Geef hier.'

'Alstublieft.' De mevrouw geeft mama een verkreukeld briefje van een dollar.

'Mama toe!' Ik begin te huilen. 'Ik wil het zo graag houden!'

'Hou je mond,' zegt mama, en ze loopt naar een familie die onze matrassen bekijkt.

Ik kijk boos naar het meisje, dat mijn album stevig tegen zich aan klemt met de hand die haar moeder niet vasthoudt.

'Mama.' Ik trek aan haar rok. 'Mama, waarom mag ik mijn postzegels niet houden?'

Ze draait zich razendsnel om. 'Het zijn maar spullen, meisje. Het heeft geen zin om je aan spullen te hechten. Onthou dat,' snauwt ze. 'Trouwens, kijk eens om je heen. Al onze spullen worden vandaag of morgen verkocht. We hebben helemaal niets meer. Niets.'

'Maar...'

Ze hoort me al niet meer. Ze is al bezig om geld te tellen van een vieze kerel die mijn matras in de laadbak van zijn pick-up probeert te proppen. Hij gooit er touwen overheen om hem vast te binden, omdat het een winderige dag is.

'Kunt u even komen?' roept een andere man bij de tafel.

Ik volg zijn vinger. Hij wijst naar een meubel en kijkt vragend naar mama omdat hij de prijs wil weten.

Mama wil naar hem toe lopen, maar ze staat stil als ze ziet waar hij naar wijst. Mijn hart staat stil omdat het wil horen wat ze over Richards oude versleten stoel zal zeggen.

Achter de man staat een vrouw met touwachtig haar en een dikke buik waaruit binnenkort wel een baby zal komen. Mama kijkt naar haar en dan weer naar de man.

'Wat kost die stoel, *ma'am*?' vraagt de man als mama niets zegt. Ze staart alleen maar naar de deuk in het zitkussen, de plaats waar haar man altijd zat.

'Ma'am?'

'Vijf dollar,' zeg ik. Ik loop langs mama heen en ga naar hem en zijn vrouw toe.

'Vijf?' Vragend kijkt hij naar mama, om te zien of ik dat bedrag niet verzin. Mama staat nog steeds doodstil.

'Ja, vijf dollar,' zeg ik. 'Geen cent minder.'

Hij draait zich om en fluistert iets tegen zijn vrouw, die het geld uit haar portemonnee vist.

'Alsjeblieft,' zegt hij terwijl hij me het geld geeft. 'Hé, Walles! Kun jij me even helpen met deze stoel?'

En inderdaad, daar is Walles. Hij komt als een cowboy aanlopen en knipoogt als hij ziet dat ik naar hem kijk. Er staat geen glimlach op zijn gezicht. Hij pakt een kant van de oude drinkstoel op. De nieuwe eigenaar pakt de andere kant en even later wordt de stoel voorgoed uit ons leven gedragen, het laatste restje van Richard dat nog bij ons woonde.

'Het zijn maar spullen, mama. Het heeft geen zin om je aan spullen te hechten,' zeg ik als ze toekijkt terwijl de mannen de stoel in de bak van een pick-up laden. Ik schuif mijn hand tussen haar vingers en ze houdt me even vast. Het duurt maar heel eventjes, maar ik kan me niet herinneren wanneer ze dat voor het laatst heeft gedaan.

We gaan weer verhuizen, maar deze keer hoeven we geen dozen in te pakken. Pff, gelukkig maar.

Mama zegt dat het geld dat we voor onze spullen hebben gekregen maar net genoeg was om de reparatie aan de auto te betalen. De auto moet ons ver hiervandaan brengen, ver weg van nummer tweeëntwintig. Ik dacht dat hij het nog goed deed, maar misschien heeft mama er genoeg van om de sleutel tien of twaalf keer om te draaien voordat hij start. We moeten trouwens ook helemaal naar omi, en mama zegt dat ze niet het risico wil lopen dat we tijdens de reis aan de kant van de weg komen te staan.

'Ik controleer alles nog één keer en dan gaan we,' zegt mama. 'Als jij nog iets moet doen voordat we weggaan, moet je het nu doen.'

Ik moet nog één ding doen.

De wandeling over het pad naar het asfalt is een fluitje van een cent nu ik precies weet waar alle stokken, stenen en kuilen liggen. Dat geldt ook voor het pad van Mr. Wilson.

Deze keer ben ik extra lief voor Brownie, want dit is de laatste keer dat ik een hond als zij zie.

Maar Brownie wil helemaal niets met me te maken hebben. Ze wacht tot ik voorbij ben en komt dan op een veilige afstand achter me aan, want je weet maar nooit.

'Mr. Wilson?' roep ik vanuit de verte.

Ik weet niet waarom ik hem altijd vanuit de verte roep, want hij geeft nooit antwoord. Hij gaat er altijd van uit dat ik hem toch wel kan vinden, ook al roept hij niet uit volle borst terug. Dat is ook zo.

'We gaan weg,' zeg ik als ik bij de veranda kom.

'Dat dacht ik al,' zegt hij zonder van zijn houtsnijwerk op te kijken.

Ik kijk om me heen en probeer alles te onthouden, omdat dit ook weer een plaats is waar ik nooit terug zal komen.

'Nou,' zeg ik terwijl ik mijn gewicht van mijn ene voet naar mijn andere verplaats, 'dan moest ik maar eens gaan.'

'Hier,' zegt hij. Hij maakt nog een laatste kerfje in het hout. 'Neem dit maar mee.' Hij houdt het in zijn hand, en tot hij al zijn vingers openvouwt en het aan me geeft heb ik geen idee wat het is. Maar zodra het in mijn hand ligt weet ik het.

'Hé!' Met een glimlach kijk ik ernaar. 'Dat bent u!'

'Ja.' Hij leunt achterover op zijn kapotte stoel. 'Het is een van mijn allerbeste werkjes.'

Ik weet niet wat ik moet zeggen, dus daarom moet ik hem maar alles vertellen door mijn armen om hem heen te slaan.

Eerst kijkt hij verbaasd, maar dan klopt hij met zijn hand zachtjes op mijn rug. 'Jullie kunnen maar beter gaan nu de zon nog de weg wijst.'

'Tot ziens, Mr. Wilson.'

'Tot ziens, watje.'

Hij kan het niet zien, maar ik glimlach nog steeds als ik naar de asfaltweg loop.

'Kunnen we gaan?' vraagt mama.

'Ja mama,' zeg ik, en ik maak de deur van de auto open.

Ze wil haar portier openmaken, maar dan staat ze plotseling stil, met haar hand in de lucht. 'Waarom ga je achterin zitten?' Aan haar ogen zie ik dat ze zich afvraagt of ik iets van plan ben.

'Ik heb gewoon zin om in mijn eentje achterin te zitten,' zeg ik. 'Mama, waar is het tekenblok dat ik op de veranda had klaargelegd?'

'Hier.' Als we eenmaal in de auto zitten geeft ze het me over de hoofdsteun aan. 'Alsjeblieft.'

De auto hobbelt weg en mama wacht tot we bij de asfaltweg zijn voordat ze aan de knop van de radio begint te draaien. Ze zoekt muziek of iets anders om de stilte te vullen.

Het dorp vliegt aan ons voorbij. De winkel van Antone. Dan de graanschuur van Zebulon. Ik zie ze allemaal voorbijkomen, en dan sla ik een leeg nieuw blad van mijn tekenblok op.

'Ik ben blij dat je eindelijk kunt lezen en schrijven', krabbel ik. 'Ik weet niet precies hoelang we bij omi en tante Lillibit gaan logeren, maar mama zegt dat we er niet te lang blijven. Daarna kunnen we eigenlijk overal heen. Hé, Em, stel dat jij een plek op de wereld mocht kiezen, waar ging je dan naartoe?'

DANKWOORD

Veel mensen hebben me geholpen dit verhaal levensecht te maken. Ik ben heel veel dank verschuldigd aan Anne en Taylor Pace, die hun dierbare North Carolina met me deelden en geduldig toekeken terwijl het ook mijn dierbare North Carolina werd.

Mijn dank gaat ook uit naar mijn talentvolle redacteur, Susan Pezzack, en naar mijn onvermoeibare agent, Laura Dail, die nog steeds geen idee heeft hoe ongelooflijk haar bemoedigende woorden me stimuleren.

En naar Mary Jane Clark. Ik voel me gezegend met een vriendin als zij, die altijd een bron van steun en liefde voor me is.

Mijn Emily gaf Carrie een stem en herinnerde me eraan hoe het was om een klein meisje te zijn. Mijn Lizzie steunde me en wist me zonder het zich bewust te zijn steeds van mezelf te redden.

En mijn Jeffrey gaf me dit fantastische nieuwe leven en maakte het me met zijn liefde en immer aanwezige steun mogelijk om schrijver te worden.